Os sinais impossíveis

Os sinais impossíveis

VINICIUS CASTRO

GERAÇÃO
EDITORIAL

OS SINAIS IMPOSSÍVEIS

Copyright © 2010 by Vinicius Castro
1ª edição – Outubro de 2010
Grafia atualizada segundo o Acordo Ortográfico da Língua Portuguesa
de 1990, que entrou em vigor no Brasil em 2009.

EDITOR E PUBLISHER
Luiz Fernando Emediato

DIRETORA EDITORIAL
Fernanda Emediato

PRODUÇÃO EDITORIAL
Ana Paula Lou

CAPA
Alan Maia

PROJETO GRÁFICO
Guilherme Xavier

PREPARAÇÃO DE TEXTO
Josias Aparecido Andrade

REVISÃO
Márcia Benjamim

DADOS INTERNACIONAIS DE CATALOGAÇÃO NA PUBLICAÇÃO (CIP)
(Câmara Brasileira do Livro, SP, Brasil)

Castro, Vinícius
Os sinais impossíveis / Vinícius Castro. --
São Paulo : Geração Editorial, 2010.

ISBN 978-85-61501-51-8

1. Ficção brasileira I. Título.

10-07585 CDD-869.93

ÍNDICES PARA CATÁLOGO SISTEMÁTICO:
1. Ficção : Literatura brasileira 869.93

GERAÇÃO EDITORIAL
Rua Gomes Freire, 225/229 - Lapa
CEP: 05075-010 – São Paulo – SP
Telefax.: (11) 3256-4444
Email: geracaoeditorial@geracaoeditorial.com.br
www.geracaoeditorial.com.br

2010
Impresso no Brasil
Printed in Brazil

"Para os meus pais".

Algumas conversas se arrastavam, de nenhum interesse, esparramavam-se por cima dela. Luísa tinha os olhos fechados. Quando ela os abriu de novo, reconsiderando toda a sala, percebeu que a negação irregular do ventilador ali no canto da sala parecia ser a única manifestação senciente disponível.

Ela achou isso engraçado, mas não sorriu.

A sala era grande o bastante para as suas seis pessoas, três sofás contra três paredes, em volta da tevê. O ventilador, trambolhoso e empinado numa haste grossa no canto, de um branco antigo e de pazinhas azul-claras, era a única coisa que não combinava com a sala (e nem tampouco era necessário). Conversava-se baixo e sem muita importância, com cabeças recostadas no sofá. A atenção mantida nos assuntos era tão fraca, que no momento em que esbarraram em um mínimo encalhe, as três conversas morreram, e pouco depois já não se lembraria com facilidade do que é que se estava falando (falibilidade de tal e tal dieta, situação atual do corpo da Madonna, quantidade de mortos sob o regime do Stalin).

O pouco barulho vindo de fora não se afirmava, fraco e distante, dizendo respeito a toda uma outra esfera de coisas. Luísa enrolava um mesmo trecho apanhado do seu cabelo e não se decidia de nenhuma maneira. Não havia nenhum motivo específico para estar ali. Cigarros foram apanhados, e pipoca fria. Tampouco haveria um para ir embora.

Um dos quatro meninos, o de cabelo maior e mais roqueiro, riscou uns dois traços de um desenho invisível na mesa de vidro, e desistiu do terceiro. Os dois bêbados (em uma quarta-feira letiva) já estavam distantemente enleados na lógica exclusiva aos dois, que envolvia principalmente a compreensão de cascas de amendoins como projéteis e a grenha fixa e preta do cabelo de um amigo, Luís, como o alvo supremo e perfeito.

Idealmente, o ventilador seria utilizado também de alguma forma para potencializar a trajetória, mas isso ainda não se conseguia, pelo obstáculo firme da gradinha.

A tevê repassava pela centésima vez o vídeo de introdução de um *video game* de futebol já ultrapassado por uns dois anos, de gráficos não mais tão impressionantes e um Ronaldinho Gaúcho agora já tido como inexpressivo e pixelado demais. Alguns poucos lances fantásticos sob uma trilha sonora animadinha davam lugar ao menu inicial, para logo em seguida acontecer de novo. Uns vinte minutos atrás um dos garotos havia anunciado antecipadamente o que aconteceria em cada lance de maneira fantástica e exagerada, o que todos aprovaram rindo de alguma maneira, nem que fosse pelo nariz, apenas. Agora, se perguntados, todo mundo concordaria que a repetição já estava um pouco deprimente.

Também a tevê a cabo estava fora do ar, o que já havia sido discutido e decidido perfeitamente incivilizado em dias de *youtube* e nanocoisas.

Luísa virou-se para Cecília, a única menina, que conversava devotamente havia um tempo com um moleque cujo nome Luísa desconhecia, de um jeito já pronunciado e encadeado demais para ela querer interromper; os dois troncos entortados e paralelos e fechados neles mesmos, a conversa consistindo quase inteiramente de assentimentos entusiasmados e de um riso exagerado de Cecília irrompendo de vez em quando. Ela era tão derramada, Deus do céu!

Luísa pensou em um comentário sobre o horror de seu cabelo, que não seria feito, não tendo quem recebê-lo com nenhum tipo de interesse. Expulsou o ar que havia adquirido para tanto e levantou-se com um ânimo que não tinha.

— Boa sorte aí *pra* vocês!

— Ué, já vai?

— Já fiquei mil anos aqui, jantar em casa.

Nada se fez de extraordinário por dissuasão ou despedida, e nem Luísa faria questão de nada do tipo. Eles haviam passado o dia inteiro juntos, e nesses finais de tarde nada de muito alto ou extraordinário se tenta nem se pronuncia. Mesmo o progresso de Luísa para fora da sala se dava, entravado, lento, de ombros derrubados pelo peso da mochila preta antiguinha e maltratada da *Company*. Passos arrastados derrapando entre os móveis.

Luísa mostrou a saída, habilmente cuidadosa de não deixar o cachorro pequeno de marrom aveludado fugir da área para fora ou para qualquer outro cômodo. No corredor, ela viu o acúmulo de jornais do vizinho de Cecília, alguém que parecia estar viajando no meio da porra de setembro. Furtou um dos jornais sem nenhuma necessidade clara, não tendo ela nenhum interesse e nem pensando em seus pais. Um nome familiar que não lhe dizia muita coisa estava envolvido com outro nome familiar que não lhe dizia muita coisa, alguém de dois dias atrás lhe informava de forma espetacular e grave, maiúscula.

Não quis esperar o elevador, preferiu cair lentamente os quatro andares abaixo, mantendo com seus passos uma cadência subitamente inventada e desorganizada, repetindo várias vezes num exagero irônico um mesmo trecho de alguma música qualquer antiga que lhe aparecia agora ela não sabia de onde, dançando cada um dos degraus.

— *Seeeventeen and strung-out on cooonfu-sion*.

Parecendo gente doida, ela bem sabia.

Com um frio suspendido de chuva o dia todo, desde manhã na aula ela vestia sobre o uniforme um moletom cinza que tinha havia anos e que só agora vestia realmente bem. Ela preservava do barro e das poças o *all-star* branco com nuvens de *Bic* azul que ela havia feito meses atrás durante a aula, pisando cada quadrado da calçada com uma deliberação afetada, imediatamente anterior a algum tipo socialmente inaceitável de dança.

Mesmo tão confortavelmente distraída, a beleza dela era afiada, até severa, de traços concentrados e retesos. Não era exatamente tímida, nem infantil, mas tinha uma dificuldade em se assumir como mulher na maneira que seu corpo já pretendia havia algum tempo. Embora abraçasse outros anúncios de maturidade e se considerasse muito mais emocionalmente madura do que os pais e outras figuras de autoridade, ainda mantinha em pequenas porções a maneira leve de uma garota, os ligeiros cuidados e detalhes inocentes. Sua cara, antes levemente arredondada, fechava-se havia algum tempo em traços adultos que ainda a surpreendiam no espelho. Seu cabelo encaracolado era gigantesco, um bicho preto de vida própria, uma juba. Ela usava assim havia pouco tempo, desse tamanho tão grande e de tão pouco sentido, deixou crescer e foi percebendo que estranhamente dava certo, e que *continuava* dando certo, apesar do absurdo do seu tamanho atual. Parecia mais ou menos com o penteado de diversas cantoras dos anos 80, mas de um jeito verdadeiramente desorganizado que funcionava. De várias torrentes próprias e individuais sem rumo, de organizações complicadas desmontando umas sobre as outras, de estrutura incompreensível, penteado apenas em uma torrente íntegra para trás que encimava sua testa e dava à bagunça o sentido de uma pequena cachoeira. Várias pequenas disposições discordavam umas das outras atrás das orelhas, e para trás. Você apenas começava a entender uma putativa forma quando algo a refutava. Sobre os ombros e circundando o pescoço pesava uma grenha incoerente de cabelo desavorado, recurvo e digressivo, até pouco nítido. Ela verdadeiramente não cuidava muito daquilo que parecia ser uma afetação tremenda de descuido, de nenhuma seriedade, que emoldurava seu rosto rígido e sério, de uma beleza inatacável e insistente, difícil de encarar diretamente sem ceder um pequeno sorriso ou sentir um tipo inteiramente novo de medo. A boca era pequena e parecia permanentemente insatisfeita, a expressão mortalmente séria de onde você nunca esperava um sorriso (que, no entanto, vivia acontecendo, meio estranho). O nariz era de uma coluna só (não grande demais, mas forte) em toda a sua descida entre as sobrancelhas até o final relutante, na divisória do lábio superior. Depois de servir como desarranjo por toda sua infância, ele agora funcionava incrivelmente bem, e parecia até segurar algum tipo de arrogância, como se bem servida da retidão de sua teimosia.

Lá fora estava úmido, e a pouca luz já não tinha nenhum agente declarado. Ele já se escondia debaixo da terra de novo, e a sua fuga era retratada de forma fantástica nos topos dos prédios, nos rodopios de cores sem nome que escapavam entre uns recortes de céu aqui e ali. Carros estavam enfileirados imóveis em todas as ruas ao alcance da vista, como se estivessem ali parados havia anos, sem motivo. Ela sorriu por não estar em nenhum deles.

Ali da quadra 207, ela podia ver a extensão que teria que atravessar até a 309, além do Eixão. O espaço facilmente compreendido em linhas simples, a organização de ruas sobre planos artificiais gramados e cortados, e a paisagem de volumes iguais eretos e intuitivos, as caixas iguais dos prédios circundadas de verde entufado escuro. Algo tão imediatamente acessível à sua imaginação espacial, que o que ocorria quando precisava entendê-lo nem parecia assim tanto com um processo cognitivo reconhecível; parecia apenas uma retomada natural de algo que estava sempre acontecendo, sempre correndo no fundo da sua cabeça, inconsútil, uma janela apenas minimizada.

As árvores em volta dela discordavam dos prédios, da sua absoluta verticalidade de caixa. Embestavam para o lado um pouco, mudavam flexuosamente de ideia e se entortavam em volta de si mesmas, torcicoladas; insistiam em gumes malogrados que não dariam muito certo, pouco aconselháveis, para baixo ou para cima dos prédios, por vezes amputados misteriosamente de um dia para o outro.

Luísa passava por um prédio em obras, com suas poucas colunas no pilotis peladas em alguma pedra rude, as canelas deslustradas dos seis andares em cima delas. O canteiro pequeno era delimitado por madeira branca barata que se enrugava com a chuva, encurvada lembrando papel, embora papel nem se curve assim. Pequenos montes de materiais cujo propósito ou nome ela desconhecia propunham uma geografia ridícula, cercados dos seis trabalhadores descansando em nada, apoiados nos próprios braços e olhando para ela sem nenhum interesse, um deles segurando uma garrafa de Coca-Cola cheia de água ou de qualquer outro líquido transparente.

Ela escolhia agora um caminho pouco oportuno, por lembrar que nessa época no ano passado havia visto uma árvore ali perto assentar todo o chão em volta dela de amarelo. Essa árvore presidia a todas as outras envolta em majestade, e estabelecia por alguns dias um raio amarelo ineluctável e forte de flores caídas e pisadas, vivo e íntegro. Luísa o havia fotografado insistentemente no ano passado, sem resultar em nada digno de nota.

Queria falar daquilo para alguém, fazer alguma coisa sobre o assunto, mas sabia que era o tipo de coisa que, ao ser contada, encontra na melhor das hipóteses um sorriso complacente por educação, que nunca interessaria a ninguém de verdade.

Ali, diante daquele círculo silencioso e delimitado, ela quase conseguia. Que a sua cabeça aceitasse o amarelo, e parasse, que se contentasse em apenas afirmar aquilo. Mas não adianta, mais uma vez ela se desata em milhões de bobagens e precisa ceder, precisa constranger seu sorriso anterior, sem nem saber por que insiste nessas coisas para começo de história. Ela até o prolonga, anda meio devagar, mas não chega à afetação de se deter inteiramente, de *parar* ali, sem ter o que fazer com os braços, com as pernas, só para olhar para umas flores.

Um dos motivos de Luísa ter saído hoje um pouco mais cedo do que o normal era a presença de Otávio, um ex-namorado de seis meses atrás. Alto e desajeitado, queixudo, atraente de uma maneira bem involuntária e sem muito senso de humor. Eles haviam se atracado sem grande importância por algumas semanas. Gostavam o bastante um do outro para faltar argumentos contra um namoro. Então, por algumas semanas foram ao cinema juntos, e assistiram à Sessão da Tarde na casa dele (que doidamente não tinha tevê a cabo), se beijando em posições desconfortáveis no sofá da sala, toda invadida pela luz. Ela bebia água morna que arranjava do filtro de barro da cozinha, e evitava os olhos dele, se despedia cedo. Ele terminou com ela no recreio, um dia meio do nada, empregando todo o tato e sensibilidade que se espera de um garoto de dezesseis anos. Quando ela finalmente entendeu para onde se carregavam os começos nervosos e desarrumados do que ele queria dizer, teve que segurar um sorriso. Ela se achava bem melhor do que ele.

Mas depois, quando ele finalmente se enredou em uma explicação mais cuidadosa e preocupada, juntando motivos até explicadinhos que claramente havia considerado longamente, ela pensou melhor e se encadeou mais apropriadamente na situação, quebrando-se em chorinhos instáveis, interrompendo-o com frases de efeito que não sabia muito bem o significado.

Em parte, não queria desapontá-lo.

Quando sentiu que havia preenchido alguma forma necessária de término de namoro, encarou-o com uma intensidade confusa, não achando a maneira fantástica de encerrar aquela cena, e se levantou com passos apressados até o banheiro.

Meia hora depois, já rabiscava formas geométricas tolas no caderno, já esquecida de tudo, cantava uma música horrível ouvida no rádio naquele dia, com metade da letra improvisada. Dormiu a tarde inteira, sonhou que velejava um mar leitoso e calmo com alguém que parecia o Jânio Quadros.

De noite, provocada por uma trama simples de seriado em que uma médica brigava com outra médica pelo comportamento meio mentiroso de uma delas envolvendo um médico bonitão, ela percebeu que provavelmente havia sido falsa com o menino. Não conseguia saber direito se tinha feito algo de errado, se havia diferença, se havia um nome para o que ela havia feito, se haveria alguma genuinidade qualquer aí que ela tivesse ofendido. Mas ela tinha sido falsa.

Ela sempre estava disposta a admitir esse tipo de coisa sobre si mesma, havia alguma diversão em desenrolar tantas e necessárias honestidades, montar um teatrinho moral em que ela se dividisse em várias carregadas vozes autoacusatórias.

Ainda hoje não se decidia perfeitamente de nenhuma maneira sobre o que havia acontecido, e por isso o ex-namorado a incomodava um pouco. Mas tudo aquilo parecia absurdamente distante, pessoinhas mudas e sem cara acenando de uma terrível distância, vistas de uma janela de avião. Não conseguia nem entender direito como o havia namorado, e não fazia nem dez meses do acontecido. Em muito pouco tempo ela estranhava inteiramente a si mesma, e ao que gostava e fazia.

Encarava com um desgosto evidente fotos antigas suas, procurando sempre uma expressão ou roupa ou corte de cabelo absolutamente condenável, sem entender quem era aquela besta sorridente na foto.

Luísa, enfim, acha o sol se escondendo por trás de alguns galhos, e pensa no que havia sido aquele dia, em que forma ele tomava agora. Mais cedo, na aula, ela havia sido chamada ainda mais uma vez para a sala da conselheira pedagógica Vânia. Luísa frequentemente manifestava algumas insubordinações aleatórias na escola, respondia a professores e revirava os olhos, se recusava a realizar tarefas simples, tolices perfunctórias que ela forçava para não se sentir tolerante demais com aquela chatice, aquela forma desnecessária e inaceitável que se arrastava, aparentemente, ao longo da vida toda. Era um resguardo pessoal contra o que ela entendia por mediocridade, uma maneira de se manter, aos seus próprios olhos, íntegra. Por isso visitava a conselheira toda semana, praticamente, e Vânia, já havia um tempo, a tomava como um projeto pedagógico pessoal, uma reunião de várias de suas preocupações assim como educadora e como pessoa mesmo. Tentava longa e diversamente lograr um nervo em Luísa, mostrar-lhe a gravidade da postura dela e de tudo o que acontecia ao seu redor em frases atropeladas, corridas, de sílabas todas ajuntadas.

– Porque você sabe que o livro de gramática que você traz não é o livro de gramática, não é, Luísa? O livro de gramática é depois o mercado de trabalho, né, são as oportunidades assim que a gente tem na nossa jornada.

Era uma boneca enfezada e baixinha, loira, que aplicava uma maquiagem pesada e equivocada que não fazia tanto sentido, parecendo querer moldar feições novas no seu rosto. Passava batom em apenas parte dos lábios e usava um uniforme azul todo dia, que ninguém mais na escola tinha, que só se explicava como sendo autoimposto. Qualquer ato dela era perfeitamente fracassado, carregando para Luísa alguma intenção pequena e óbvia, indesejável. Ela tinha um cheiro carregado, doce. Os cabelos se armavam todo dia numa forma geométrica diferente (hoje um triângulo). E ainda as apresentações de Power Point que deixavam Luísa se revirando de agonia na sua cadeira. Sobre o amor, sobre a esperança, que ela desempenhava com toda seriedade, para o constrangimento de todos, inclusive professores, que sabiam da extrema desimportância de tudo aquilo. Ficando em silêncio sempre exatos dez segundos quando as apresentações terminavam, antes de acender a luz e carregar o retroprojetor para outra sala, com uma expressão inescrutável e séria.

Luísa pedia licença e entrava na sala da conselheira, geralmente assustando-a um pouco no meio de algum pequeno lanche trazido de casa, ou na leitura de alguma revista de celebridades. Sua sala era grande demais desde a última reforma mal direcionada do colégio, e ela reunia sua estante e mesa metálicas prateadas em apenas um dos cantos, tudo lívido e assustador, encurralado.

Luísa sentava-se meio desabada na cadeira e explicava por que estava ali, esperando o enrugamento da cara dela em preocupação, o começo de algum discurso. Encarava o território acidentado e turbulento da expressão de Vânia, as linhas fundas demais e irregulares mal escondidas por debaixo da maquiagem, ausentava-se da situação e se provocava para reagir da maneira que queria, dos jeitos mais esgarçados possíveis, as mãos crispadas entre as pernas se contorcendo de excitação. Às vezes olhando diretamente nos olhos dela sem tremer, às vezes apenas desenhando mentalmente ornamentos barrocos no ar. Encarando a coisa toda progressivamente como um jogo que perdia qualquer graça. Os elementos, todos soltos, partes independentes de uma figura que de repente deixa de fazer sentido.

De início, normalmente Luísa se irritava tremendamente com quase todas as características da conselheira, não conseguia evitar. De sua mediocridade em tudo que tentava fazer, na sua retidão exagerada e irritante. Ela então estourava o ridículo de todas essas coisas para fora de qualquer proporção sensata, escalando em um desprezo sufocante. Da maneira mais fantástica possível, que desafiava a si mesma em tanta intensidade implausível até o ridículo se consumir em redundância, desabar, culminar num estado inesperado e divertido, não inteiramente sério, de compaixão.

Nisso ela decidia assentar, concordando permanecer quieta até segunda ordem, demorando, vestindo aquilo com uma calma engraçada.

Quando a conselheira pedagógica parava de falar, Luísa se levantava e agradecia a atenção com olhos bondosos, o exato mesmo tom de quem segura a porta para um deficiente físico, de quem ajuda uma velhinha com as sacolas. Vânia não deixava de sentir a condescendência, e consentia desanimada que Luísa deixasse a sala, fingindo tomar nota numa agenda do ano passado. Luísa fazia questão de fechar a porta da sala da conselheira com calma, continuava sorrindo placidamente até abrir a da sala de aula, pedindo licença. Voltava para a sala com uma calma desgovernada, não prestava mais atenção em coisa alguma, enclavinhando as mãos devagarinho, atenta, como se tentasse alcançar algum equilíbrio disperso que ela nem chegava a levar a sério. Reunindo-se com a maior seriedade que tinha disponível ali na sua carteira metálica, na mochila desossada entre as pernas e o caderno tão esquecido diante dela, de anotações tão esparsas e pouco compreensíveis, palavras-chave desencontradas (Mercantilismo -> Princesa Isabel -> República Velha). Ignorava como podia, naqueles momentos, os colegas com quem já tinha pouca intimidade, os moleques espinhentos e desarrumados que sentavam com ela no fundão, que até hoje não sabiam como lidar com o fato ainda incomputável daquela menina bonita e esquisita sentar atrás com eles, e que se desenrolavam todos em estratégias concorrentes e intrincadas para atrair sua atenção.

E os alvos sempre estavam lá, em todo mundo, ela percebia cada vez mais. Não se precisava nem muito esforço para achá-los. Eventualmente Luísa acabava se forçando a encarar do mesmo jeito até professores de quem gostava um pouco, gente que ela respeitava minimamente, até amigos seus. Ela percebia cada vez menos diferença entre o ridículo da conselheira pedagógica e o do resto do mundo. Olhando de certa maneira, procurando o ângulo certo, todo mundo poderia ser reduzido ao nada daquela mulher. Dava para emudecer o mundo, inverter suas cores. Retirar dele todo e qualquer atributo, manipulando suas configurações como num controle de televisão.

Dá-se uma anunciação breve e repentina e logo o silvo insistente das cigarras lá fora atinge o seu auge, e se sustenta. De um jeito até exagerado. O silvo se repete em ímpetos curtos, uma repetição com todo o jeito daquelas orquestradas quando, num filme, deve-se imprimir alguma tensão no subir de alguma escada, no abrir de alguma porta, que de outra forma seria inocente. Sugerindo que algo além de móveis e de um corpo acontecesse ali, além da luz na parede e da televisão que ninguém escuta, além da disposição inocente de todas essas coisas mortas. Uma calma profunda, que só uma hora mais tarde conseguirá provocar alguma reação, quando o filho chegar para encontrar o corpo, eventualmente largando ao chão a sacola que carregava, meio atrasado, entendendo que isso é o que seria esperado dele.

Alguns quadros familiares já anunciavam a proximidade da sua quadra. Ela via muito mais facilidade em se orientar assim do que pelos números das quadras. Arranjos combinando certas raízes no chão e uma bandeira permanente do Flamengo no terceiro andar de um prédio, a árvore grávida e desanimada logo antes da comercial, o prédio pichado VEGAN gigantesco. A barraquinha amarela e minúscula do chaveiro, de letras quadradas e um desenhinho de uma chave olhuda que apenas se compreendia pelo contexto. Ela se volta para o que deve encontrar em casa, o que deve acontecer ainda hoje. Que teria tanto tempo até dormir, que hoje passam o programa dos promotores e o do médico espertinho. Que, com a mãe viajando, ela talvez teria que arrumar algo para o Bernardo comer, e que aquela ausência traria a vantagem evidente e rara de um jantar mais tranquilo. Quase toda noite na casa deles se reproduzia uma tensão antiga, por motivos que ninguém mais entendia tão bem. Os pais não conseguiam começar nenhum assunto direito, e não conseguiam estabelecer nenhum tom razoável de conversa; o pai sempre reclamando de tudo e a mãe, recuando de qualquer possibilidade de briga numa passividade irritada. Comia-se num silêncio arrastado até que Bernardo quedasse em alguma falha, fizesse alguma pequena merda e os pais tivessem um terreno em comum em que pudessem convergir a atenção e concordar. Eles conseguiam dar incoerente atenção à promessa de nunca brigar na frente dos filhos através do igual desgosto que sentiam os dois por Bernardo. Isto os unia de alguma forma. Ele acabava sendo culpado ao longo de um dia por incontáveis coisas, muitas além das várias já pronunciadas, mais coisas do que seria humanamente possível. Pairava por cima dos dois como o único traço seguro em comum a ser invocado quando necessário.

Ela trabalhava como técnica jurídica no Senado e ele era um cirurgião plástico razoavelmente bem-sucedido. Luísa não via nada de muito original em nenhum deles, igualmente curtos em todas as direções e sentidos, de dedos cotocudos e narizes quase inexistentes, igualmente acima do peso. Apenas com trabalho e empenho consideráveis conseguiria se entender que elementos infelizes de cada um dos pais conseguiram resultar no rosto de Luísa. Ela não se parecia com nenhum deles, embora cada elemento individual do seu rosto pudesse ser retraçado ao rosto de um dos pais. Ela era um anagrama bem-sucedido dos dois, que não eram nenhum desastre, mas que tampouco chamavam a atenção. Luísa achava que eles se vestiam da mesma maneira, que eles se arredondavam por uma mesma inércia em direção de um mesmo modelo assustador e aparentemente inevitável, as poucas variações entre os dois basicamente apenas as impostas pelo sexo: de um bigode e uma saia.

Diariamente Luísa se perguntava o que aconteceria se Bernardo não cometesse nada reprovável aos olhos dos pais, por uma semana que fosse. Talvez antes disso um divórcio já estivesse encaminhado. Mas invariavelmente ele cumpria seu papel. Bernardo conseguia desempenhar todos os seus gestos da maneira mais inapropriada possível. Para Luísa, era como assistir a um daqueles personagens, de filmes que querem divertir você, complicar-se cada vez mais, tomar decisão inapreensível atrás de decisão inapreensível e se enredar em quatro situações diferentes claramente culminando para dar merda. O termo usual, nas dublagens, seria "atrapalhado". Exceto que os atrapalhados costumavam ter forças misteriosas trabalhando a seu favor, ao contrário do irmão. Ele era um daqueles esquisitos. Os verdadeiros párias, os que possuem, metida bem fundo, uma maneira inacreditável de se carregar em cada atividade, que perfazem em cada arrumo e pequeno gesto um estranhamento sério, uma quebra de expectativas básicas que se tomam com tanta naturalidade. Tão inadequados que são rejeitados até pelos grupos que têm em comum principalmente a rejeição, errando sozinhos pelos corredores da escola, acumulando apelidos como musgo. Que se quebram de toda área comum – não torcendo para nenhum time e não assistindo novela – e ainda irrompem insistentemente em terreno progressivamente estranho, fazendo comentários sexuais tão incompreensíveis que nem os homens, nem os mais imaturos, conseguem entender por que diabos alguém diria aquilo. Trazendo bolo de chocolate todo dia e comendo rapidamente em garfadas generosas demais, que pegam um pouco do que parece – mas não *pode* ser – papel higiênico. Que recortam – cuidadosamente, com atenção às bordas – fotos da *família real inglesa,* de revistas que eles trazem de casa.

Culpam-se os pais, a ausência de irmãos, mas é sempre mais complicado do que isso. Luísa se lembrava dos poucos exemplos com quem havia convivido. Renato Bizarro e o Pamonha, cujo nome verdadeiro ninguém conhecia, parece que nem os professores. Ela tentava ser gentil, mas sabia que não havia o que bastasse, que algo ali neles sempre tomava a decisão errada. E o seu irmão era um deles. Ela afundava nessa conclusão havia algum tempo, sem saber exatamente o que fazer, se é que haveria algo a fazer. Ela os chamava carinhosamente de "sociopatas" na cabeça dela, ainda que soubesse o termo bastante inapropriado. Usando um tom carinhoso e não tão diferente do usado com os deficientes de todo tipo, com os improvavelmente deformados.

Quando eles se despediam na escola todo dia ele devia se preparar para enfrentar todo um mundo esquisito e assustador. De gente hostil e filha da puta, de um bando de apelidos escrotos, de uma impressão fixa de que todos estão entendendo algo que você não está, rindo de algo que você deveria saber. Luísa imaginava o sentimento entranhado e elementar de inadequação que ela mesma já sentia, só que multiplicado umas várias e cruéis vezes.

Mesmo entendendo que provavelmente deveria, Luísa não conseguia se forçar a interferir de nenhuma maneira. Sabia que era boazinha com ele, boazinha demais, e que aquilo já era uma artificialidade estranha a uma irmã (de quem se espera um mínimo de encheção de saco), mas não conseguia evitar o trato sempre amoroso com ele, e desigual.

E não sentia nenhuma condescendência ao fazê-lo, estranhamente sentia respeito, uma versão distante e pouco familiar.

A noite passada, antes de sua mãe viajar, havia assistido aquele mesmo espetáculo. Bernardo derramava suco e arrumava a comida no prato para satisfazer algum desígnio plástico estranho, empurrava a cadeira para frente e para trás em busca de algum meio termo inalcançável. Fazia barulhos que não se retraçavam a nenhum propósito imediato compreensível. Luísa sentia a iminência da explosão do pai em tudo que Bernardo fazia, tensa, agarrando com as unhas suas próprias pernas debaixo da mesa.

Ela nunca conseguia rastreá-lo, entender o que ele estava tentando fazer. E para ela isso o impedia de cometer todos os erros banais que o mundo inteiro insistia em cometer diariamente, pesadamente. Com seus *Oi; Mas está quente, não é mesmo?*; *Opa, mas assim não vai dar não*; *O problema não é o calor, é a umidade*. Ele não se manchava da naturalidade modorrenta que se agarrava a tudo, aquele peso inaceitável e burocrático, a poeira avermelhada e amarga que se assentava sobre todas as coisas. E ela supunha amar mais o irmão por ser assim, mais do que amaria se ele fosse metido a espertinho como ela, ou se fosse inteiramente normal, sempre previsível. Ainda mais porque percebia que precisava fazer algum esforço para não achá-lo patético demais, às vezes, e ela gostava desse esforço, entendia-o necessário e bom.

O peso emaranhado de toda aquela situação familiar a incomodava particularmente naquele dia. Luísa imaginava que provavelmente Bernardo passava gradualmente de se achar injustiçado a entender que ele merecia tudo aquilo. Que, através de alguma característica final dele – que não seria subjugada –, *ele* fazia aquilo consigo mesmo. Mas não conseguia imaginar nenhuma forma de se unir a ele, de defendê-lo, ao menos nenhuma forma plausível. Luísa corrigia e aperfeiçoava quase diariamente a eloquência necessária para ajudá-lo, em discursos imaginários dramáticos. Encadeava frases cheias de coragem e conforto, enfrentamentos heroicos chorosos aos pais. Mas sabia que aquelas situações hipotéticas que imaginava faziam parte de outro tipo de existência, uma tão impossível e estrangeira ali durante o jantar (ou mais tarde, enquanto ouvia o irmão falar sozinho ao se preparar para dormir) que ela não chegava a alimentá-la como realmente possível. Reproduzir mentalmente essas cenas, autoirônicas de tão formidáveis, da mesma maneira que ter pequenos devaneios sobre várias habilidades que ela não tinha (voar, tocar piano) bastava para distrair a mente de suas outras menores insuficiências.

O pai ainda não havia falado nada. De vez em quando escapava uma olhadela rápida ao seu filho ali ao lado. Seu olhar simples parecia resolver tudo o que encontrava, entender e julgar perfeitamente todo fenômeno que se levantasse diante dele. Esta é uma televisão, serve para isto e isto; estes são os meus pés. Vivia concordando consigo mesmo, como fazia agora, em pequenos cálculos e confirmações, geralmente visíveis em sua expressão. Do arranjo de comida no seu garfo até a quantidade de comida ainda disponível, ele se contentava da segurança dessas pequenas conclusões, da satisfação perfeita que todo contexto já trazia armada e pronta para ser compreendida, vestida como um par de calças. Todos os desenvolvimentos do mundo apenas confirmavam umas poucas conclusões tiradas décadas atrás. As insuficiências graves da mulher e da filha ele já havia determinado e pesado havia muito tempo (como o seu olhar na direção delas atestava, de resignação amarga e contida). Já havia achado pequenas maneiras de tolerá-las. Mas o arsenal de erros do filho parecia de outra categoria, parecia interminável, todo dia dispondo um novo absurdo a se considerar e julgar e corrigir, uma deformidade proteiforme que nunca atingia uma mesma feição previsível e certa com a qual ele pudesse se acostumar.

Ele comia uma série curta e apressada de garfadas e se recompunha, respirava com a boca (pelo desvio de septo), estalava os dedos, olhava em volta com desprezo para o seriado que a mãe assistia disfarçadamente através do reflexo do vidro do armário. Como se qualquer coisa que ele gostasse fosse muito melhor. Quão mais patética era a arrogância de alguém tão medíocre, puta merda! As unhas de Luísa afundavam na sua própria perna.

Em um esforço novo, ela tentou entender o pai como ridículo e patético da mesma forma que entendia as outras figuras de autoridade, e sentir pena. Mas isto se mostrou praticamente impossível. Ela havia, em toda sua vida, entendido o pai como uma pessoa de verdade apenas um punhado de vezes, quando ele assim concedia. No mais, ele existia perfeitamente encerrado no papel dele de pai, e de pai filho da puta, um conjunto fixo e pouco real de voz e bigode. E nesse sentido ele parecia existir como personagens rasos de novela, inteiramente consistente em suas duas ou três características simples e infalíveis, um vilão monotemático de desenho animado. As inconsistências desse modelo eram raras o bastante para que parecessem anomalias insignificantes, certamente acidentais. As únicas manifestações de carinho com a filha que irrompiam de vez em quando gravitavam inteiramente ao redor da beleza dela, uns comentários bafejados com um orgulho desagradável, passando a mão no seu cabelo. O que ela acabava por achar apenas repugnante (e que haviam praticamente se interrompido havia alguns meses, coincidindo com o crescimento desgovernado do seu penteado).

Quando ela começou a ter idade de desenvolver pensamentos morais ligeiramente mais complexos, que durassem por mais tempo do que apenas o permitido pelo intervalo de *Animaniacs*, Luísa se lembra de ter tido sério problema com essa sua impressão tão simples do pai: de ele ser simplesmente *malvado*. Tudo o que ela tão precocemente apreendia do mundo na época apontava na direção de inexistência desses modelos na vida real, desses estereótipos (ela ainda hesitava em usar a palavra, recentemente adquirida). E, no entanto, o pai continuava lá, um ponto tão pequeno e duro, inarticulável, tão simples, sendo grosseiro com a mãe, a empregada e o irmão ao mesmo tempo, de uma crueldade tossida que não deixava de ser medíocre e indistinta, que parecia uma manifestação automática e insciente, uma substância secretada sem motivo. Ele continuava demonstrando adiante a possibilidade daquela sua existência esteticamente inadequada. Isso só parou de incomodar quando Luísa ganhou idade para ver graça naquilo, na pequena recursão que havia em alguém da vida real satisfazer tão efetivamente um modelo fictício e fixo. Essa pequena virada de perspectiva pareceu encerrar a questão.

E ainda que ser excessivamente compassiva lhe parecia uma pequena traição ao irmão. Que ela ficasse com raiva do pai já era pouco, já não era nem o bastante.

Com os olhos no seu próprio prato, pegou acidentalmente à vista da mão direita do seu irmão agarrada ao garfo, os dedos colaborando em um engenho torto e contorcido. Parecia um bicho recém-nascido ainda tentativamente explorando as suas possibilidades preênseis. E por um segundo Luísa alimentou o resto involuntário de desprezo pelo seu irmão, que havia muito era mantido fortemente sedado. Por sua figura canhestra, infeliz. Não demorou muito para ficar completamente enojada consigo mesma, o que esperava que acontecesse desde o princípio. Ela já sabia que o amava, inclusive por causa das esquisitices, e não apesar. Não entendia exatamente por que precisava pensar concretamente em algumas coisas, se parecia antecipar desde o início o que resultaria delas, se boa parte do tempo nem parecia tirar daquilo nenhuma espécie razoável de satisfação. Parecia imperativo e irresistível enunciar toda impressão de uma forma coerente, realizá-la, desenrolar atentamente as suas reações e perceber que condiziam com o esperado. A todo momento provar a si mesma que não teria medo de perseguir nada, por mais esquisito e errado que parecesse. Nunca ceder, nunca se satisfazer diante de uma coisa só. Como se decidir-se por algo fosse, necessariamente, uma fraqueza, uma covardia. Entreter toda e qualquer noção imaginável, que elas copulassem e se ajuntassem, para ver em que cores dariam.

Ela abriu os olhos, antes que o pai percebesse e reclamasse. O espetáculo ainda insistia diante dela, uma enrolação que não acabava e que ela tinha que entender. O pai diante dela e o irmão do lado, mastigando alto, a mãe de alguma forma ainda mais muda que os dois e imperdoavelmente distraída do que acontecia, rindo baixinho da novela. Aquilo era pesado e previsível, e eles não percebiam. A mesa de jantar e a presença dos pratos e da comida e da televisão ligada impondo aquela repetição contra a qual eles não protestavam, uma estrutura de sentimento que era plenamente aceita como a única forma possível das coisas se darem. Pedaços trambolhosos e inscientes se agitando adiante, conformando-se num único e inaceitável molde.

Luísa fechava os olhos por uns poucos segundos, comia devagar. Faltava a todo mundo uma noção *específica* das coisas. Um senso adequado e necessário do ridículo final descansando por trás de todas essas nossas empreitadas, nossas repetições engastadas. Um senso que ela parecia acreditar ser o seu. Uma medida de perfeito equilíbrio e absoluto sucesso, de manutenção impossível, que só conseguia existir na cabeça dela na sua forma infinitamente abstrata. Ela observava com um sorriso esperto e com alguma distância condescendente o desenrolar incompreensível de todas as pessoas, o transporte de suas pastas e bigodes, seus movimentos excessivos como os de um nadador incompetente, que se afoga apesar da amplitude de suas braçadas.

Geralmente, pensar em todas as pessoas como figuras tolas e sem culpa, inimputáveis de qualquer seriedade, acabava sendo a solução. Pequenos animais inconsequentes e irresponsáveis, finalmente amáveis. Mamíferos de olhos aquosos chocando-se uns com os outros, trombando os quadris e pedindo infinitas desculpas uns para os outros. Ela perseguia essa verdade particular como se tirasse uma velha conclusão dobrada de uma gaveta, e a vestisse. Isso a tranquilizava. Tornava suportável, até divertido, praticamente qualquer espetáculo. Era apenas necessário achar o ridículo enternecedor específico a cada empreendimento, sempre haveria um. Toda a civilização ocidental vista como homens cabeçudinhos de desenho animado rapidamente entremetidos em diversas e falhas confusões.

Mas, de alguma forma, ali ao jantar não surtia efeito. Ela poderia alcançar tudo aquilo intelectualmente (assim como qualquer outro estado, por mais absurdo que fosse), mas percebia que nenhum soava ou parecia mais convincente do que o próximo. Em verdade, nem sequer pareciam muito diferentes. Não conseguia arranjar nenhum sentido para o que acontecia que parecesse final, derradeiro. Levar a sério de verdade qualquer coisa, em particular qualquer compreensão que ela entendesse boa – e que, portanto, faria dela uma pessoa melhor –, e uma voz no fundo da cabeça avisava-lhe que ela não sentia aquilo de verdade, que estava apenas fingindo, que estava sendo falsa e *hipócrita*.

(O tipo de palavra que só usaria para julgar a si mesma, e nunca em voz alta.)

Parecia seguir-se daquilo a conclusão de que não havia diferença, de que aquilo não significava nada de verdade. Mas chegar a dizê-lo já seria apenas outra espécie de afetação. À espera de alguma coisa histericamente genuína, decididamente autêntica, que ela conseguisse aceitar, a cabeça recuava diante de tudo.

Ela se distraía traçando esses círculos derivativos na cabeça. Progressivamente perdendo suas referências originais e ramificando-se na precisão de detalhes desimportantes, a curva da curva de um galho despido de folhas, agitado pelo vento. Abstratos o bastante para que eventualmente se perdesse em uma complicação qualquer e, ao calcular uma garfada, esquecesse por um segundo o que é que tinha dado início a tudo.

Entender apenas brócolis, arroz e frango e o que eles tentavam fazer juntos.

Enquanto isso, claro, aconteceu:

– Come que nem homem, Bernardo!

Era quase um grito, ligeiramente mais fraco que um grito de verdade, mas com a mesma violência declarada, a mesma quebra de normalidade. Entregue no tom mais factual e óbvio, pontuado por um gole de suco, sem que sequer se interrompesse a refeição.

– Qual a dificuldade de comer que nem homem? Fica fingindo – *fingindo* – que *tá* tomando o suco sem que o negócio nem diminua, e o suco que sua mãe fez e segurando a porra do garfo assim e ainda esse negócio da cadeira, agora, porra.

E ela estranhamente não sabia o que achar daquilo, o que dizer para si mesma além de *Nem foi minha mãe quem fez o suco*, como se aquilo importasse de alguma maneira. Que *Foi a Neide*. Forçando-se a embotar qualquer reação antes que adquirisse qualquer forma na sua cabeça, que tivesse a menor chance de vingar, mantendo os olhos baixos, usando a língua para resgatar pequenos pedaços de comida perdidos pelos dentes.

E não viu tanta dificuldade, dessa vez, em se distrair com o som da televisão, com uma propaganda de refrigerante, familiar e insistentemente transmitida, que ela repetiu em silêncio. De como tudo pedia por *Guaraná Antarctica*. Errando só uma ou outra frase, perfazendo os altos e baixos do entusiasmo pouco convincente, pouco sentido, abocanhando com exagero o ar que havia em volta das palavras.

* * *

Luísa criança, deitada em lugares improváveis (o descanso de braço de uma poltrona, uma prateleira destinada a vasos e outros detalhes decorativos, o espaço frio de chão descoberto por tapete), fazendo o possível para que o resto do domingo cansado passe, pais entretidos com coisas mortas. Com anos poucos o bastante para não ser espacialmente um incômodo tão grande em cima do pai, enquanto lê o jornal. Buscando formas legítimas de reclamar a atenção dele, formas que não seriam tomadas por chatice. Deita-se no peito de forma a encará-lo, ele insistindo no jornal, levantando-o até uma altura que escape da cabeça gigantesca de sua filha.

Luísa começa a manipular a cara do seu pai. A cara enorme. Gentilmente, com os dedões, como quem molda argila. Traz o nariz para o lado, arranja a boca comicamente, mostra dentes que não deveriam ser mostrados, revelando a estrutura normalmente escondida da mandíbula, o que sempre lhe lembrava da esquisitice (mas que insistiam ser verdade) de ter um crânio ali por trás.

O pai não se altera (aquela era uma manifestação até modesta da chatice que ela conseguia alcançar, uma silenciosa, que ele poderia até suportar como alternativa a algo ainda pior), continua a ler o jornal, onde homens de terno se cumprimentam, conversam, se amam e desenvolvem todo o seu mundo de homens de terno contido em jornais e telejornais e reportado dessa forma para pessoas comuns.

De repente a cara do seu pai para de fazer sentido. Os elementos todos estão lá, mas o conjunto caminha para qualquer outro lugar, e some. A cara dele vira, por um segundo, um arranjo aleatório de coisas quaisquer, de indiferentes. E é esquisito, é claro, que ela consiga fazer isso com a cara do seu pai. Esquisito e divertido. Como quando insiste em desenhar um sol verde e quadrado acima dos seus desenhos e espera a reação dos professores para poder defendê-lo com toda a naturalidade do mundo.

Para alguém com um profundo desábito de tomar decisões práticas como Bernardo, concluir que não há nada mais que se possa fazer é sempre alguma espécie de alívio. Claro que nesse caso aconteceu em proporções incrivelmente menores, mas estava lá, ainda que não inteiramente pronunciada. A reação imediata de aliviar-se de que nada mais podia ser esperado dele quando concluiu que aquele ali, imóvel e pesado, realmente o seu pai, no entanto não era mais.

Tudo frio, inclusive a comida intocada diante do corpo, de carne e arroz e batatas, apenas, na mesinha inapropriada, feia e prática que ele não cedia às reclamações da mulher, aparelhada diante da televisão. Ainda a melopeia das cigarras se misturava aos outros elementos, um item quase palpável da sala e do seu ar. O que o rosto mostrava parecia ser completamente aleatório (o rasgo tenso da boca discordando dos olhos perfeitamente calmos), mas a familiaridade com aqueles traços forçava a mente a procurar um conteúdo ali, a não encará-la da mesma forma que se encara o desenho no tronco de uma árvore, no joelho de um elefante. Ele não deveria estar ali, o pai, não tão cedo, ele ainda repetia para si mesmo. Como se *esse* fosse o item mais controverso daquela cena. Mas o fato é que naquela situação tudo era inesperado e estranho, nada encaixava. E estranhamente foi nesses detalhes que Bernardo se viu preso, sem que conseguisse evitar, no horário tão cedo para a presença do pai, na sua posição tão desconfortável deitado no sofá, do torso virado e caído à direita, com as pernas firmes sentadas. No fato de ele estar assistindo novela.

O filho sentou-se ao lado do pai. E diante dos primeiros traços mais arrebatadores de desespero (que investiam, com efeito, como se de algum outro lugar, vindo de fora) passou a considerar o que humanamente poderiam exigir dele nessa situação, um moleque que não tem nem pentelhos ainda. E já sentado no chão, desmontado em mais de um jeito, pensava se seria autoindulgente lidar com isso da maneira que parecia mais atraente agora.

* * *

Eles jantavam depois do jornal, o primeiro da noite, porque o pai sempre chegava logo no final, fazendo quase diariamente a graça de que o William Bonner e a Fátima Bernardes estavam cumprimentando-o com o *boa noite* de despedida. Ninguém ria disso, e ele agora repetia a coisa num tom amargo demais, que já dificultava até o *status* formal da coisa como o de uma piada reconhecível. Fazia questão então de assistir ao jornal que passava mais tarde, parecia-lhe parte essencial do caráter de pai e de provedor assistir ao jornal atentamente e fazer pouco do desinteresse efeminado do resto da família pelos eventos geopolíticos mundiais.

Enquanto isso a mãe e o filho dormiam, apenas Luísa permanecia acordada. A mãe reclamaria o fato de ela ficar acordada até tarde, se soubesse, mas não o pai, havia muito apegado àquela possibilidade de desconsiderar aleatoriamente e em absoluto alguns princípios que a mãe impunha. Ela ficava com ele no sofá, lia uma revista, às vezes até assistia ao jornal, os dois chupando laranjas que ele descascava habilmente, sem nem precisar desviar o olhar da televisão. Recortando a casca em poucos nacos enormes e íntegros que ela admirava e torcia sempre para que fossem os maiores possíveis, sem saber exatamente por quê. Descolando cada gomo com uma rapidez inesperada para dedos tão gorduchos e cotocudos.

Dia sim, dia não ele comentava o fato de chupar laranja todos os dias e de não se gripar havia mais de vinte anos. Não estabelecia nenhuma relação necessária entre os dois, para depois olhar para a filha com uma cara terrivelmente sugestiva, de sobrancelhas armadas.

Mesmo depois da décima vez que o pai comentou aquilo, ela não conseguiria dizer se ele estava realmente falando sério toda vez, como se pudesse realmente todo dia ocorrer-lhe aquilo na forma de uma informação nova e relevante que ele deveria passar para a prole. Em outra pessoa, ela acharia aquilo bonitinho de uma forma quase insuportável. No pai, era apenas confuso e irritante.

Essa prática tornou-se rotineira o bastante para que ela se sentisse obrigada a comparecer, a consumir a porção de laranjas que ele parecia separar para ela, mesmo quando estava com sono, quando não tinha tanta vontade. Aquilo era uma quantidade histérica de afetividade, considerando a quantidade que ele manifestava habitualmente.

Por isso, a maneira dela de mostrar-se sentida com o pai quando ele brigava mais grosseiramente com Bernardo era ir direto para a cama, indo deitar até antes da mãe e do irmão. O pai estava muito distante de estabelecer qualquer relação entre as duas coisas, e ela sabia disso.

Luísa não lava as mãos depois de ficar com o pai. Gosta de sentir no vão entre os dedos o cheiro de laranja quando apaga a luz e se deita, o cheiro que não vai estar lá de manhã cedo.

E é um tipo bem específico de frustração, procurar por um cheiro que não está mais lá (ela pensava ao acordar, antes de abrir os olhos, antes de procurá-lo). Devia ter um nome para ele.

A essa hora as sombras gradualmente enfraquecem, ao se confundirem com a sombra geral que persegue e perfaz tudo. Os gritos de crianças saindo das escolas, que não precisam de motivo, já foram embora para casa, carregados pelos seus apêndices humanos e os pais responsáveis. Dia e noite não se decidem, os postes acesos inúteis. Tudo se aquieta e se acomoda nas luzinhas das janelas, e nas luzinhas menores contidas em cada janela, esperando para ser reanimado e posto em movimento mais uma vez.

Mulher feita, (como diria uma figura de autoridade na sua cabeça), Luísa ainda galgava todo o trajeto desde a portaria até a porta do apartamento com a expectativa infantil que inventara aos doze, embora não soubesse mais até onde repetia os círculos no automático, até onde eles ainda significavam alguma coisa. Uma expectativa pelo improvável, por sua necessidade, que escalava progressivamente até chegar num auge assumidamente implausível quando apreendia em vista a porta, esperando o absurdo atrás dela apenas por repetir a si mesma que coisas improváveis de fato acontecem, por que não poderiam acontecer justamente agora? Como todo o resto, um tipo de desafio (me dê um motivo, rápido, para não considerar todas as coisas improváveis que estão ali detrás da porta, arrá!, não consegue, idiota). Só que não seria um improvável como uma festa surpresa um mês antes do seu aniversário, ou o seu irmão dançando sozinho. Eram sempre absurdos impensáveis que ela esperava, o menor deles envolvendo a família amarrada por incontáveis ladrões ou sequestradores malvados, o maior sendo parecido demais com pesadelos para que ela conseguisse descrever verbalmente, com vultos monstruosos esperando detrás dos móveis, ou os próprios móveis como vultos monstruosos, palavras e imagens-chave soltas do Mal. Em seguida negando que qualquer dessas coisas fosse possível numa pantomima dissimulada e farsesca de tensão ao abrir a porta e, com um risco de decepção, provar um ponto diante de quem quer que seja que perde as discussões que travamos na nossa cabeça.

Exceto que desta vez o outro lado ganhou. Realmente o grotesco pode acontecer, e inclusive acontece até quando o esperamos implausivelmente.

A sala que ela costuma encontrar vazia e morta, apagada da luz quase inexistente e esperando alguém para entendê-la, agora ainda mais morta do que o normal. O irmão virando feito bebê com olhos pesados e levantando com um esforço aparentemente complicado, composto, vindo de dois três lugares ao mesmo tempo.

O grotesco acontecendo justo quando ela o esperava sem nenhum motivo. Um acordo tão inesperado entre a realidade e suas bobagens interiores sempre tão tímidas, que a reação inicial é incompreensão. Literal incompreensão. Uma convergência tão forte, que o ímpeto é de entender que alguma lição se depreende daquilo, lição de algum tipo *tem* que sair dali, algum significado necessariamente resulta daquela pequena simetria, pequena ordem arraigada. O pensamento que ela quer reclamar, que ela quer enunciar e dar forma, não dá a volta toda, não consegue, procura por tanto tempo as palavras que precisa e acaba esquecendo para quê as procurava.

E o que não se completa permanece indefinidamente, uma impressão insatisfeita que não iria embora então e nem em breve.

E daí que a realidade daquilo toma passos em falso até chegar em Luísa, que tenta achar uma única direção na qual ela possa entender aquilo, uma única maneira pura, que não se manifesta, que não se demonstra sozinha, solícita, e ela acaba entre esforços compreendendo por um instante o que acontece – o que insiste em acontecer – exclusivamente pela sua força plástica, sem qualquer significado. E nesse sentido tudo tão perversamente apropriado. A composição torta do pai deitado no sofá, com uma expressão impossível, o seu irmão ajoelhado, agarrado a uma das pernas imóveis. A maneira como tudo se oferece, os elementos todos familiares, calmos.

A elegância que havia em tanto silêncio. Esperando por ela.

* * *

Desenterra-se alguma luz, enfim. Você acorda.

A luz é cercada pelo escuro lá fora, o escuro que espera nas janelas todas, investidas encerradas ali. Você senta, toma posse de si mesma. O mundo de novo assentado, tudo no lugar certo para que ainda mais uma vez sentido seja feito de cada coisa. Parentes já infestam o lugar, sem-número de palavras e olhares na sua direção, de mãos e joelhos jungidos no sofá. Finalmente o seu irmão, do seu lado, parece esperar alguma coisa de você. Lembra que deveria configurar importância a alguma coisa, e passeia os olhos pela sala. Mas não está lá. De novo o seu irmão, encarando você, preterindo todos os outros, como se atentasse para o que você vai dizer agora. E você *vai* dizer alguma coisa agora. Você entende que o momento é aquele, que agora deve explicar-lhe tudo. Com cuidado, tomar as mãos dele nas suas e salvá-lo.

É necessário que alguém chame a sua atenção pela segunda vez para que você perceba que está chorando compulsivamente, e tremendo.

Toda a sala, a posição certa de todas as coisas e a maneira delas de manifestar as mudanças de luz e a passagem do dia, o padrão é tão familiar, que é quase como se fosse um rosto tentando lhe dizer alguma coisa.

Um rosto confiável, sorvendo fôlego. Pronto para dizê-lo a qualquer momento agora.

Non ego vita mea sim
Santo Agostinho

☙ Terça-feira, 24 de novembro de 2008 ❧

*E*ra uma festa. As pessoas até dançavam.
 Quantidades astronômicas de diversão a serem processadas, quantidades histéricas. Tudo informado por algum exagero (tipo oh, isso é tão divertido, essa música, a maneira como tiro um guardanapo de dentro do plástico, as minhas calças).

Eu quase dançava, inclusive, estando bêbado o bastante. Ou ao menos fazia o possível nessa direção, o máximo que podia sem que meus quadris precisassem entrar na bagunça.

Por uma meia hora, parecia que as pessoas literalmente não parariam de chegar, que a pequena sala e a pequena varanda se amontoariam de uma quantidade farsesca e insustentável de gente efusivamente disposta, como naquela cena dos irmãos Marx. Por volta de uma e meia havia se atingido uma estabilidade de umas trinta e tantas pessoas, das quais eu conhecia umas seis. Mas nem era possível, pela situação da festa, sentir muita vergonha. Eu já havia tirado foto com vários desconhecidos, tomando comedida parte em poses compostas absurdas cujo propósito me escapava inteiramente. Eu nunca veria aquelas fotos.

Uma menina particularmente bonita estava no meio de nós, e uma que eu não conhecia. E parecia tão improvável que houvesse uma menina bonita que eu não conhecesse. Não é como se eu tivesse um conhecimento em especial *compreensivo* de meninas bonitas, nem nada, mas sei que sou atento, e os círculos de pessoas em Brasília nunca se estendem muito além de um pequeno terreno reconhecível. Quando não sabemos os nomes, conhecemos as caras, os perfis na internet, em quantas pessoas nos ligamos até elas. Temos já nossas reservas por motivos pequenos, importantes.

Normalmente eu ficaria quieto no meu canto, mas Antônio me importunava e não me deixava sentar. Depois de certo limite estourado, o ânimo da festa havia se tornado confusamente irônico e genuíno ao mesmo tempo no seu exagero, e eu havia conseguido me adequar de algum jeito no seu movimento. A beleza das mulheres doía ainda mais quando eu me sentava e me acalmava. Andando por aí parecia que eu estava fazendo alguma coisa a respeito (o que era bem longe da verdade).

Todos ali nos arredores imediatos do som cantavam as músicas, escolhidas e aprovadas de uma maneira quase democrática a todo momento, a partir dos iPods alheios em cima do som. Eu não tento escolher nenhuma, eu não me entendo exatamente incluído naquele monte de pessoas, aquele empilhamento de expressões.

A menina bonita também cantava, mas cantava diferente. Não imitando a sonoridade, mas fazendo, ao contrário, questão de enunciar as palavras da letra corretamente. Isso sobre imitar a maneira de quem quer que seja de cantá-las. Com os olhos fechados de quem sente necessidade de enunciá-las, porque importantes.

Eu decido que ela é a minha pessoa favorita do mundo.

Eu sou o tipo de retardado que fica percebendo essas coisas em festas e as enunciando para mim mesmo. Quando não as percebo, invento. Aquele rapaz finge beber com a mesma intensidade da garota, mas quer que ela fique bêbada antes, eu concluo, baseado em porra nenhuma. Melhoro os diálogos que não consigo escutar, daqueles no fundo da sala.

Pessoas caem no chão, reforçando a ideia de que diversão está se dando em intensidade inimaginável. Um garoto famosamente cênico se serpenteia através do chão, alguém impede o progresso de sua camisa e ele começa a se desembaraçar dela, rindo com um triunfo que não sei dizer se é mais infantil ou feminino. Aqueles caídos entendem sua função, fazem o possível para continuar o seu desempenho. Alguns levantam de forma fantástica, outros continuam caídos indefinidamente, sem saber como sair da situação com graça. São pisoteados e tudo mais.

Os mais talentosos desenvolvem as lógicas internas necessárias dentro dos núcleos dos quais fazem parte, os responsáveis por piadas internas que com esperança poderão ser lembradas no futuro, referências que substituam intimidade. Fico incerto entre achar tudo patético ou fazer a minha parte. Acho que consigo lograr uma.

– Nunca experimentei bolo de morango. Decidi que tinha nojo quando moleque e agora tenho medo de experimentar e estar tipo desistindo de uma parte essencial da minha personalidade.

– Mesmo motivo pelo qual você não beija homens?

Ele sorri antes de responder:

– Tipo isso.

Antônio e a menina dele (Flávia?) desistem de procurar os garfos de plástico e metem a mão no bolo, com mais reticência e cuidado do que você imaginaria de quem, afinal de contas, já está enfiando a mão no bolo mesmo. Eles parecem igualmente arrependidos e igualmente impossibilitados de expressá-lo, o impasse sugere que Antônio a beije, ali com as quatro mãos sujas de bolo. Isso não acontece.

A menina continua existindo pra caralho. Estamos todos bem dispostos e aceitando músicas de todo tipo. Eu finjo que gosto de algumas, imponho umas linhas aqui e ali. Percebo que, na verdade, qualquer música é aceitável, sendo apenas necessário achar a forma correta de entendê-la. Você dispõe camadas e camadas de ironia positiva e negativa até o troço ficar confuso o bastante. Tento mostrar para a menina que estou dançando ironicamente uma delas, falando alguma coisa retardada, e ela reage da forma mais indefinida possível. Possivelmente está barulhento demais para manutenção de mais de um nível, percebo. Mesmo para níveis rasteiros desse tipo.

Atrás de um absoluto, executo dança do robô, em gestos curtos e econômicos (gloriosamente, graças a um tutorial do YouTube).

Alguém tenta me contar alguma coisa que se demonstra impossivelmente complicada, continuo sorrindo (o tom é de uma anedota engraçada) e olhando para a pessoa até que a história acabe. Em laranjas, em um professor estrangeiro de cálculo e alguma relação inusitada entre os dois. Estou tão longe de entender o que está acontecendo, que não preciso me forçar a gargalhar junto com todo mundo.

Os dois estão de volta e com as mãos limpas, circunspectos, andando devagarinho. Ela quer ser vista como alguém que gosta de Almodóvar e de disso e daquilo outro, tudo nela se assesta em uma mesma direção pequena de pressupostos intensamente desimportantes, e são necessários alguns sorrisos simpáticos para que ela me ganhe de volta. Um moleque anuncia em voz alta o nome de todas as bandas que tocam, provando para quem quiser ouvir que conhece todas. Eu acho que sinto gotas caindo em mim, mas não verifico nenhum outro sinal de chuva.

– Pô, tipo uma modificação do Mario, saca, do Mario World, aquele do Yoshi. Lembra a pala dos castelos, que tu chegava lá e destruía e o cogumelinho falava que *The princess is in another castle*? Daí a nossa modificação seria infinita, saca, tipo o bicho chegando sempre num castelo doidão, gerado aleatoriamente, todo escroto, e vencendo e destruindo e o cogumelinho falando que a princesa *tá* ainda em *outro* castelo.

– Só.

– Um lance meio Kafka, *né*? Meio Sísifo. O código eu não sei fazer, dei só a ideia. Mas um bróder meu do Rio acho que vai fazer, a gente *tá* vendo.

– Bacana!

– Esse é o Night Riper?

– Não, isso é um negócio solto que ele fez e que dá pra baixar sozinho, é só procurar, tem tipo na Pitchfork.

– Porra, muito massa, muito massa a pala. Tudo fica muito massa, *né*.

Quase todos os itens e elementos daquele ambiente apontavam para um quadro externo que os explicasse, um contexto intensamente alheio que eles cuidadosamente mantinham com muito esforço e artifício. A música de algum *hype* recente que se supõe tão naturalmente conhecido de todo mundo, as histórias tão específicas envolvendo coisas tão pequenas, as roupas todas. Fala-se de um escândalo nova-iorquino envolvendo uma menina coreana que empreendeu vários golpes e mentiu para uma galera, e das reverberações disso em alguns *blogs* e revistas. A fitinha tão declaradamente infantil na cabeça da menina baixinha de cabelos castanhos, as cores berrantes e noventistas dos tênis, as calças justas perigosamente beirando a fosforescência, as *leggings* douradas, os bigodes irônicos. Desenvolvimentos e convoluções tão pequenas de artefatos culturais alheios, processamento de até alguma complexidade, ainda que uma tão superficial, hipertrofiada de uns pequenos pressupostos. Tudo aquilo podia ser retraçado até fontes distantes, geralmente americanas, sei lá, e já repassadas de uns três, quatro anos de processamento cultural difuso até finalmente se esparramar naqueles refletores pouco conscientes; reflexos de reflexos de reflexos. E tudo parecia sentido de maneira tão imediata, tão natural, assumido como parte essencial da personalidade, até. Eles sentem isso tudo como se tudo fosse deles. As bandas e os pequenos movimentos e as pequenas *tendências*, assim como os inúmeros engasgos e ecos em volta disso. A maioria dessas pessoas desempenha tanta coisa e carrega tanta coisa nelas mesmas, que é preciso apertar os olhos como míopes, esforçar-se para ver alguém através. Lembrar que ela é provavelmente infeliz.

E, no entanto, umas não, umas nunca deixam de sê-lo sem que você precise se esforçar. O são dolorosamente. Você as acompanha durante a noite, triste de não ser possível juntá-las em um grupo só. Notadamente a menina, impossivelmente bonita, elegante para caralho e de um cabelo gigante que funciona como uma explosão de importância, de atrair sua atenção. A menina sobre quem você já calcula tanta coisa. O efeito da piada interna estabelecida, a fertilidade potencial para futuras piadas internas, infinitas e autorreferentes, que tudo expliquem ou pareçam explicar.

Alguém parece contemplativo por um instante, até um *flash* denunciar ser uma pose para uma foto envolvendo outra pessoa, que em outro plano segurava uma garrafa de cerveja em posição sugestiva. Diversão documentada, prontos para prosseguir.

— Não é isso, eu sei que é palha neguinho morrer. Ainda mais trinta e poucos. Mas eu não sinto, saca? Toda morte parece impossível para mim.

— *Tô* ligado.

— Principalmente a minha, *né*. Eu morrer é tipo o Homer Simpson morrer, o Zacarias.

Na primeira vez é engraçado. É o Eduardo, um cara simpático com uma namorada simpática que eu já conhecia sabe lá de onde. Testudo e pequeno, de camisa cinza escola pública com gola excessivamente aberta mostrando sua ausência indecorosa de pelos. Aí, horas depois, você o ouve repetir aquilo quase palavra por palavra, rindo com o mesmo engasgo repetitivo. É sempre evidente, e tudo, mas ainda assim consegue ser bem triste quando se evidencia com tanta força. A impossibilidade de qualquer coisa espontânea. E não é como se fosse um crime gravíssimo, você sabe, sabe que provavelmente comete faltas parecidas sem perceber, mas ainda assim, ainda assim bebês e mulheres bonitas desaparecem silenciosamente em algum lugar, coisas perdem o efeito.

Decide-se informalmente que lá fora é onde se dorme, nas cadeiras de plástico. Apesar do frio, da chuva que nunca toma forma de chuva o bastante para que casacos e celulares sejam retirados.

Num canto semiescuro providenciado pela improvável churrasqueira da varanda, Antônio está ficando com a garota; ele fala alguma coisa no ouvido dela e ela ri no ouvido dele, alto demais. Não sei há quanto tempo estão juntos, mas não pode ser muito. Seria provavelmente babaca da minha parte separá-los agora, e o bicho não *tá* na menor condição de dirigir. Dobro e desdobro meu celular.

Percebo que a menina bonita juntou-se a nós, aos que dormem ou fingem dormir (até onde sei, eu sou o único membro do segundo grupo). Está escuro e ela está longe o bastante para que não seja possível dizê-la acordada ou não, percebendo-me observá-la (e apropriadamente me achando assustador) ou não. A cara dela está escura, inexpressiva. Eu desisto.

Lembro-me de procurar pela lua, mas isso significaria me denunciar acordado, demonstrar-me um tanto ridículo, olhar de novo para ela até que me seja perguntado de uma cara no escuro para o que é que estou olhando (imagino isso sobre a garota, mas percebo razoavelmente transferível para a lua; em tudo isso nos desperdiçamos).

O vento dança a toalha devagar demais. Ele gira os copos de plástico sujos em círculos que nunca se formam inteiros, que mudam de direção como se de ideia (e eu sei disso tudo apesar dos olhos fechados). Tudo se move como algo quase sendo dito.

Que ao menos a noite acabasse aqui, e não em um elevador, no caminho até o carro, na volta até a minha casa. Que eu já imagino, que eu já prefiguro absolutamente inexequível e que sei que na hora vai se dar do mesmo jeito que todo o resto se dá. A maneira desimportante e despercebida que todo instante tem de carregar a si mesmo.

Publicado por JMN às 4:20

* * *

O Ford Ka do Antônio não tinha som, e estava sempre cheio de tranqueiras no banco e no chão: textos acadêmicos xerocados, casacos, papel de chocolate, cadernos esportivos de jornais, propagandas de supermercado entregues no semáforo, estampadas de produtos e preços. Havia muito tempo ali se guardava um cheiro esquisito que se sentia quase como um peso ao sentar no carro: inescapável, se desprendendo do estofado e do painel e deixando Antônio sempre com uma mesma expressão triste ao entrar nele, uma consciência de dificuldades morosas incontornáveis que sempre dão um jeito de achar você.

No momento ele mais propriamente desabava do que entrava no carro, no entanto, e não parecia – com um casaco no ombro e os olhos fechados, um cabelo pouco intencional – assim tão consciente de muita coisa.

– Caralho *tô* entendendo nada! Nada!

João sorriu, ajeitando o banco e o espelho ao seu corpo e às suas menores acomodações. Antônio, do seu lado, apoiava as pernas no painel num desajeito esforço que não parecia servir para muita coisa; operava com enorme, prolongada e comentada dificuldade a reclinação de seu banco e ainda achava algum jeito de se ocupar com papéis e restos de coisas que achava pelo chão, de comentar com espanto genuíno todo item da paisagem.

– Moleque, tu viu aquela árvore? Era tipo uma mão assim. Era tipo uma mão, velho.

– *Tô* ligado.

– Tu viu o esquema ali falando, a mina sorrindo ali era propaganda de quê? De celular? Caralho, muito gata que merda! – ah-hah. Que merda!

Ele era um bêbado infantil, que João não encorajava, mas gostava de assistir.

– Brasília é massa, *nénão*.

– *Nénão*.

Todo espaço disponível nos bancos da frente era tomado por CDs graváveis, alguns em caixinha, alguns não. Bem uns cinquenta, sessenta CDs empilhados, quase nenhum com algum nome especificado, quase todos com algum desenho absurdo que não indicava muita coisa, de monstros engraçados ou gordos dançando com guarda-chuva ou velhos fumando cachimbo. Eram todos compilações aleatórias de músicas que o Antônio gostava, sem nenhuma tentativa de ordem ou sentido, que tinham sua graça justamente na aleatoriedade. Webern, seguido de Jacob do Bandolim; seguido de Boredoms; seguido de Pavement; seguido de Debussy; seguido de Dave Brubeck; seguido de Dirty Projectors; seguido de Bach; seguido de Reich; seguido de Marc Ribot; seguido de Boards of Canada; seguido de Caetano; seguido de They Might Be Giants; seguido de Sivuca. Antônio parecia se orgulhar da falta absoluta de sentido de toda a sequência. João achava engraçado, mas não gostava da bagunça, achava que quebrava a onda de cada música. E ainda que os CDs se arranhavam, se engastavam de sujeira pelo chão do carro e viviam travando; alguns, impondo a todas as músicas um tempo quebrado e irregular; outros, um mesmo impedimento coerente, um gaguejo que parecia quase intencional. O que também acabava por agradar Antônio, de algum jeito.

– Eu deixo os CDs estragarem, saca, como um *lembrete*, *tá* ligado, da *materialidade* da mídia, saca.

– Boto fé.

Já terminava a Asa Norte no viaduto pesado cruzando o Eixão, anterior ao meio do Plano Piloto, o Conjunto Nacional, divisado de longe com marcas coloridas verticalmente dispostas, o prédio dos correios; e o buraco subterrâneo da rodoviária, amarelado da luz que continha, com o lado de cimento anegrado do viaduto propondo candidamente, em letras infantis vermelhas, que você boicotasse Bush. Antônio entregou uma gargalhada curta e inesperadamente forte. Ele levantou um dos punhos e tentou falar algo, conseguindo apenas expelir uma bolha de baba gargalhada que foi se pegar ao painel, onde ficou, despercebida. O que ele parecia querer expressar era o fato de que não parecia haver, no derredor imediato, nenhuma ferramenta clara de boicote ao ex-presidente dos Estados Unidos. Antônio fechou os olhos, arqueou as sobrancelhas e armou os braços numa guitarra complicadamente irônica e genuína ao mesmo tempo, cantando um improviso absolutamente inaceitável sobre o cerrado e suas luzes e sua magia e seu Paranoá, com um solo incoerente e agudo de guitarra que durou tempo o bastante para deixar de ser engraçado e voltar a ser engraçado e deixar de ser engraçado de novo.

João ria baixinho, conferia cascudos com até alguma força, nos piores momentos. No meio de uma aparente busca de algo que rimasse com "geometria", Antônio dormiu, desativado instantaneamente, com os ombros servindo de suporte e babador.

João segurava o volante com as duas mãos, desperto demais. Ele nunca assobiava ou cantava ou tamborilava nada, nem sozinho, nem no banho. Uma vez, bêbado, ele começou a cantar, distraído, uma música do Cartola; surpreendeu-se no espelho como quem surpreende um estranho no meio de algo extremamente reprovável, e parou. O Eixão estava vazio, com seus planos monótonos de árvores e grama bem iluminados, com seus troncos finos e recurvos, baixos, que parecem mais se arrastar do que propriamente crescer; alguns, deitando a barriga no chão e espreitando com alguma intenção deliberada e lenta, parecendo os finais inconsequentes de decisões longas e ramificadas, incompreensíveis. As pontas de um enorme corpo tentacular submerso.

Um mendigo sem camisa esperava na faixa do meio para atravessar, batendo embaixadinha com uma bola de tênis suja que já havia perdido a cor. João ouviu uma fungada que parecia desperta.

– Moleque.
– ...
– Eu sei que tu tá acordado.
– Hm?
– Aquela mina amiga da Paula.
– Hm.
– Aquela bonitinha com negócio listrado, cabelão doido.
– Luísa.
– Só, tu conhece ela?

* * *

Os dois continuaram calados por uns cinco minutos. Apareceu a saída da Onze e logo depois a tesourinha que daria na quadra. Nada havia sido combinado, mas pelo arranjo da situação já estava claro que Antônio dormiria na casa de João. Antônio era dos poucos que tinha um pudor genuíno de jamais dirigir bêbado. Na tesourinha, Antônio se agitou de repente e gesticulou de maneira grave e abstrata até que o carro parasse e ele pudesse correr para fora e vomitar, numa sucessão mecânica e quase imediata, engraçada. Apoiando-se na árvore mais próxima, abaixando a cabeça e direcionando, por instinto, às suas pobres e esparramadas raízes uma torrente íntegra e quase só líquida, incerta de cor. Depois de encerrado o fôlego, ele manteve a pose por um tempo, fazendo barulhos horríveis, pingando um pouco e aguardando instruções; o carro diagonalmente esperando no declive, hiante na sua porta aberta, na sua luz branca interna acesa, discordando do amarelo que os postes faziam. João olhando de dentro e sorrindo.

Depois de um tempo desse silêncio prolongado e até engraçado, Antônio visivelmente percebeu outra coisa e se recompôs e abriu o cinto e o zíper. Quando João foi ver, ele oferecia sua barriga descoberta para frente e continha a queda da camisa levantada com o queixo, deixando seu amiguinho solto para criar um arco oscilante e sem cor, parecendo momentaneamente uma criança prognata completamente imersa na simplicidade daquilo, esquecendo inclusive até de esconder o pinto, ali enrugado e humilde, o que João achou desnecessário, mas também, *né*, foda-se.

Quinta-feira, 25 de dezembro de 2008

Durante o almoço na casa do meu tio, enquanto não serviam a comida, eu fiquei andando sozinho pela casa. A casa é recente e meio doidamente planejada, levantada num desses condomínios no final do mundo, possivelmente irregular. A entrada do condomínio tem um arco e colunas gregas, e uma fonte com estátuas gregas de gesso, ruas com nomes tipo Veneza, Viena. Uns moleques gordinhos de doze anos andando cautelosamente de *skate* entre ruas calmas e limpinhas. A casa tem ainda poucos móveis, paredes pintadas de cores fortes e sem quadros, é tudo igualmente incompreensível. Dá vontade de desafiar alguém a explicar as absurdas conjunturas culturais que deram nessa casa, em alguns dos seus itens de decoração. Imagino um velhinho europeu alemão muito sério e preocupado perguntando *Como é que chegamos a esse ponto, gente?* O quarto do meu primo é bem vazio, revistas semanais antigas de meses ou anos atrás (e ainda familiares) estampadas no chão, anunciando importâncias distantes, prateleiras vazias, uns carros de brinquedo já meio velhos. Tentava organizar minhas memórias da festa e percebi que quase todas envolviam a garota, que quase todos os momentos que sobreviveram a tinham no fundo, de uma forma ou de outra. Como se uma luzinha da minha memória se acendesse com a presença dela, apenas com a presença dela. Eu até tenho o hábito de, bêbado, me apaixonar platonicamente fundo, de uma forma ou de outra. Como se uma luzinha da minha memória se acendesse com a presença dela, apenas com a presença dela. Eu até tenho o hábito de, bêbado, me apaixonar platonicamente por uma noite, mas geralmente é algo que me relatam no dia seguinte, que não sobrevive (ainda bem) à faxina noturna que sempre me visita. Daí que estou estranhando isso.

O nome dela é Luísa, pelo que me disse Antônio na volta para casa. Queria descobrir mais, mas ele dormia no carro e eu não quis insistir demais, parecer desproporcionalmente interessado.

O normal (eu determinei enquanto sentado na cama do meu primo, abrindo algumas gavetas da cômoda dele), mesmo nas improbabilidades já bem absurdas que são mulheres muito bonitas, é que haja apenas uma pequena harmonia entre uma parte e outra qualquer. Incorremos em pequenas suspensões necessárias ao observá-las, geralmente mulheres muito bonitas são muito bonitas somente em tal e tal disposição, nunca em *todas*. Mulheres com sorriso bonito, perfil formidável, covinhas bem-sucedidas. Concertos rápidos que insistem em demonstrar seu caráter frágil e acidental o tempo inteiro, e que carregam um desconcerto constrangido nos seus largos intervalos. Apenas fingimos que os deslizes cá e lá não acontecem, há algum tipo de acordo entre nós e a nossa cabeça quando queremos achá-las perfeitas. Quando se faz necessário perceber a humanidade e a imperfeição delas, elas estão lá, sempre disponíveis em um gesto mal-sucedido, uma alteração indesejável das sobrancelhas, um riso alto. É cruel, mas não há mulher que sobreviva.

E quando a gente gosta delas não tem problema, é até bom presenciar essas falhas, nas quais podemos nos encher de concessões bem intencionadas e nos percebemos alcançando um apreço honesto pela forma toda dela, por toda a sua realidade.

Isso não acontecia com Luísa, eu determinei, repassando os pequenos filminhos que minha cabeça guardava. Ela funcionava perfeitamente. O tipo de beleza que nunca termina de concordar consigo mesma, diante da qual a nossa mente cede e encerra seus esforços, contenta-se em apenas afirmar o que está acontecendo, uma criança descrevendo a sua diversão enquanto ela acontece. Acontece apenas que ela é maravilhosa, que é essa a maneira das coisas se darem.

Só ali, deitado no quarto do meu primo, a tarde de um sol teimoso se recusando a passar, a conversa dos meus tios sobreouvida através dos corredores (sobre som automotivo, seus mistérios e delícias, seus abusivos preços na maior parte da cidade), é que reconheci a beleza dela como uma força contínua e única. Eu precisava vê-la de novo, precisava demonstrar para ela por que era necessário que estivéssemos juntos!

Mas aí eu já não falava sério.

Meu primo mantém a maior parte das gavetas vazias, o que me parece bem incompreensível. Não acho que jamais tenha conversado mais de quatro palavras seguidas com ele, e percebo agora que a imagem mantida como sua durante esse tempo inteiro que invadia seu quarto era, na verdade, de um ator de novela qualquer; um já meio antigo cujo nome já me sumiu há um tempo. Não consigo lembrar de jeito nenhum se ele *tá* estudando em Campinas ou em São Paulo ou no Rio. Provavelmente Campinas, eu não teria por que me lembrar de Campinas assim, tão gratuitamente.

Na última gaveta, bem no fundo, encontro revistas *Playboy* antigas que conheço bem, de celebridades já apagadas. Folheio uma por um tempo, genuinamente nostálgico, até me chamarem para o almoço, quando interrompo no meio a leitura de uma entrevista imbecil com o Marcelinho Carioca, que ainda permanecia lá, sentada na minha memória, constrangida, por motivo exatamente nenhum.

Publicado por JMN às 22:37

Sábado, 3 de janeiro de 2009

Hoje foi o aniversário de um conhecido, mesa de bar com umas trinta pessoas, ela e as amigas *tavam* lá. Eu cheguei meio tarde e acabei sentando no final da mesa com um povo desinteressante, o tempo inteiro vendo-as de canto de olho, ouvindo pedacinhos da conversa. As duas amigas são a Paula e a Natália, que são opostos quase absolutos.

Natália é aquele tipo de menina doidamente extrovertida, que faz amizades de alguma profundidade quase todo mês, que se entrega de verdade ao falar com completos estranhos. Ela cria um estado épico permanente em volta de si mesma, e o pior é que funciona. Ela é quase inequivocamente bonita, loira, alta etc., a única oposição razoável de se fazer seria de que ela parece, bem de vez em quando, meio infantil. Mas prestando atenção, você vê que não é o caso, ela não tem dessas extroversões indiscriminadas que se saem derramando para todo lado, ela não é leviana. A extroversão dela é de uma artificialidade bem construída, e consciente. E que não me atrai muito, ainda bem. Como se ela fosse tão bonitona e acertada que a coisa ficasse recursiva e inválida, não sei explicar como (sei que não parece fazer sentido).

A Paula é pequena e morena, com todo tipo de pequena esperteza e cuidado no sutil e no delicado, toda composta e marchetada de pequenos gestos simesmados e circunscritos, minúsculos. Ela parece operada por um grupo complexo e ridiculamente minucioso de titereiros alemães. É até bonita, mas não terrivelmente, tem um nariz meio grande e uma falta injusta de pescoço, umas olheiras até charmosas, cabelo curtinho de menino. Especula-se que ela seria bi, eu não saberia dizer (me falta completamente um radar para essas coisas, eu mesmo poderia ser *gay* e nunca descobriria). Entrega toda hora um sorriso contido e se comunica ao mesmo tempo com várias pessoas de maneiras diferentes, vive percebendo você de canto de olho e fingindo que concorda com você sobre algum assunto indeterminado; vai mantendo diversas correntes sutis de comunicação com mil pessoas diferentes, várias janelas abertas. Quando vai ouvir alguém, arqueia as sobrancelhas numa incrível (mas não infinita) boa vontade em concordar. Vive reatando casais e dissipando inimizades e mal-entendidos, nunca namora sério, ninguém nunca a vê falando sobre si mesma, como se ela só vivesse através dos outros, agenciando a vida alheia. Não me lembro de como a conheci, ela meio que sempre esteve lá, amiga de amigos, sem envelhecer, sem mudar muito, evitando chamar as pessoas pelos apelidos. Era por intermédio dela que você descobria, por exemplo, do nada, que o Cuzinho de Cabrito se chamava Daniel, ou qualquer coisa assim. Que o Inédito se chamava Filipe Augusto.

Hoje em dia as duas meio que reconhecem a interação delas como algo engraçado e forte, elas se completam autoconscientemente como um casal de apresentadoras de tevê, pegando as dicas uma da outra. Luísa no meio das duas, principalmente calada, rindo baixinho e como que orgulhosa. Cada uma das três tão expressiva, partes de uma unidade perfeitinha no meio daquela mesa destrambelhada e barulhenta, uma unidade que eu tento recompor a partir dos pequenos fragmentos que eu consigo apanhar, entendendo-as como recursos de composição de algo indefinido e *maior*.

E eu no final da mesa, tendo que encarar uma menina nada a ver e um moleque insuportável. A menina Raíssa se pronuncia principalmente nos ombros e cantos ossudos, quase não fala nada. Mantém a boca sempre fechada, mesmo quando sorri, provavelmente por causa do aparelho (meio atrasado, *né*, aos vinte e dois). Ela *tá* sempre com câmera e fotografando intensamente toda ocasião, postando depois na internet. Sempre me deprime um pouco, me imaginar capturado de tantas maneiras pequenas e bestas, Casadafabi123.jpg: eu de olho meio aberto, mastigando alguma coisa; festadorafa24.jpg: eu rindo falso de uma graça, com a cabeça torta. Que nem numa foto que o Antônio achou outro dia na internet, no álbum de uma desconhecida. Duas meninas se abraçando num churrasco e eu aparecendo no cantinho da foto, equilibrando um prato de carne e farofa no colo, todo imbecil. Eu todo distribuído fulanamente por tantas extensões desnecessárias.

Raíssa parece achar que se traduz algum tipo de intimidade no fato de postar esse tanto de foto. Ela trata todo mundo por apelidos carinhosos nas descrições das fotos, e mal fala com ninguém ao vivo. É meio triste, que dá para perceber direitinho a pessoa que ela quer passar na internet, a elegância que tenta cumprir nas fotos escuras sempre de perfil e cabeça baixa, a expressão sóbria e bonitamente melancólica, as citações pouco apropriadas de filme europeu, a fonte escura que ela usa sempre minúscula. E o abismo dessa imagem dela e da pessoa aqui na minha frente tão apagada sempre se faz presente e quebrante, constrangedor. Não sei com qual das duas eu deveria tratar.

Do lado dela um moleque que me irrita muito, de algum nome comum, Rafael ou Daniel ou Lucas. Prematuramente careca e cabeçudo de uma cabeça quadrada, sempre de camisetas justinhas de banda, ou quadriculadas de lenhador, sempre com tênis coloridinhos. Geralmente parava sozinho em um canto das festas e botava suas duas mãos para interagir nervosamente, com uma expressão calma e superior. Como fazia agora. Seu filete recente de bigode não era carregado seriamente, e ele explicava isso no ouvido da Raíssa com alguma preocupação. Que era irônico. Ele sorria meios sorrisos com condescendência benevolente e indistinta para quase todos os levantamentos do mundo, andava com os braços aprestados para trás em passos ansiosos. Chegava e saía sozinho de todo lugar, dirigindo o Corsa vermelho da sua mãe. Não se alinhava definitivamente com nada, e estava sempre olhando em volta ao conversar com alguém, como se comentasse com pouca sutileza o interlocutor a uma terceira pessoa. Tinha sempre seus cotovelos armados, precisando sempre das mãos em tamborilar dedos ao longo da sua cara, ou bufar para dentro delas em concha, ou apenas se segurar em indecisão. Todo o seu conjunto parecia afirmar continuamente para uma plateia indefinida que sua permanência naquele lugar, naquela mesa, naquele círculo de pessoas – ou de fato no mundo – era apenas acidental e inconsequente, e, portanto não comprometedora de nenhuma maneira final. E agora ele tentava conjurar de dentro das suas manias expressivas alguma maneira de ser charmoso para Raíssa, que riscava com as unhas os restos de nota fiscal de um CD que deram para o aniversariante, e, ainda bem, não se impressionava. Ela talvez precisasse que eu a salvasse, mas eu ficava quieto. Ele tentava arrumar um jeito de falar que não consistisse em diminuir tudo à sua volta com sorrisinhos de canto de boca, e não conseguia. Tentava explicar para ela alguma coisa que ele havia descoberto sobre o Tarantino (na verdade eu nem lembro, mas soa plausível que fosse sobre o Tarantino) e ela nem fingia interesse.

Eu bebia uísque com alguma rapidez, e devia já estar sorrindo de um jeito involuntariamente engraçado, a essa hora. Tentando evitar os frequentes "você *tá* triste?" de semidesconhecidos. Eu nunca estou triste. Faltam-me as pecinhas, aparentemente.

Na verdade, nem sei se o Rafael-Lucas-Daniel *tava* tentando paquerar a Raíssa, minha atenção *tava* bem pouco concentrada em ouvir o que ele falava; eu ficava tentando imaginar correntes sutis e impossíveis de relevância correndo debaixo do que *tava* acontecendo, tão sutis que talvez nem eles percebessem, baixando um Henry James tardio imbecil em mim. Nesse dia curto de degelo, não dá para se deixar ficar entediado, *né*, há de se perseguir qualquer bobagem, deixar penetrar critérios absolutamente aleatórios e levá-los adiante, eu dizia para mim mesmo.

Foi aí que percebi que eu devia estar meio bêbado.

E foi quando as meninas me chamaram. Já meio tarde e com a mesa já fragmentada, de cadeiras vazias de gente que se levantava para beber algo com alguém ou tirar um foto e não voltava. Brincava-se com isqueiros e palitos de dente e guardanapos e folhetos entregues por gente vestida de forma chamativa. JELLO SHOTS ELETRO nalgum lugar, e outra festa, principalmente *gay*, no Galeria, cujo nome me escapa, uma nova, que apelava para todos os estereótipos e clichês *gays* ao mesmo tempo e tinha seu folheto entregue por um moleque novinho e claramente desconfortável na roupa exagerada e andrógina, que ele tinha escolhido em casa com tanta ousadia, nos olhos pintados. Antes de cada mesa ele se resguardava contra uma das pilastras gordonas da comercial e parecia se reunir em coragem para chegar efusivamente falando o discursinho ensaiado que ninguém ouvia. Dava uma pena do caramba. Natália e Paula me chamaram para beber com elas a dose de tequila que *tava* sobrando, de alguém que havia pedido e sumido. Eu odeio tequila, mas isso não é uma coisa que se nega, *né*. Fiquei por lá tentando resgatar alguma espécie de intimidade, mas ficamos só no terreno imediato de piadinhas fáceis, sorrisos bestas. Eu já antecipo nelas alguma espécie de intimidade pouco explicável, eu que não costumo simpatizar com ninguém, muito menos com um grupinho coeso. Tive impressão de percebê-lo nelas também, alguma vontade de fazer alguma outra coisa, algo menos vulgar, quando a conta foi paga e os casacos resgatados e todo mundo ficou em pé no meio do caminho entre os vários carros. Mas não havia muito que fazer, e nem como expressá-lo, então as várias despedidas engasgadas e entrecortadas se reproduziram, e cada um foi para o seu carro se desperdiçar sozinho.

Publicado por JMN às 3:45

Quarta-feira, 7 de janeiro de 2009

Ontem a encontrei rapidamente em um bar onde eu *tava* com dois amigos, assistindo, ridículos, a um jogo do Flamengo. Ela e uma amiga que desconheço passaram rapidamente, nos cumprimentaram por uns cinco minutos. Estava vestindo roupas que não conhecia, usando óculos que eu não conhecia e que nem sabia que ela precisava, vermelhos e modernos demais.

Ela tem um trato cuidadoso com as coisas que ainda não terminou de me surpreender. Uma maneira calma e atenta de realmente cumprimentar todas as pessoas que cumprimenta, de amarrar todos os cadarços que amarra. De sempre estar toda no que está fazendo, como se tudo fosse da maior importância e merecesse ser experimentado em sua vez. Como se a gente não se refratasse em vários pesos, não se ausentasse do que se passa por arrastados períodos de tempo; voltando de vez em quando só para ver se *tá* tudo certo, como se o mundo não fosse de uma matéria superinformativa que ninguém é capaz de suportar de verdade; como se ele estivesse ali, apenas, sempre simples e acessível para que você o envergasse todo de uma vez.

(Eu não vou falar de como ela *tava* vestida, porque tem um limite, *né*, até para essa minha doença aqui, e nem quero atrair leitores escrotos.)

E o que acontece é que ela acaba sendo a primeira pessoa a ser bem-sucedida em absolutamente tudo. Em passar os dedos ao longo das sobrancelhas, em despir uma barra de chocolate. A primeira pessoa a realmente entender o espírito por trás de todos esses exercícios rasos.

Talvez por tudo isso, ela atrai uma espécie particular de atenção já nos primeiros segundos em que a conhece, uma espécie inteiramente sua. Pesa qualquer ambiente, qualquer sala e mesa de bar. Não de uma maneira desagradável, séria ou morosa, mas em acender sua atenção, em importar com uma força simples. A voz dela nunca é alta e ainda assim se distingue perfeitamente em um burburinho de bar. Meus olhos tendem distraídos sempre na direção dela, como a agulha de uma bússola.

É impossível não passar por todos os rituais de intimidade, mesmo quando parecem tão desnecessários. Normalmente, o próximo passo lógico seria me aproximar pela internet. É o normal, é o que se faz. Principalmente se alguma espécie de timidez contém você (e eu sou contido por mais de uma espécie). Mas com Luísa não parece possível. Ela se desliga quase inteiramente dessas coisas. Eu teria que investir de uma forma mais direta, ter menos vergonha em tomar algumas liberdades. Mas não estou acostumado com isso, sei que não deve acontecer.

É difícil descobrir muito sobre ela sem se mostrar extraordinariamente interessado, e eu não quero ser descoberto. Mas há como distribuir perguntas pequenas a pessoas distintas, em momentos distintos, e é o que venho fazendo.

Publicado por JMN às 14:45

Quarta-feira, 14 de janeiro de 2009

Descobri sobre a morte do pai dela, que já tem mais de um ano. Tomei como algum tipo de explicação.

Publicado por JMN às 19:43

Quinta-feira, 15 de janeiro de 2009

A ideia inicial era manter um registro cujo hábito facilitasse alguns desenvolvimentos internos aqui. Sério. Que eu me acostumasse comigo mesmo, sei lá, forçasse uma memória artificial, construísse eventualmente uma constrangida e não inteiramente séria Hypomnemata, um hábito que me ajardinasse em algo mais coeso, menos esparramado e disperso, colorisse bonitinho minha personalidade, com giz de cera e atenção às bordas. Eu sempre esperei esse tom artificioso, essa impostura sustentada, esse era meio que o objetivo, até. Só não esperava a verve narrativa, meio involuntária, que se impõe. É esquisito.

Publicado por JMN às 23:53

Sábado, 17 de janeiro de 2009

Ontem eu *tava* soterrado no sofá por incontáveis almofadas quando lembrei, assim, perfeitamente do nada, do tanto que eu sonhava com a TV Colosso quando eu era moleque. Não tenho nem ideia de quantos anos tinha, devia ter uns oito, sei lá. Passava de manhã, enquanto eu *tava* na escola, e daí que uma parte considerável da minha vida consistia em me angustiar por não estar assistindo a TV Colosso, por não ter assistido naquele dia e por certamente não assistir no dia seguinte. Eu via sempre o finalzinho quando chegava correndo em casa, com o boneco do *chef* chamando todos outros bonecos para almoçar – os bonecos de cachorro naquela efusividade invertebradamente divertida – e via os comerciais de tarde. Só assistia mesmo quando tinha feriado ou quanto eu *tava* doente, algum desses dias extraordinários em que a ordem natural das coisas se quebrava. E o negócio ficava todo sugerido para mim como um centro de diversões impossíveis ao qual eu não tinha como ter acesso, o núcleo *real* do dia, entrevisto apenas minimamente nos comerciais, e cruelmente negado pelo universo. E daí que comecei a sonhar com a TV Colosso (na verdade, com uma versão absurda dela, sem sentido, derivada dos comerciais), e sonhar tanto, com tanta frequência, que a coisa se tingiu da naturalidade mais absoluta para mim, como se todo sonho necessariamente já se passasse nas circunstâncias da TV Colosso, com seus personagens, suas frases prontas, como se este fosse a linguagem básica do sonho, onde outras variações poderiam talvez se modular. Pensei em tentar achar o caderno que eu tinha à época, onde eu relatava alguns desses sonhos (como se fossem importantes), e tentar interpretá-lo hoje de acordo com o poquitinho que eu sei de Psicanálise, ver se uma estrutura fixa de significação qualquer se desenhava lá dentro, de algum jeito. E eu lembro que por uns dois meses o negócio era tão forte e vívido, que a minha realidade sonhada com a TV Colosso parecia algo mais importante e vívido do que o programa em si, que começava a parecer um reflexo pálido e diluído do que se guardava comigo, sozinho, à noite. Os bonecos começavam a parecer infantis e as repetições engastadas perdiam a graça. As formas fixas estruturais do programa (as frases de efeito e as piadas repetidas) na minha cabeça ganhavam uma idealidade de forma e uma gravidade que a televisão nunca conseguiria imitar. Enquanto a repetição formulaica na televisão parecia artificial e previsível, nos meus sonhos a mesma repetição apontava para um sentido maior de um ritual, sempre. Claro que eu não conseguiria relatar de manhã cedo o que eu havia sonhado, ou como essa gravidade se articulava, mas a impressão restava com alguma força.

A fixidez confiável e unitária daquela forma, que me carregou por um bom tempo, só hoje eu percebo, foi a sensação mais próxima que eu já tive de um sentimento religioso. Isso não é engraçado.

Publicado por JMN às 18:23

Segunda-feira, 19 de janeiro de 2009

Ontem fomos à casa da Paula, ficamos um bom tempo sem fazer nada, bebendo muito pouco do pouco vinho que restava da noite anterior, arrastados. Conversando pouco, esparramados no sofá, Antônio deitado no chão. Em algum ponto, desligaram a tevê e os assuntos terminaram e todo mundo adormeceu; Antônio e eu inclusive deitados no chão, com Paula trazendo um cobertor que era só mais ou menos uma piada. Eduardo ficava controlando as músicas que tocavam, como se fosse sua responsabilidade manter o tom da cena contra a arbitrariedade do iPod de alguém. A piada geral depois, enquanto nos despedíamos, recolhíamos os cascos de cerveja e os botávamos juntinhos no chão da cozinha, como soldadinhos, era observar o tanto que somos velhos e cansados. Observei Luísa por um bom tempo, com medo de ser percebido, ela dormindo, calma. O pequeno núcleo (eu, Antônio, ela, Paula, Natália e Eduardo) parece se consolidar com muita naturalidade. Funções são designadas claramente, como no primeiro episódio de um seriado. Como se estivéssemos sendo reunidos por um recurso narrativo, um andamento ao qual estivéssemos sendo igualmente submetidos. Os silêncios são quebrados diligentemente por Paula e Natália, Antônio se faz de alívio cômico (quase sempre por querer) e Eduardo introduz, formalmente, tópicos de conversa, como o apresentador de uma mesa-redonda. O CD novo do Animal Collective, uma treta envolvendo tal diretor e tal ator, a mania de alguns amigos da Natália de se acharem ingleses, como determinar se determinado tipo de pornografia é ou não é misógina etc.

Mas Luísa continua sendo simpática comigo do exato mesmo jeito que é com todo o resto, continua não rindo muito das minhas piadas. Gradualmente se assenta em mim essa sua indiferença, essa imobilidade. É inaceitável, mas não vejo sentido em não me acostumar, não é do meu espírito. É a primeira garota que gosto em um tempo, e só agora percebo o quanto ainda sou um moleque em tudo isso. Não me faz ainda muito sentido que ela não goste de mim.

Publicado por JMN às 15:21

Terça-feira, 27 de janeiro de 2009

Da janela do meu quarto você vê as costas da comercial através dos galhos de uma árvore que se levanta muito perto do meu prédio, através de sua copa complicada e aberta, seus ramos infográficos decididos em tantas direções. Eu poderia, se quisesse, pular em seus galhos, e a imagem de alguma forma sempre se apresenta quando olho pela janela, por mais besta que seja (eu culpo os *video games* por essa sondagem automática que eu faço de cada terreno que me é apresentado pelas possibilidades desse tipo, tratando todo lugar por espaço codificado, procurando as alavancagens verticais, os esconderijos e as proteções, uma estrutura para a minha participação).

As costas da comercial não oferecem muito, geralmente uma versão pouco atraente de cada uma das lojas do outro lado. Suas cores mais pálidas, seus desarranjos sujos de utilidades rejeitadas, de canos e ventiladores cujo propósito eu nem imagino, e funcionários fumando em caras sérias e pouco amigáveis. A única exceção é o bar que fica na metade exata da comercial, esse bar pequeno e tão sujo, tão exato em ter todos os seus componentes derivados de cerveja, como se tudo ali tivesse brotado de excesso dela, em não ter nem nome, de ver graça em se chamar "Boteco 311". Todos os seus ocupantes baixinhos e gordos, as cadeiras e mesas de plástico vermelho ou branco, os porta-guardanapos, os cartazes com mulheres gostosas que se alternam por estação (da última vez que eu fui: Juliana Paes). Dele, sai a única luz de toda essa faixa de terreno, amarela e aberta como um leque deposto na grama, nítida em todos os detalhes que determinam aquilo como uma miniatura assistida de longe, um bar de brinquedo que eu observo de madrugada desde que existo, que frequento desde os quinze. Ele teima como um elemento da minha imaginação, fechado durante a maior parte do dia e tão importante durante a noite, a única vida acesa da quadra.

Eu tenho esse casaco gigante esquisito que me foi passado de algum primo mais velho e que me encerra completamente num pacote troncho e infeliz, liso de alguma versão morta de bege. De alguma forma eu pareço muito mais velho dentro dele, muito mais sério. De um moleque olhudo de quinze anos e cara de moleque eu virava um homem até ligeiramente assustador e esquisito. Meus punhos se fecham dentro dos bolsos e eu caminho em uma linha reta do meu bloco até o bar, sentando sozinho e bebendo sem falar nada, olhando para os meus próprios pés e para o que houver diante deles.

Passo um bom tempo em uma extrema sobriedade escutando a conversa dos outros homens, sem nunca olhar na direção dos bêbados. Vozes soltas que não param um instante, algumas genuinamente divertidas e amigáveis e outras francamente ofensivas, escrotas em todas as direções. Alterno meu peso para balançar sobre a cadeira de plástico da *Brahma*, que insiste sobre a grama e terra geralmente mole, minha cabeça progride a zumbir em novas intensidades enquanto bebo. Os assuntos são repetitivos, geralmente política e futebol, além da vida pessoal de alguns deles. Todos se alongam até serem perfeitamente reduzidos por uma das vozes, uma que parece predominar sobre todas as outras, dominá-las e apostrofá-las. Uma voz rápida, esganiçada, que corre todas as suas oportunidades e se levanta contra todos os assuntos, intratável. Nenhum assunto morre sem que se repasse dessa voz. Nunca consigo determinar de quem ela é quando me levanto para pagar ou ir embora, ela nunca parece pertencer a nenhum daqueles representantes, todos insuficientes, calados e suspeitos enquanto eu observo na sua vermelhidão retesa e implodida.

Na noite eu penso em Luísa, que aparece sem que eu a invoque, cresce naturalmente do que estiver descansando disponível na minha cabeça. Sustento-a contra aquelas vozes, contra a grama perdendo a cor entre os postes e mal vestindo a terra marrom. Contra os blocos escuros da minha quadra fixando a terra e me prendendo no chão.

PUBLICADO POR JMN À 1:38

Quinta-feira, 29 de janeiro de 2009

A importância dela oscila por aqui de uma maneira engraçada. Há um estado literalmente incrível e insustentável em seriedade, em que todo o mundo se contorce para lhe dizer respeito, todo ele. Referências forçadas e quase inexistentes dividem espaço com obviedades de mão pesada, coisas que eu até gostaria mais sutis (de o rádio tocar "*Luísa*" duas vezes seguidas e em estações diferentes). E há uma dormência perfeitamente tolerável e morna, mais comum, que se contenta com pouco. Sonhar com ela de vez em quando, aperfeiçoar monólogos apaixonados durante a aula. Esse tipo de coisa.

Geralmente eu acordo de manhã já em algum desses extremos, sem entender o porquê, e trabalho durante o dia em aperfeiçoar gradações entre os dois. É vergonhoso admitir nessas palavras, mas é basicamente onde se reúnem todos os esforços da minha imaginação. Sem encontrar melhor alvo, tudo (*tudo*) gravita ao redor dela.

E daí que ontem eu culminei em alguma espécie de ponto decisivo do meu ridículo, um estado novo que precisou ser admitido e reconhecido formalmente.

Para todos os efeitos, o que eu andei fazendo esses dias foi encarregar meus instrumentos aqui de criar uma versão própria da Luísa, uma reprodução mental dela que satisfaça tudo que for possível. Em diversos sentidos, é meio que parecido, até, com uma intimidade verdadeira.

Mais do que a que eu tenho com qualquer membro da minha família, por exemplo. Eu crio o dia com ela, oriento minhas fantasias em tantos detalhes (o que diabos mais que eu deveria fazer durante uma aula de Macroeconomia?) que há tempo e realidade até para culminar em pequenas brigas, pequenas insuficiências. Imagino defeitos dela e os perdoo com magnanimidade. Imagino os defeitos que ela veria em mim para em seguida tentar, sem muita seriedade, corrigi-los. É todo um negócio.

Ela não usa roupas tão reveladoras, não entrega muito de si em gestos amplos dançados de bêbada, o que torna a composição física mais difícil, ainda que não impossível. Já consegui perceber de que modo particular suas costelas forçosamente se desenham no seu corpo enquanto ela se move, na linha forte anterior do pescoço dela, armado firme junto dos ombros, na força em que suas coxas terminam no quadril, a volta instável de carne.

É também possível coletar com cuidado as expressões de ternura que ela solta aqui e ali com as amigas para poder imaginá-las direcionadas a mim.

(É, eu sei.)

A coisa se desenvolveu em um grau tão inaceitável, que minhas considerações reais sobre Luísa cessaram por inteiro. Ocupo-me com a Luísa substituta, que vive comigo no meu quarto em uma maturidade elegante e confortável, e esqueço de me orientar de qualquer forma significativa com a Luísa de verdade. E ainda me importo em fazer pequenas concessões patéticas à realidade, como saber que ela deve achar *video game* chato (que eu então tento jogar menos), e provavelmente insistiria em assistir a programas bestas de médicos (que eu, portanto, assisto).

Parei, inclusive, de pensar no que eu poderia fazer de verdade, de elaborar as coisas pequenas a dizer a ela quando nos encontrássemos, as que a fariam gradualmente perceber ineluctavelmente que éramos assim *destinados* um para o outro; as bobagenzinhas trabalhadas que eu entregava entornado de patéticas camadas de casualidade, como se aquilo houvesse acabado de me ocorrer.

É até estranho encontrá-la no fim de semana em um bar e você me encarar como pouco mais que um conhecido. Como se eu não houvesse, horas mais cedo, beijado seus ombros, como se a gente não houvesse assistido *Fresh Prince of Bel Air* de madrugada e discutido toda a trajetória da carreira do Will Smith, discordando em alguns pontos, mas concordando no essencial.

Publicado por JMN às 21:50

Action/Adventure.exe

Eu e Luísa atravessamos o corredor de um museu bastante vazio, a não ser pelos guardinhas sentados, dormindo. Reconhecemos os pintores antes de checar os seus nomes, confundimos Braques com Picasso sem saber. Esperamos, com calor, o retorno de uma balsa, você observa um bebê com pretensões bípedes e eu percebo o suor se formando nos cabelinhos atrás do seu pescoço, gotas minúsculas pesando às voltas dos pequenos torvelinhos e redemoinhos. Falamos baixo para que o taxista não ouvisse que ele dirige que nem um doido, com as nossas pernas meio misturadas no banco de trás, os dois sem cinto e sem assunto e olhando um para o outro, fixando-se um no outro. Trocamos de óculos escuros e ficamos ridículos, tentamos tornar claro para os turistas japoneses com as nossas expressões que *estamos brincando*, sorrindo como crianças. Andamos entre ruínas cobertas de folhagem, explicando um ao outro que aquilo era uma cozinha, aquilo era uma videolocadora. Viajamos pelo mundo num furgão, solucionando crimes. Caminhamos de volta para casa – para uma casa não especificada – em alguma calçada de prédios baixos e simpáticos, tampouco especificada, você rindo comedidamente para dentro do meu casaco de tanto frio, um casaco que nem tenho.

Publicado por JMN às 23:12

* * *

João calcula que em menos de quarenta minutos ele deveria ir embora. Esse cálculo é mais que um pouquinho aleatório, ele não sabe que horas são. O principal motivo para ainda estar aqui sentado, ele pensa, é preguiça, além de uma graça inesperada encontrada na casa agora praticamente vazia, à exceção de uns bêbados desmaiados e de gente sendo presumivelmente *íntima* nos quartos fechados. A graça, em parte, está no fato de ele mal conhecer o dono da casa, e, no entanto, ser concedido essa impressão tão vulnerável da casa dele, tão próxima. Uma intimidade, aliás, meio desinteressante, como a que deve se realizar nos quartos fechados. João se levanta e fica parado, olha para o amigo no sofá.

Bêbado, Antônio tem com tanta força isso de entregar coisas desnecessárias e comprometedoras. Geralmente de olhos fechados. Isso já vem acontecendo há uns quinze minutos. Sua expressão está agora numa das suas três variações de contrição, a que João entende como denotativa de uma busca por mais coisas para relatar. João decide sentar de novo, agora no pequeno pufe branco. Na maior parte do tempo, é bem claro que Antônio finge estar bem mais bêbado do que realmente está, para melhor merecer a concessão de tanta sinceridade. João tem as mãos unidas, os antebraços depostos sobre as pernas; suas sobrancelhas estão na sua seriedade habitual. O silêncio já dura um tempo e João já está na terceira recursão mental de coisas quase inteiramente distintas do que se passa. Ele olha para os três copos ali diante, cada um deles diferente, repousando em cantos perigosos da mesa estreita; pensa que não entende como nenhum deles se quebrou, com tanta gente fantasticamente se contorcendo em volta por espaços apertados, gente dançando em gestos exageradamente expansivos e, em grande parte, irônicos. E depois que eles vão, sim, se quebrar de qualquer forma, eventualmente. Uma conclusão pequena que acaba sendo principalmente engraçada. Havia se improvisado uma pequena pista de dança a partir da sala familiar, e João não conseguiu nunca esquecê-la, ao longo da noite, notando sempre o lustre coberto de papel colorido, o tapete enrolado no canto da sala, os porta-retratos virados de costas, ou deitados, a pequena subversão falha e insuficiente. Ele não conseguia deixar de notar essas coisas, as poses impostas. Lá pelas três horas o dono da casa havia finalmente desistido, aparentemente, de manter as coisas em ordem, havia apenas colocado uns guardanapos por cima de um vômito perto do sofá e acabou permitindo que cigarros fossem apagados nos lugares mais absurdos. João percebeu que passava a se importar com a integridade da casa, agora, já tão tarde. O gato preto e branco e ainda filhote, cujo nome João não entendeu, esteve trancado esse tempo todo, mas foi solto sem querer por alguém há uma meia hora, e agora se compromete a verificar tudo que se passou na sua ausência, impondo-se em tudo, dominando todas as novas modificações. Ele desliza ao longo da pequena sala contígua procurando um propósito, solucionando com simplicidade elegante toda aquela massa de coisas, explicando-o como um problema espacial, entendendo as cadeiras e a mesa pela sua alavancagem, os sapatos e revistas abertas como obstáculos.

A janela ocupava toda a parede da sala, mostrando o final de algumas copas de árvore e, por trás delas, as linhas paralelas e amareladas do Eixão e dos eixinhos, ininterruptas e atravessadas espaçadamente por uns poucos carros, entrevistos através dos arabescos escuros de árvores baixas e estorcidas. A luz da pequena sala piscava rapidamente ainda sua luz dançante, que João fazia questão de não desligar, ora imprimindo na paisagem um reflexo da sala e da silhueta de João – da ausência que ele marcava –, ora deixando a paisagem seca e quieta, sossegada e séria. Imperturbada por qualquer das tolices dali de dentro.

Antônio ri seu risinho curto e agudo, que retoricamente carrega tudo adiante. João volta sua atenção para ele mais uma vez.

– Outra coisa muito deprê que eu – tipo – admiti para mim mesmo recentemente – é um esquema dos meus sonhos tipo com mina, meus sonhos tipo *eróticos*.

Ele pausa, fica um bom tempo calado, o lábio inferior empurrado e a cara agora já bem diversamente contrita. Mais séria. Como se percebesse de repente o constrangimento real do que iria contar.

— Eu tipo parei de sonhar com mina mesmo, eu agora tipo sonho com pornografia, só. Tipo *mils* pornografias formidáveis que ficam se anunciando e não chegam nem a aparecer, saca? No computador. Tipo só *screenshot*, ou só o nome lá baixando, a barrinha preenchendo, saca? Eu fico *mó* ansioso e sempre acordo antes, ou percebo antes que é um sonho, ou alguma merda interrompe.

Há uma pausa rápida, que João não quebra com nenhum comentário e que Antônio concede apenas por alguma necessidade formal pouco explicável.

— E, tipo, eu também só leio críticas de filmes que nunca vi, de livros que eu nunca li, ensaios sobre autores que eu nem conheço. Tudo, tipo, indireto, saca? Sei que não tem muito a ver, mas, tipo — a impressão é parecida. Fico vendo seriado americano parodiar paradas que eu nem conheço. Fico só em volta das paradas.

João sorri, acha até que entende.

— É tão deprê. E o pior é que ainda tão besta, *né*, parece tanto paródia de alguma coisa, sei lá, piada ruim.

Ele não pede nenhuma forma de reconhecimento ou resposta, e João nem olha para ele, na maior parte do tempo. A expressão se resolve, se solta, como se ele perdesse a consciência. Antônio tinha também esse hábito de descobrir de uma hora para outra uma pequena ideia, um pequeno tema supostamente central na sua vida, subitamente reconhecido. Aquilo seria uma pequena obsessão por algumas semanas, João sabia. Em volta das paradas.

Luísa foi embora cedo, sóbria, não se impressionou com nada daquilo.

O sofazinho tem as formas macias e modernosas, sem arestas, sua capa branca tem manchas de cigarro e uma coloração amarelada que já o perfaz o bastante para parecer quase bonito e intencional. O *laptop*, ligado em cima da mesa e à caixa de som de frente a ele, toca uma música gentilmente ruidosa e fraca, dificilmente discernida, com a melodia vocal masculina suave propositalmente afogada por algum tipo de distorção. Sua tela está abaixada em mais ou menos quarenta e cinco graus. João gosta da música, que não conhece, e pensa em se esticar para tentar ler o nome na tela. Antônio tem os joelhos unidos e contidos, os braços bem armados, parece se defender. Ele não chega nem perto de caber no sofá, e tanto as pernas quanto a cabeça pendem para fora e para baixo de uma maneira parecida. Um arco.

João sabe, com uma certeza que chegou sabe-se lá de onde, que vai se lembrar desse momento pelo resto de sua vida, e sabe que isso não significa nada em particular. Ele fecha e abre os olhos e surpreende Antônio ainda lá, talvez dormindo, o gato olhando para ele com a cara entortada, sem emitir nenhuma opinião. Ele poderia dizer que entende o sentimento. Da vida indireta, de ecos sustentados. A qualquer momento Antônio deve adormecer, de qualquer forma. Sabe que ainda pisca o seu reflexo na janela, assim como do resto da sala, mas decide não olhar. Uma repetição da cena, daquele sistema momentâneo de coisas. Ele sente um peso imprensando o contorno de tudo, empurrando por trás, hachurando com uma segunda cor, e sabe que não tem nenhum controle sobre nada.

Quarta-feira, 18 de fevereiro de 2009

Tudo aqui se desencontra em particular força, a cor forte de uns quadros imbecis, uns móveis malformados empacando o caminho, a tinta feia nas paredes. A minha casa. Vou e volto do computador, que fica sempre ligado o dia inteiro. Leio manchetes bestas, checo o *e-mail*, verifico mais uma vez os resultados de nenhum sentido dos campeonatos estaduais. Respondo conversas esquizofrênicas que pingam ao longo da tarde com amigos e semiconhecidos. Esqueço inteiramente que elas *tão* acontecendo, e muitas vezes me surpreendo até com as coisas que eu mesmo disse pouco tempo atrás, acabo me contradizendo, parecendo maluco. Termino copos-d'água morna que eu encontro no corredor. Quando nada mais aparece, eu jogo um jogo de tiro de primeira pessoa pela internet com um bando de gente, na maioria americanos com nomes retardados. *Half Life Deathmatch*, meio antiga, mas ainda popular o bastante para ter sempre algum servidor confiável disponível.

O cenário não se esforça muito por realismo, plataformas e galpões metálicos secos e meio irreais que imitam estruturas humanas mais ou menos possíveis. Natureza esquisita de gramas simples e árvores repetitivas espalhadas sem muito cuidado, e fora do perímetro limitado por um abismo impossível de nada absoluto. Tudo isso repleto de avatares simples, repetitivos e armados, atirando para todo lado, frenéticos, irrequietos e sem expressão, todos de uniformes e macacões vagamente militares. Umas três dezenas de homúnculos num espaço reduzido, constantemente se matando e ressuscitando imediatamente sem parar por um segundo. A texturização dos terrenos e dos materiais é sofisticada, assim como a renderização de luz e de reflexos n'água. Tudo é perfeitamente reconhecível, identificável com alguma impressão plástica que temos do mundo real, e por vezes os traços são até bem bonitos, embora espreite por trás sempre os esforços evidentes de forma, a escultura pequena daquela natureza. É um esforço de realizar o mundo, tecnicamente impressionante, até, mas finalmente enternecedor e ridículo; as tentativas claras se evidenciando nas árvores com folhas generalizadas que não se individualizam, em construções geométricas rudes despontando em lugares inesperados, nos movimentos constrangidos e pouco naturais que às vezes travam e se repetem, nas pessoas que desaparecem de repente. É uma paródia desajeitada e morta do mundo, da sensação real de atualidade, dos movimentos naturais que se impõem aqui sem costura.

Nesse modo do jogo não há times nem estratégia, nem nenhuma finalidade além de matar um ao outro. Os números ganhos não me importam tanto, o que realmente levo em consideração são as possibilidades plásticas imprevistas, os raros e breves momentos épicos que se consegue construir e entrever com alguma diligência. Pular na fossa central rodopiando e acertar algumas rajadas certeiras que alcancem umas três mortes, devolver uma granada que me lançaram no tempo exato para que exploda ainda no ar.

Joguei por um tempo indeterminado, uma ou duas ou três horas, sem ter sorte de conseguir nada do tipo. Nada ali é necessário e nada consegue importar muito, e logo eu já não jogo a sério. Mato os outros em missões suicidas com granadas, ou me desarmo completamente e fico procurando maneiras interessantes de ser morto, pulo no abismo e vejo meu próprio corpo, agora em terceira pessoa, se quebrantar contra impedimentos invisíveis, travado de um movimento rápido e repetido, errado. Não consigo evitar ainda me sentir ligado àquele bonequinho. De alguma forma pequena, aquele sou eu, ali travado e constrangido, fora do espaço, numa ontologia esquisitinha.

Desligo eventualmente o computador e pisco os olhos, nervoso. Levanto-me meio quebrado, e a sala branca e tímida pulsa ainda com o que sobra de uma vontade forte que tenta se imprimir ali, constrangida e amorfa. De tomá-la por diretrizes interfacionais impossíveis e incertas que não conseguem se reunir em nada. E a casa parece ainda mais vazia do que antes. Um ímpeto estrangeiro ao copo-d'água, às bananas machucadas na mesa, à manchete de jornal que estampa *INADIMPLÊNCIA REGISTRA MAIOR ALTA DESDE...*, às árvores ramificadas contra o azul-escuro do fim de tarde. Ando pelo corredor indeciso e ainda não sei onde me pôr, ainda espero por instruções.

Publicado por JMN às 17:40

Sexta-feira, 20 de fevereiro de 2009

Meu pai não almoça em casa, minha mãe sai cedo, geralmente sem se despedir. A empregada vai para casa no início da tarde. Eu fico sozinho. A tarde se fecha pouco clara e eu ando pelo apartamento vazio e azul, tentando provocar alguma coisa que se levante junto do tempo guardado e violento, quieto.

Nada se afirma em nada, todas as minhas tardes são assim suspensas, desde antes de eu me entender por gente. Durmo no sofá e assisto televisão besta que não me interessa, Sessão da Tarde. Vou para a cozinha tomar água morna com biscoitos e vejo as roupas estiradas no varal da área, ao longo do corredor apertado, despreenchidas e ainda assim viradas para mim, compondo um quadro de uma plateia expectante. Um parágrafo das gravatas ajuntadas do meu pai apontando para o chão.

Enquanto eu escrevo isso, grita da quadra pontualmente às três e meia a mulher da pamonha, cantando melodiosamente que:

– *Tá na hora, tá na hora. Tá na hora da Pamonha.*

O mundo é essencialmente besta, malvestido de acidentes.

PUBLICADO POR JMN ÀS 15:39

Terça-feira, 17 de março de 2009

Hoje peguei um engarrafamento atípico voltando da UnB para casa. No carro da minha mãe, sem som. Vendo o caminho todo habitual feito bem mais lento, e podendo experimentar de outra maneira todos aqueles exercícios contidos em transitar pelo Plano Piloto, executando as tesourinhas e balões e retornos lentamente. Cuidadosamente, percebendo árvores e besteiras, lendo repetidas vezes as placas e cartazes de clínicas odontológicas e cursinhos para concurso, enunciando-as para mim mesmo nos tons apropriados. Venha você também. Na tesourinha para entrar em casa esperei uma meia hora por causa de um caminhão entalado, fiquei notando um bando de agentes de uniforme laranja, agrupados em um canto do declive. Juntando ou cortando grama, parando e conversando, pontos coloridos arrumando devagarinho aquele projeto de cidade. Um deles tinha atracado nas costas um aparelho grande, terminado num cano que ele empunhava desanimado, bafejando uma rajada de ar, limpando as ruas de folhas, fingindo ser o vento. Lemmings de cara baixa e escondida do sol. De vez em quando você passa por um deles sozinho, de madrugada, no meio de algum gramado amplo, metido em alguma arrumação pequena e despretensiosa, o pentear inapreensível de alguma árvore.

Ao longo do engarrafamento, nos espaços verdes entre as ruas, eu podia ver bem do meu lado as folhas secas sem cor, incertas no meio do caminho entre o marrom e o verde, acumuladas e guardadas contra a borda do meio-fio. Podia ver a ossatura de cada uma, suas pequenas decisões quebráveis.

A ordenação que se denuncia às vezes ao cruzar um caminho perfeitamente alinhado, intuitivo, de um viaduto com seus lados acarpetados de grama, tão naturais. As árvores por trás de uma comercial, ao lado do eixinho, todas plantadas numa mesma linha. As caixas dos prédios ao longo do Eixão se entrevendo todas semelhantes, circundadas de um mesmo verde entufado aconchegante. Era fácil imaginar alguém construindo aquilo tudo, agentes uniformizados assentando a terra e enchendo o lago com mangueiras e cavando buracos e plantando árvores, posicionando as pedrinhas da Praça dos Três Poderes e alisando alguma curva do Niemeyer. E aquela organização se estendendo indefinidamente, de agentes uniformizados também entortando os troncos das árvores, secando a grama cuidadosamente, repuxando tufos de nuvem que eles aninhavam de um jeito mais bonitinho.

Percebi como minha atenção automaticamente se refere à Luísa quando não estimulada. Virou o pano de fundo da minha cabeça, um cenário para todo o resto, um vocabulário para todos os propósitos. Mesmo quando estou fundo em algo que seja completamente diverso dela, como essas merdas sobre Brasília, algo na minha cabeça percebe e precisa destacar o quanto aquilo não tem nenhuma relação com ela, e precisar exatamente em que sentido os dois são diferentes. Como se eu estivesse necessariamente *sempre* perseguindo-a de qualquer jeito, no máximo apenas refletindo algum aspecto dela invertido. As folhas ali apenas existem enquanto manifestações distintas dela, e o céu se faz principalmente em não contê-la. Os quase quarenta minutos empacados eu passei percorrendo o terreno habitual em volta da minha afeição trabalhada e desnecessariamente comentada, artificiosa, olhando longe, cavando a areia rasa até bater as unhas no fundo de pedra, arrumando montinhos baixos com ela, o que desse.

Dói que acabe virando artificial, necessariamente, que as ferramentas da minha cabeça não consigam estabelecer nada além de um espetáculo tão limitado. Uma versão curtinha do infinito, uma feita para a tevê.

Não me escapa que preciso sempre dessa direção nos dias, de uma coisa mais importante que as outras que sirva de medida para todo o resto, alguma espécie de objetivo. Nada prático, evidentemente, isso seria absolutamente inaceitável (decidi há muito que não sou prático e, portanto, não aceitaria movimento nenhum dessa direção). Mas não passo um dia sem alguma espécie de motivo por trás colorindo tudo. Abandonado um, crio outro, volto a um antigo.

Talvez seja uma fraqueza particular, isso de não conseguir ficar completamente despropositado.

E adiante me causa algo parecido com preocupação, isso de aparentemente nunca conseguir me enganar de todo. Acaba que persigo cada uma dessas coisas que descansam por trás dos meus dias até obter um motivo mesquinho, até determinar o máximo possível de falsidade. Parando só assim, como se só esse tipo de explicação me fosse convincente.

Publicado por JMN às 18:22

* * *

Na porta de madeira clara de uma casa bastante desataviada, simples, esperam quase imóveis três pessoas que não se conhecem bem, a providência da campainha já tomada e não restando muito mais a fazer senão olhar em volta e sorrir simpático quando os olhares se cruzam acidentalmente. Fingem interesses desproporcionais pelo material do batente, pelos pontos pretos dos insetos orbitando a única lâmpada, pelo arrumo das próprias calças, subsequentemente repuxadas sem necessidade, pelo chão de pedrinhas indistintas que forma um pequeno e sinuoso caminho.

A casa é quase um exemplo geral de casa, amarelo-claro sob telhado cor de telhado, dois carros populares e familiares igualmente prateados e paralelamente estacionados. Ela parece quase desonestamente nova, João pensa, arrumada para algum comercial.

Há uma demora meio longa, mas ninguém aperta de novo a campainha, não é como se houvesse um momento predeterminado de se retomar a tentativa. Logo que uma das pessoas, a única menina, com um riso que não passa de uma expulsão de ar pelo nariz, dispõe seu braço adiante para soá-la de novo, a porta se abre instantaneamente, com força, inclusive puxando de leve os mais propensos dos fios de seu cabelo pintado preto.

– Oi gente, oi, desculpa a demora; é que não era para estar trancada a porta, alguém deve ter trancado sem perceber.

– Não, tudo bem, a gente *tá* aqui tem pouquinho tempo.

É a garota quem assume a responsabilidade pelos três de dispersar as preocupações já pouco concentradas do anfitrião Eduardo, que segura em uma mesma mão uma garrafa de vinho e um abridor e parece dividido em diversos ambientes, com pernas e braços enredados em propósitos próprios. Por ora ele se governa a fechar a porta, virando também o fecho embaixo da maçaneta, e a apresentar a seguir a casa aos recém-chegados, com gestos expansivos e autoirônicos que deveriam remeter a algum clichê específico que ninguém reconhece muito bem.

A garota se apressa meio rispidamente a se juntar às suas amigas acumuladas em um canto, e os cumprimentos se resolvem em seguida em pequenos gritos atequilados; um dos dois homens se direciona com certa independência deliberada a um dos banheiros, de forma que o último, um sorriso abstrato e mãos guardadas no bolso do casaco bege, é o único a indultar a apresentação bagunçada de Eduardo.

– Ah, sim, não se incomode com isso tudo, *né*, são meus pais. Os CDs todos são deles, essa decoração absurda, os quadros – de alguma forma minha mãe acha que aquelas galerias casuais de *shopping* é lugar para se comprar quadro. Eu tento resistir no meu próprio quarto, *né*, armar barricadas, mas...

Os seus olhos se dividiam entre se revirar por um tempo expressivo o bastante e vigiar o depósito seguro da garrafa de vinho em cima da mesa. João parece não entender.

– Eu já estive aqui, doidão.

– Caramba, é verdade. Eu tô meio...

Ele se interrompeu para de novo se concentrar no ato de abrir a garrafa, que havia sido interrompido anteriormente pela campainha.

Seus lábios tinham manchas roxas e a sua inquietação de ter que gerenciar tudo, por mais ansiosa que fosse, parecia marcada principalmente por uma animação infantil.

– Você quer?

– Ah, vinho não é muito meu negócio, mas massa, pode ser, massa.

João servido, Eduardo partiu da sala rapidamente para o jardim sem falar nada, onde se concentravam as pessoas e onde ele devia ser esperado com o vinho. João se pôs diante das duas portas de vidro abertas e estacou ante o jardim numa avaliação evidente da cena.

Quase uma hora da manhã, a festa já estava engrenada em seus vários movimentos. João parecia se meter numa máquina alheia e estranha, que não queria saber muito dele. Mantinha esse hábito de chegar tarde não apenas para evitar o desconforto obrigatório de uma festa ainda nos seus engaços incipientes, mas também por quase sempre se decidir por sair de casa apenas depois de vencidas algumas camadas de relutância; depois que a atração inicial de uma noite sozinho se mostrasse não tão atraente assim e ele percebesse pela milésima vez que não gostava muito da própria companhia. E mais uma vez parecia se confirmar a retidão desse seu hábito. Ele se sentia mais confortável se afirmando num lugar como espectador.

Um canto parecia concentrado em beber, alguns homens e poucas mulheres em volta de uma mesa que acompanhava os avanços nesse sentido ilustrados em vários tipos diferentes de copo com restos de líquidos diferentes. Algumas meninas dançavam perto da porta de vidro, onde o som da sala havia sido virado para a janela em direção ao jardim. João cumprimentou os conhecidos e alguns desconhecidos e assumiu um lugar na mesa.

* * *

Três e meia, a noite parecia ter assumido seu ápice, uma altura insustentável por muito tempo, que deveria realizar logo o potencial que ela precisava realizar para em seguida poder diminuir e enfraquecer. O potencial daquilo que tornaria aquela noite marcante para aquelas pessoas, aquilo que a marcaria cronologicamente em um sistema que se organizava por porres e brigas, por pequenos e grandes escândalos irrelevantes. Eduardo liderava o grupo que se apercebia grandiosamente do tamanho e nitidez das suas sombras marcadas no lado da casa pela iluminação do jardim, assim como das várias possibilidades plásticas que isso oferecia (como a encenação de imagens e figuras imediatamente reconhecíveis, a composição de monstros de diversas pernas e braços).

A dança havia sido quase inteiramente interrompida, e acontecia agora apenas através de uma única garota, que escolhia as músicas atrás do som num tocador de mp3 e corria para a frente dele para aproveitá-las, parecendo emocionada e surpresa com sua própria escolha.

João era uma das poucas figuras que não se alargavam; ele se mantinha em um ponto isolado do jardim, sentado, um ponto que se abria para toda a cena diante dele, pegando bem todos os pequenos focos de atenção, como se precisasse de todos, utilizasse todos.

Alguns metros dali, duas garotas que não se conheciam bem até então se aprofundavam na lógica peculiar que desenvolviam àquela noite, andavam juntas para todo canto e riam de maneira desesperada de tudo que se passava, enxergavam em cada coisa algo superlativo e inacreditável. No momento, elas se preparavam numa contagem regressiva para o arremesso bem alto e inexequível de uma garrafa semiterminada de tequila.

O desinteresse sonolento de João, aparente em uma testa franzida e voltada para baixo, assim como em uma brincadeira repetitiva com um isqueiro alheio e um guardanapo amassado, deu lugar a um surpreendente controle e alerta que se levantou imediatamente em três passos largos e corridos até as duas.

Ele segurou uma delas pelo punho e gentilmente (pois não houve resistência) tirou de suas mãos a garrafa. Nisso Luísa o encarou diretamente e pareceu vir a si de uma maneira grandiosa e segmentada, sentando no chão não tanto por conforto, mas por necessidade, controlando a queda lenta naquele chão de pedra fria, suas pernas mal firmes, incertas do seu comando.

Domingo, 5 de abril de 2009

Havia um tempo que eu empreendia meu último plano envolvendo a Luísa, forçando-me a evitá-la para cortar aquele ridículo de uma vez por todas. Que mal falava com ela, que a cumprimentava meio friamente e não tentava assuntos. Já havia concluído a necessidade de alguma medida do tipo diversas vezes, de algum plano, mas sempre debaldava logo em seguida em algum novo lapso besta e mais ou menos intenso.

Ontem, em uma festa, percebi pela primeira vez que poderia estar sendo grosseiro com essa história de evitá-la, que poderia estar parecendo um babaca. Em toda a minha inadequação social, isso acontecia bastante sem que eu percebesse. Decidi que seria um remédio razoável ser particularmente simpático com ela durante aquela festa.

Meus assim chamados planos todos se anulavam dessa forma, consumiam a si mesmos.

A minha embriaguez ao longo da noite foi gradualmente então se concedendo uma disposição bastante ousada, que ia atrás dela para cada coisa, que efetivava pela primeira vez com alguma cara de pau a importância real que ela tinha havia tempo. E ela estranhamente respondeu, de certa maneira. Não parecia estranhar a atenção toda, a intimidade inadequada. Ela não parecia reconhecer o quanto aquilo era inapropriado e estranho, parecia responder à altura. Logo bebíamos doses juntos, decidíamos juntos que música colocar para tocar, tínhamos apelidos de bêbado um para o outro.

No entanto, tudo que foi necessário foi uma ida ao banheiro, uma análise do meu próprio ridículo infantil no espelho, para que percebesse que provavelmente estava sendo um imbecil, provavelmente fazendo um tolo de mim mesmo sem perceber. Decidi me conter, então, logo na hora em que os ânimos da festa começavam a se levantar. Passei a evitar qualquer coisa específica, a perpassar calado e tranquilo os grupos de pessoas.

Eu não estava mais diante de Luísa, mas sempre sabia precisamente onde ela estava, o que estava fazendo, o que havia acabado de dizer. Eu a rondava em alguma sutileza, em um trato já trabalhado e antigo meu. Ela pareceu perceber minha contenção súbita, mas não comentou.

Logo depois, percebi-a junto da amiga prestes a fazer alguma merda. Nada espetacular, mas algo que qualquer um por perto impediria, o que eu fiz. Com ares inteiramente novos, segurei-a com uma autoridade ridícula que não tenho.

A expressão dela ao ver que era eu quem a segurava foi quase inteiramente incompreensível. Gravo-a com precisão, não vai embora tão cedo. Sei que oscilou e passou por coisa demais, exageradamente, tentando demonstrar alguma coisa, reunir algum tipo de eloquência. Exasperada da minha incompreensão, tentando tomar posse de si mesma em sucessivas tentativas minúsculas. Como se tentasse me dizer algo e ao mesmo tempo mostrar que era algo que não poderia ser dito. Que não dava.

Tudo isso em uns três segundos. Claramente uma janela de autoindulgência, a maior que ela concederia a si mesma antes de voltar ao seu controle rígido habitual.

Ela estava estranhamente abalada, desestruturada. A expressão irreconhecível sobre os membros lassos dentro da saia e do casaco que de repente pareciam despreenchidos, algo oscilando desajeitado e desconfortável entre várias esferas; um De Kooning. Logo outros sóbrios se ajuntaram e ela se retirou para algum quarto com Paula (que estava sóbria, como sempre). Todos impressionados. Não que aquele tipo de coisa não fosse inteiramente normal, apenas não acontecia nunca com Luísa. Ninguém ali, imagino que nem as pessoas mais próximas, estava acostumado a vê-la perder o controle de qualquer coisa. Em quem se mantém sempre inteiro e deliberado, era um choque, algo muito inquietante. Nela, até um passo meio torto e um riso alto inexplicado já perturbava. Ninguém (à exceção de Eduardo) parecia gostar da ideia.

Ela tinha denunciado o desenvolvimento de círculos impossivelmente maiores que os meus, mais graves (embora, como que eu poderia perceber? Como que um ser inferior conseguiria reconhecer grandeza onde ele não a tinha?). E eu estava assombrado. Por mais escroto que soe, era tão difícil reconhecer esse tipo assustador de humanidade nela quanto em uma pessoa horrivelmente deformada. E um esforço igualmente necessário, de um tipo de deliberação inatural e divertida, como se faz a endereçar significado religioso a um quadro.

Saiu do quarto apenas tempos mais tarde, quando todos já iam embora, sendo abraçada e levada adiante por Paula, como uma doente. Os olhos vermelhos e me evitando.

Claramente já exageravam em relatos de segunda e terceira mão o que aconteceu, improvisando irresponsáveis ali a importância de algo que necessariamente ninguém entendia. Eu já percebia, irritado, um tanto de conclusões desencontradas atravessando a noite, explicações mal sussurradas ouvidas por toda parte; de um casal saindo da cozinha ("Isso é coisa da Beatriz, a Luísa não tem disso"), de alguns amigos entrando no carro para ir embora. ("É o pai dela, já me falaram que até hoje é o negócio do pai."). Entregando o discurso com grande pesar, com enorme e condescendente entendimento de que não, essas coisas não são fáceis, não.

Tampouco eu estava muito perto de entender, mas sabia que não era tão simples. Tudo o que sei é que aquele acontecimento era maior do que eu conseguia suportar ou absorver. Que ela me pareceu, naquele momento, capaz de sofrer quantidades absurdas de dor. Dor de um tipo que não se explica abrindo a porta de um carro, pegando água na cozinha. Áfricas inteiras dentro dela, catedrais góticas. Paisagens desnecessariamente detalhadas – cruelmente detalhadas – de montanhas se desdobrando em montanhas.

Publicado por JMN às 5:43

Comunidade "Eu conheço um depressivo..." (789 membros)
Tópico: Como ajudar?

Nívea: 20/07/06
Nossa, eu namoro um depressivo há 2 anos, sei como eh...
Isso traz varias barreiras...
É muita coisa e isso vai te enchendo tanto, que acaba sendo pior pros dois. Mas eu sei que ele precisa de mim.
Mas ele "*axa*" que eu *tb to* começando a entrar...

Solange: 20/07/06
O que eu acho importante é não culpar, é entender que a pessoa não tem culpa, que ela não está sendo "difícil". Fizeram um estudo que provava isso.

Sérgio "Boas Vibrações": 20/07/06
Sou um depressivo recuperado e acho muito legal vocês darem uma força. Acho muito louvável. Procurem ajuda profissional e procurem dar a ele o seu espaço necessário. Estou aqui em "Campos do Jordão" mandando um apoio, podem contar com seu novo amigo Sérgio.

Claudia: 21/07/06
Admirável sua atitude e paciência... meu namorado (*q* agora é ex) tentou *tbm*, mas eu sempre consigo estragar tudo...

♥☆ルシウラ♥☆: 22/07/06
EU TENHO DEPRESSÃO E NÃO HÁ NADA DE CERTO NA MINHA VIDA. MEUS FILHOS MORAM LONGE E NÃO TENHO AGORA NEM DINHEIRO DIREITO. DEUS PARECE ESTAR BRAVO COMIGO. POR QUE FUI NASCER?

Nívea: 25/07/06
Pois é mas tudo o que podemos fazer é "dar uma força", nem sempre o outro lado entende isso...

A gente tem que fazer a nossa parte sabendo que às vezes nem vai adiantar nada...
Vcs não acham que às vezes a pessoa pode até atrapalhar e afundar os dois? E que aí não adianta nada?

Anônimo: 25/07/06
A gente tem que pensar que eh um dia depois do outro, que se agora *tá* ruim, nao significa que vai estar pra sempre. O mais importante eu acho eh isso, eh ter esperança, ficar aberto sempre. Minha irmã, depois que meu pai morreu, virou outra pessoa, ela parece que se sente culpada, sendo que não tem nd a ver... Ela tinha que entender que a gente tem que se construir na perda. Ela fica toda normal, faz tudo normal, mas eu sei que ela não tá mais presente direito... Sabe quando a pessoa finge que tá tudo bem porque ela é tímida ou não quer preocupar os outros? Mas *vc* sabe que ela, na verdade, tá assim muito mal mesmo. Mas aí o que vcs acham que eu devo falar pra ela? Que nesses casos a gente tem q falar o quê?

Érica: 27/07/06
Eu tenho uma depressão leve. Não gosto quando estou sozinha. Mas soh às vezes.

Anônimo: 13/01/07
O q tah acontecendo comigo?

Além das não tão extraordinárias mudanças práticas e logísticas, de um apartamento mais barato (o outro alugado para ajudar com a renda), da venda de um dos carros, da troca por produtos ligeiramente mais modestos, aquela violência trazia o resto da família para um novo chão. Um núcleo familiar sem um de seus vértices necessariamente se reorganiza, se acomoda de algum novo jeito. Todos se entendiam naquele meio largamente por meio da sua relação com o pai, e agora se sentiam desconfortavelmente livres, com um espaço inesperado para moldar seus modos em casa, vestindo um paletó quatro números maior.

Almoçavam hoje, alguns meses depois do enterro, pela primeira vez no novo apartamento (que era, na verdade, o velho, onde haviam morado antes de conseguirem dinheiro o bastante para morar no outro, o que tornava a mudança ainda mais significativa para a mãe, como se fosse um retrocesso explícito para qualquer um que quisesse notar). Os poucos móveis e objetos de decoração que já estavam em seus lugares traziam um pouco de familiaridade para o branco das paredes, vazias e castigadas pelo excesso de luz, pela falta temporária de persianas. Traziam mesmo para Luísa, a quem normalmente a falta de gosto da mãe nunca traria conforto. Os móveis claramente não haviam sido escolhidos para aquele apartamento, e muitos deles se constrangiam com seus lugares improvisados, obstruindo ligeiramente o caminho, dando suas caras em paredes que não deveriam estar ali, espaços desconfortáveis que cortavam suas funções pela metade. A televisão inventou de não caber no móvel designado para a sala e momentaneamente sentava no chão, trazendo todos os olhares da família para baixo, como se permanentemente observassem o trajeto de um rato ou de uma barata. E, além disso, um cheiro sutil e desagradável perpassava o apartamento todo, sem que se descobrisse do que era, um cheiro de algo progredindo numa morte trabalhosa.

Quase todos os objetos menores e menos importantes ainda estavam em caixas, à exceção da coleção de carros de brinquedo do pai, mais antiga que o casamento e que os filhos, e que atravancava um espaço desproporcional na mesa baixa da sala (numa metáfora pouco sutil, pensava Luísa), e de um único porta-retratos, o favorito da mãe. Luísa e Bernardo, quatro anos mais novos e abraçados, dentro de uma piscina em Caldas Novas. Numa coincidência rara, apesar de geneticamente garantida, de um exato mesmo sorriso.

Luísa semelhava Bernardo de uma maneira amplamente tida como inquietante e estranha. Eles eram *muito* parecidos, mesmo com Luísa sendo muito bonita e Bernardo muito feio, eles tinham um mesmo núcleo, uma mesma organização de nariz e boca, os mesmos olhos; e observá-los juntos era involuntariamente considerar, a todo tempo, uma Luísa feia e um Bernardo bonito, uma Luísa estranha e um Bernardo normal. Eles não tinham amigos em comum.

A princípio, nenhum dos três tratou com muito empenho de organizar o tanto que ainda restava a ser organizado, e muito se arrastava adiante de qualquer jeito, vivia-se como se nos arredores de alguma outra vida mais adequada qualquer. Nem os talheres nem os copos ali na hora combinavam, e Bernardo bebia de um copo de plástico havia muito sumido e apenas resgatado pela mudança, um que foi brinde de uma festa de sete anos atrás e cuja figura estampada do Homem-Aranha já se branquiçava e se confundia com o resto do copo. O gosto de plástico que ele emprestava a qualquer coisa era compensado pela óbvia tentativa de se resgatar algum tipo quentinho de nostalgia.

A mãe não assumia o vácuo de autoridade que se apresentava de maneira tão perturbadora, ela sumia no seu quarto e desaparecia mesmo quando presente, baixando os olhos, sorrindo pequena. Como se aquilo, aquela casa, aquela família, não fosse com ela. Luísa e Bernardo agora percebiam que a braveza dela havia sempre sido apêndice da do pai, um eco que ela basicamente nunca conseguiu evitar e foi apenas levando adiante, não sabendo muito bem de nenhuma outra opção. E também percebiam que há manifestações maternas bem piores do que braveza dura e arbitrária.

Não se ouvia muito dela, que mal existia, que não se impunha de nenhuma maneira. Tanto Luísa quanto Bernardo haviam interrompido o antigo e já automático hábito, iniciado pelo irmão, de chamá-la de Lívia, em vez de "mãe". A ideia de família já fraquejava, era bem evidente, precisava de toda ajuda disponível. Lívia se apoucava de tudo, se diminuía em volta de si mesma, sorrindo comedidamente e concordando com tudo, tentando manter tudo indefinidamente quieto. Os filhos topavam com ela no corredor apertado e fechado e ela se constrangia como se fossem estranhos, falando "Epa" e baixando os olhos, recuando apologeticamente. Às vezes até se reunindo para empregar a sua melhor expressão compadecida, retocada ao longo dos anos, e que consistia em trazer os lábios para trás e forçar o cenho de uma maneira desorganizada, uma confusão cujo significado os próprios filhos demoraram um tempo para conseguir entender. É tipo ela tentando mostrar que se importa, Bernardo explicou, tentativamente. Uma expressão genérica e indeterminada de comprometimento com a situação.

Ela parecia não querer assumir de verdade aquela casa como sua, não queria assumir o novo estado de coisas de nenhuma maneira definitiva, como se isso fosse de alguma forma significar que ela concordasse com eles e os aceitasse. Diminuía progressivamente seu domínio sobre tudo para que cada vez menos fosse esperado dela, para que tudo se aquietasse de uma maneira definitiva e ela pudesse, quem sabe, talvez até desaparecer, se esfumaçar nas dobras mal aplainadas do tapete, nas roupas estendidas no varal e batidas de sol.

O que aconteceu no meio dessa refeição, quase inteiramente silenciosa, foi que Bernardo de repente parou de comer, colocou os dois punhos cerrados na mesa e, de olhos fechados e maxilar travado, estabeleceu que:

– Este é um momento muito difícil para todos nós, mas a gente é uma família e vamos passar por isso, a gente não está sozinho.

Ao que não houve resposta. A mãe quase literalmente não reconheceu o seu filho na voz firme e estável que interrompeu sua prospecção pela quantidade adequada de arroz, batata palha e estrogonofe. Seu rosto não reagiu de nenhuma maneira clara, pareceu tremer quase imperceptivelmente em uns dois cantos, sugerindo o começo da sua expressão compadecida. E agora ela não conseguia nem isso, desarmada. Manteve os olhos baixos na comida e retocou, sem necessidade, mais uma vez o equilíbrio da porção de uma garfada antes de levá-la à boca. Fez um meneio curto e brevíssimo do queixo que jamais poderia ser interpretado como qualquer coisa.

Luísa esperou como pôde. Quando percebeu que nenhuma reação viria, largou o garfo e, com uma pressa deselegante, deslizou os dedos pela nuca dele até os cabelos, afagando-os gentilmente como fazia bem de vez em quando. Uma condescendência que ela não soube evitar, e que permitiria a Bernardo uma visão mais ou menos precisa do tanto que sua tentativa tinha dado em nada. Os dois acreditaram adiante por motivos diferentes, equivocados de uma gentileza parecida, que encerrariam bem a questão com um sorriso, o que fizeram logo antes de voltarem ao estrogonofe.

O único propósito a que isso serviu foi lembrar a mãe mais uma vez da igualdade entre os dois sorrisos, o único aspecto decididamente positivo da semelhança entre os dois, o único gesto inteiramente bem-sucedido de Bernardo.

Tanto a mãe quanto a irmã imaginaram que a intenção dele (que já havia se manifestado antes, embora não de maneira tão *direta*) não poderia acompanhar uma mudança real no seu comportamento, que seria impossível que Bernardo, calado e aparentemente alheio aos outros, poderia empreender alguma organização da família.

Mas o empreendimento que se seguiu foi sério e constante. Era evidente o tanto que a transformação era antinatural, o tanto que as suas manifestações eram resultados de cálculos premeditados e cuidadosos. Mas a resolução por trás delas era forte o bastante para quebrar Bernardo ao meio, para trazê-lo em grande dificuldade ao confronto necessário e rotineiro consigo mesmo para que empreendesse os esforços que julgasse adequados. Ele tinha especial dificuldade nos menores, nos sutis, nos pequenos gestos de compaixão em que não era possível dar uma forma clara e direta ao que estava fazendo; em que ele, às vezes, precisava explicar que não, não havia nada de errado com ele; que ele estava fazendo aquela cara para demonstrar preocupação, ou que sim, que aquilo era de fato um abraço.

Ele passou a perguntar regularmente pelo estado da mãe e da irmã, usando todo o palavreado de psicologia de senso comum que claramente não significava nada para ele. Perguntava sobre como elas estavam lidando com a perda, soando como um psicólogo de programa de televisão que atende ligações anônimas, talvez até emprestando deles sua expressão de sobrancelhas fisgadas. Ele tomava as respostas em consideração séria e ficava calado a maior parte do tempo, para oferecer algum tipo de resposta horas ou até dias depois, quando já se imaginava a questão perfeitamente esquecida.

E o mais estranho e inexplicável era que ajudava. Geralmente apenas pela manifestação ostensiva de preocupação, e por praticamente obrigá-las a dar alguma forma inteligível aos seus problemas mais concretos, mas às vezes até pelos conselhos de alguma profundidade, ainda que raramente muito originais ou imprevisíveis. Percebeu quase imediatamente que não teria como lidar com as dificuldades maiores, com as perplexidades realmente cabeludas (embora tenha tentado, tenha ensaiado discursos mecânicos longos e repetidamente paradoxais que explicassem às duas, basicamente, assim, a *vida & o universo*) e por isso passou a se prestar a investigar pequenas áreas de desconforto que ele poderia neutralizar de alguma forma, as maneiras mais sutis de organizar a família que estariam ao seu alcance por mera obstinação.

Foi ele quem abriu as últimas caixas e insistiu (em telefonemas seriíssimos) com o povo enrolado para que finalmente instalassem as persianas, fez o possível para reproduzir a casa anterior naquela nova, trocando quadros de lugar e rearranjando a posição dos móveis. Foi ele quem descobriu a origem do fedor, finalmente, de umas caixas de frutas medicinais esquisitas japonesas (originalmente destinadas ao pai) que haviam estragado com o trânsito e insolitamente, por alguma doidice dos caras da mudança, já se escondiam no fundo do armário do banheiro.

Depois de semanas de resistência constrangida, tanto a mãe como Luísa passaram progressivamente a confiar no discernimento de Bernardo, e em certa medida até a depender dele, da organização da vida delas que ele passou a empreitar. A maneira dele ainda era a mesma, completamente inadequada e confusa. Ele ainda parecia um tolo na manutenção de caprichos infantis, na dificuldade de manter conversas mínimas com estranhos, no trato particular com seus hábitos e objetos pessoais, na facilidade de se irritar desproporcionalmente com as coisas mais inusitadas. Mas agora se nutria de uma segunda natureza, uma confiança que se investia em si mesma em movimentos invisíveis e perseguia a dor da mãe e da irmã com a insistência, a inconveniência de uma chatice.

As brigas frequentes entre elas, que geralmente se acalmavam facilmente pela passividade da mãe e resultavam numa inconclusividade amarga e esquisitinha, passaram a ter um mediador alienígena, um Salomão que basicamente desconhecia constrangimentos e agia como se fosse um dinossauro de desenho animado em volta de crianças, puxando as duas pelo braço com obviedades superficiais que elas já estavam, é claro, cansadas de saber, mas que não costumavam assumir a postura corpórea de um grilo falante que as forçasse em consideração, um grilo falante de sobrancelhas grossas demais e uma manutenção toda incompreensível da vida.

Luísa sempre estivera disposta a reconhecer características extraordinárias no seu irmão. Todo o resto se explicaria se ele fosse um gênio de algum tipo. Nem os resultados infrutíferos de uns poucos testes cognitivos que ela teimou em aplicar, para o constrangimento de todos, e nem a falta de resultados extraordinários na escola a convenciam, tampouco os avanços apenas regulares no piano e no desenho, abandonados depois de pouco tempo. Assim ela acabou adotando essa nova empreitada com muito gosto, e não se deixou surpreender demais quando ele se revelou desengraçadamente habilidoso nela. A mãe é que tinha mais dificuldade de se acostumar com a ideia. Este agora era o seu filho, ela pensava ao observá-lo passar de um cômodo a outro em passos apressados de inseto; essa criatura impondo um respeito confuso.

Seu corpo assustadoramente magro, de quase doente, havia se decidido por traços rígidos desde cedo, fechando-se aos quatorze anos em pelos excessivos que perfaziam seus braços e pernas. Seus cabelos lisos cresciam até um capacete disforme e agigantado de dois montinhos, duas corcovas, até ele ser obrigado pela mãe a cortá-los. Nos meses seguintes à morte, a sua estranheza assumiu uma resolução firme que endureceu até os seus passos e gestos, de agora em diante sempre instrumentados de alguma forma. O seu maxilar parecia agora permanentemente travado de alguma preocupação, repassado de seriedade. O garoto canhestro se fez um homem casmurro e bizarro, um homem que não abandonou o *video game* ou os quadrinhos, mas passou a desempenhar tudo com uma gravidade incompreensível. Interrompendo a leitura de alguma edição antiga do Homem-Aranha para olhar para a janela e jungir as mãos em um arco penso e rígido, como quem lidava duramente com alguma espinhosidade exegética de Spinoza no original.

Avisados do ocorrido pela professora e até condoídos por conta própria, os colegas interromperam as piadas e os apelidos indefinidamente, o que Bernardo não chegou a notar de nenhuma maneira visível. Por intervenção de uma colega que imaginava fazer uma gentileza, a turma passou então a modificar os apelidos e as graças de forma a torná-los supostamente carinhosos. O apelido de *Bizarro* parou de ter o tom agressivo e enojado, passou a ser acompanhado de sorrisos e tapinhas nas costas. Passaram a vê-lo honestamente como uma mascote, revertendo com alguma facilidade a repugnância que tinham por uma graça inofensiva, embora ele nunca tenha colaborado com a intenção. Votaram-no representante de classe, como piada, e a professora não teve muita opção senão permitir. Ele agora lia anúncios na frente da sala e comparecia em reuniões constrangidas de professores e outros representantes, com um caderninho preto específico para essa função, tudo pleno de uma condescendência simples e até amigável, resignada de bom grado a esses procedimentos tolos cujo propósito ele nem começava a compreender.

Ele sempre teve um humor estranho e infantil, próprio, que nunca manifestou muito para ninguém. Antes, pelo menos a Luísa seria permitido algum relaxamento, uma breve inclusão em alguma de suas estranhas graças, longas e convolutas, que ele contava em engasgos gargalhados e quase incompreensíveis, de vozes e tons e expressões irônicas emprestadas de todo lugar, de programas políticos no rádio, de novela, mas principalmente de inúmeras séries americanas, de animações na internet, uma colagem que ela se esforçava para entender nos raros momentos de interação mais desimpedida que se acidentavam de vez em quando. Agora, ele se encerrava inteiro e não fazia nenhuma concessão, e para encontrar alguma das gracinhas do irmão ela teria que persegui-lo deliberadamente. Furtar com os ouvidos na porta do banheiro a narração de desenho animado que ele fazia para o seu banho, revirar seus cadernos em busca das tirinhas de quadrinho estranhas, de um rinoceronte deprimido e vestido de terno que ela sabia que ele ensaiava desde pequeno.

Ela percebia alguns traços tímidos mais antigos do irmão agora fortalecidos, assumidos como que inteiros. Ele não mais se corrigia. Bernardo nunca mais pareceria reduzido a uma situação normal, nunca mais parecia se alinhar perfeitamente a qualquer banalidade. Longe de conseguir explicar de qualquer forma, ele sentia estar circunavegando indefinidamente alguma espécie indeterminada de absoluto, de resolução derradeira para todos os problemas encerrados na sua família. Em aproximações pequenas e cuidadosas, confusas, que ele acreditava que eventualmente bastariam, fosse por mera insistência. Tudo consistia num mesmo exercício nessa direção, uma contrição difusa que não fazia concessões e que não vacilava. Mesmo assistindo tevê, seus olhos vagueavam estranhamente ao redor da sala de repente, mostrando que não estavam lá muito absortos no programa como pareciam. Às vezes, no meio de uma conversa, Luísa surpreendia sua mão descrevendo algum desenho complicado no canto da mesa. Seus dedos puxados e tensos, transidos de propósito.

* * *

Agora ela conseguia chorar toda vez, nos primeiros meses. Mas isso não duraria para sempre. Naturalmente a coisa ousaria importar menos e menos, como qualquer outra, ousaria se tornar tolerável. E se ela se forçasse adiante como achava agora que deveria se forçar, aperfeiçoando sempre novas sequências perfeitas de dor, recrutando sempre novas e mais fantásticas carpideiras, sabia que não haveria meio de achar um fim. Não encontraria uma conclusão, um fundo (para então poder seguir em frente com o filme que estava assistindo até se desconcentrar, com a conversa que estava tendo ao telefone, com o banho que estava tomando antes de ter de sentar no chão). Ela apenas avançaria, e avançaria adiante em terrenos progressivamente mais infecundos, onde fúrias piores, talvez *irreversíveis*, teriam reinado.

Então aos poucos se acostumou a enfraquecer o pensamento, a acalmá-lo em cuidados, amortecido em colchões brancos de hábito, um predador anguícomo enganado de sua verdadeira força e guardado com desvelo. Confusa de certa culpa, ela disse para si mesma (nessas palavras) que precisava viver.

Ela percebeu isso, para o seu crédito, sozinha. Mas apenas quando Bernardo lhe disse o mesmo – um mês depois e logo depois de os dois acordarem, no banheiro, com o tom mais grave do mundo, com as consoantes dificultadas pela presença da escova na sua boca, olhando para ela no espelho – foi que ela se permitiu levar a sério.

Em dez minutos da morte do último jogo, só sobravam eles na quadra. O grupo maior, que eles não conheciam, foi embora todo junto comer alguma coisa, e eles continuaram sentados na pequena arquibancada cinza de cimento fresco e ainda novo.

João e Antônio.

Os lados da arquibancada foram recentemente grafitados com o apoio da prefeitura da quadra. Crianças estilizadas coloridas praticando esportes e não usando drogas. Antônio comenta que as crianças parecem querer vender algum tipo de achocolatado. O *e-mail* para contato com o artista era de uma hospedagem gratuita, algo nunca comentado que sempre deprimia os dois.

O ar é de uma temperatura indiferente, e já está bem escuro.

– *Bora* comer. Dogão já abriu.

– *Tô* só com cartão.

– Eu te empresto, porra!

– O caralho.

O acento já começara cansado, ninguém insiste por nada. Eles observam, os dois, a auréola laranja do poste mais próximo; respiram bem o cansaço. Antônio não está, como nunca está, quieto, e logo se presta a um pequeno tapa ligeiro e apoucado em João, anunciando alguma coisa que demora, com João já atento.

– Nem te falei, moleque, ontem.

– Hm.

– Ontem acordei tarde, quase três horas. Acordei para almoçar e quando eu vi tinha cinco mensagens da mina que eu te falei. Cinco!

– *Puts*!

– Eu só fui ver quando já *tava* no carro com meu pai, indo almoçar com minha avó. E era muito triste, velho, dava para perceber claramente ela ficando bêbada. A primeira mensagem, ainda meio contida e razoavelmente normal; daí uma hora depois, uma meio confusa; meia hora depois disso, outra já muito incoerente e outra só dois minutos depois que não dava para entender nada, *nada*.

Ele se interrompe por um instante para acender o cigarro, as mãos protegendo a chama de um vento que não está lá.

— De manhã teve outra, também, pedindo desculpas que tinha ficado tão bêbada. E era triste que ela escrevia as palavras certinhas, sem abreviar, apesar de tudo; e eu sei que ela não escreve assim com os outros, que ela acha que precisa fazer isso comigo. E ela ficava repetindo que gostava muito de mim e eu, enquanto respondia as perguntas do meu pai no carro sobre minhas aulas esse semestre, sobre tipo porra de nome de professor e o caralho ficava imaginando, sabe, o esforço dela em digitar aquilo, caindo de bêbada em alguma festa deprê aí do *rock*. Lago Norte ou sei lá.

— ...

— E, caralho, eu não sei nem o sobrenome dela, sabe?

— Que merda.

— ...

— Qual o primeiro mesmo? Tu sempre a chama de "a mina com a camisa do Weezer".

— Hm? Flávia.

— Toda vez a mesma merda, devia ter ficado quieto.

— Ah, vai se foder, moleque!

— Porra, a menina vai ficar arrasada.

— Eu te vi com ela, porra! O que *cê* esperava puxando ela para você toda hora sendo todo apaixonadinho falando não sei o quê no ouvido?

— Queria que eu fizesse o quê? Que eu a tratasse mal?

Isso João não responde, além de leves pregas nos cantos da boca. Não provocaria um assunto desses adiante. Era previsível o que se passaria nos meses (ou semanas) seguintes. A menina vai se apaixonar por Antônio rapidinho, e ele certamente vai dar a impressão de estar igualmente apaixonado (o que não será o caso); e depois de alguns meses de um namoro aparentemente estável, quando ele não aguentar mais fingir, vai terminar com ela de uma hora para outra, deixando a coitada completamente perdida e confusa, sem entender o que fez de errado, e suas amigas todas enraivecidas com ele. Algumas semanas, depois de ficar bêbado e dizer para o João que nunca mais namoraria alguém, que deveria virar, sei lá, um monge de algum tipo, Antônio se quedaria momentaneamente mais uma vez por alguma garota loirinha e tímida, começando de novo o processo.

 Ele se dispõe para trás, olhos fechados, põe as pernas para frente enquanto retém os joelhos nos dedos enclavinhados, insistindo na necessidade de algum equilíbrio, uma gangorra.

 E não é como se fosse algum tipo de tensão (nenhuma se corta entre eles há anos, qualquer início é logo feito ridículo, desmonta naturalmente como absurdo), mas um silêncio aparece claro ali, assume logo que não vai embora tão cedo. Eles fazem algo parecido desde a quarta série. João se lembra de jogar *Mortal Kombat* no quarto de Antônio no ano em que o conheceu, de como ele soltou o controle depois de uma luta que ganhou e ficou olhando para o teto sem falar nada por um bom tempo. Por alguma razão, ele achou aquilo muito admirável. Também ficou calado, ainda que tivesse que estalar os dedos às vezes, ou guardar os joelhos no peito. Antônio parecia guardar aquela necessidade até hoje. João respeita, acha correto, ainda que ele pessoalmente não a entenda tão bem, e que nele a coisa se transforme em afetação quando tenta imitar. Antônio conseguia manter a expressão realmente leve e impedir que qualquer tom desconfortável tornasse a cena constrangedora. Ele mantém seu corpo equilibrado sem muita graça, sorrindo minimamente e evitando fumar o cigarro de onde um vento insentido puxa um fio leve de fumaça. João sempre espera que Antônio decida quando terminar aqueles silêncios da maneira mais adequada. Acha que eles não são seus.

 Antônio havia sido claramente feito para dar em um homem forte, os braços e os ombros dispostos para tanto. Mas ele renunciava essa disposição com uma dieta modesta e quase nenhum exercício, ao contrário da família, todos armados e duros na sua profusão brilhosa de músculos, os dois irmãos e o pai e a mãe quase modelos didáticos de fases distintas de fisiculturismo. Vê-lo apertado entre sua família no carro ou no sofá era perturbador, um item destoante que não se assentava naquelas encenações infinitas e pouco variadas de propagandas de academia.

Como João havia conhecido Antônio bem antes dos outros, ele parecia a matriz mais pura daquelas variações, parecia ser a partir dele que seus irmãos e pais haviam sido feitos, parecia que toda a família hipertrofiada havia brotado daquele elemento simples e modesto. Mas seus punhos finos, combinados com o olhar baixo que tentava não atrair atenção para si mesmo, não impediam uma presença firme de se impor involuntariamente, uma beleza e um carisma tão pouco controlados e conscientes quanto os de um animal. Com seu queixo largo estabelecendo uma massiva cabeça de olhos incisivos, baixos e separados, a cabeça de um herói do Jack Kirby. Os olhos, frequentemente castanhos, pareciam ser mais claros do que realmente eram, e a boca sorria para praticamente tudo de uma maneira que se mantinha fresca. Como se cada vez ele realmente reconsiderasse o mundo e mais uma vez se deparasse com algo digno de um sorriso, como agora, enquanto segurava os joelhos com os dois braços e finalmente percebia como terminaria aquilo.

– Tu *tá* curtindo a Luísa, não *tá*?

– Pô, sim.

Antônio estirou as pernas e decidiu a gangorra para frente, enviou com um peteleco o cigarro para o escuro atrás da arquibancada. João imaginou que teria vergonha de admitir, mas não. Era até agradável.

– Só fui perceber agora, não sei como.

– Acha que *tá* óbvio?

– Para mim deveria ser, *né*. Eu já vi acontecer, sei como você fica. Você fala com ela do jeito que falava com a Aninha. Os sorrisos longos, todo galã.

Antônio gargalhou, como fazia raramente, com uma única expulsão súbita e desengraçada que se extinguiu rápido e já se envergonhava de si mesma.

– Caralho, nem me compara as duas.

– Não, eu sei, mas você fica parecido, o que eu quis dizer – eu devia ter percebido, tal.

— Você percebeu na festa lá?

— Já tinha percebido antes, mas na festa foi uma porra de um sinal luminoso, *né*, um caubói de *neón* apontando.

— Caralho, sério?

— Para mim, *né*, sei lá para o resto, geral *tava* bêbada, geral é burra.

— ...

— É um empreendimento, *né*? Não se namora uma mina tipo a Luísa assim casualmente. É tipo endereçar uma força da natureza, tipo responder a um chamado.

— *Tô* ligado.

— É tipo assumir uma responsabilidade assim com o universo.

— Boto fé.

Houve um pequeno silêncio depois disso, Antônio agradavelmente surpreso com o fato de o amigo ter concordado, e do seu tom ser apenas parcialmente irônico. Ele esperava uma redução de proporções, com João retoricamente posicionando a situação numa escala bem inferior de importância, esclarecendo que queria apenas ficar com ela, mencionando partes distintas da anatomia feminina, algo assim.

— Mas acho massa, vocês são massa. Se casem aí. Tu sabe que funciona melhor namorando.

João sorri, mas o tom estava mais sério do que ele gostaria. Antônio tinha isso de falar sério.

— Você tem esse negócio desde sempre, moleque. Não é com qualquer coisa, só com mulher. De concentrado, assim. E a Luísa é tipo uma menina decente, finalmente. Tu vai amar essa mulher para caralho.

Não respondeu, desconsiderando com um toque nos ombros, a vista subindo até a auréola laranja como quem desconsidera uma piada de mau gosto. Ainda que ele estivesse certo, ele não tinha meios de saber aquilo, ele não sabia do que estava falando.

Subiu no apartamento para beber água, mas não ficou muito. Nem chegou a sentar, mencionado o seu suor e sujeira. Os pais dele decoravam a sala com vários tapetes e sofás gordos, almofadas de veludo e toalhinhas de renda cobrindo tudo, decoração de Natal que sobrevivia quase o ano inteiro, retirada em março e reposta em outubro. Seria insuportável sujar coisas tão feias.

Caminhou até seu carro pela rua interna da quadra, seguindo rigorosamente a linha descontínua amarela, fechando os olhos para testar sua capacidade de fazê-lo sem auxílio visual. Sentiu o suor secando no vento, o zumbido de silêncio nos postes e no asfalto, algo guardado. Quando ligou o carro, não pareceu apropriado deixar que o som voltasse a tocar tão alto o que ele havia interrompido três horas antes. Dirigiu em silêncio até em casa.

A luz encontra seus caminhos de uma maneira bem particular ali na universidade, naquele tanto de concreto armado sujo. Quando você menos espera, lá está uma faixa dela, uma intensidade inesperada e desacomodada diante daquela mornidão seca, diante de tudo aquilo que favorecia a sua disposição atual de frio mal desperto, de cansaço burocrático que mal pretende existir além do estritamente necessário.

Caminhando no Minhocão, ela vira os passos meio que de uma vez ao perceber de súbito que aquele já é o anfiteatro 15, o seu. Ela pisca os olhos com força, tentando se ajeitar de alguma maneira final. Pensa que talvez tenha virado de uma maneira esquisita, que quem *tava* olhando deve ter achado engraçado. Ela tenta ajustar sua roupa e seu cabelo, ainda precisa cutucar os cantos dos olhos para despregá-los. Precisa de algumas horas para entrar em um modo de proceder que dê conta, no máximo de suas capacidades, dessas variáveis todas, de tantas junturas e joelhos. Às oito ela ainda não funciona tão bem.

Enquanto ela desce a escada do anfiteatro, sustenta-se lá dentro um silêncio já bastante prolongado. O professor (camisa polo verde-clara, barba e cabelos recatados brancos) procurando por alguma coisa na apostila do curso enquanto os alunos, calados, parecem já nem lembrar o que ele estava falando.

– Então *tá* aqui, ó. Página meia oito. É que nessa apostila de vocês cortaram o capítulo do meio, o do... – o que tem os exercícios todos. É a mesma do ano passado, eu falei disso para eles, mas ninguém dá bola.

O professor levantou sua expressão, genericamente atenta e preocupada diante dos alunos.

– Ninguém dá bola, entendeu?

Alguns queixos assentiram.

As cadeiras são de um plástico de marrom indefinido, um marrom que não parece assim tão confiante de sua marronzice. Podiam ter cinco ou quarenta anos, uma cor desanimada que parece ter sido inventada para esse tipo de lugar.

Descendo a escada do anfiteatro, ela calcula os diversos fatores que culminariam em uma cadeira aceitável, ao mesmo tempo em que se preocupa em não tornar esse cálculo aparente aos outros, com medo de parecer uma chata. Entre os dois riscos, acaba por decidir pelo primeiro, sentando numa cadeira qualquer e imediata. Ela logo percebe o seu erro, percebe que acabou ficando no caminho de um dos paralelogramos de luz que havia notado na primeira aula. Cinco feixes de luz que se quebram nos buracos retangulares da parede de tijolo à sua direita, caindo desiguais em cinco cadeiras de cinco fileiras horizontais diferentes. Eles vão caminhando, agora no primeiro horário, desde a última até a primeira cadeira. O feixe estava a duas cadeiras de distância dela agora. Daqui a pouco ela o receberia diretamente, insuportável.

Como uma iluminação divina, ela supõe.

– Então é assim. Por hoje é só, que agora tenho meu compromisso, *né*, minhas sinceras desculpas de novo, e as apostilas a gente põe mais tarde na xerox. A Daiane, a monitora de vocês, deve colocar antes da semana que vem.

O professor alterna seu olhar de aluno em aluno a cada oração, um tipo de pequena técnica evidente para manter a atenção de todo mundo. Termina a frase em Luísa, que a confirma com um movimento excessivo da cabeça. Distraído com sua beleza, ele continua olhando enquanto todos se levantam, como se algo mais fosse esperado dela.

O almoço se almoça num restaurante a quilo por perto com alguns conhecidos do curso, gente levemente simpática com quem ela não costuma conversar muito. Sustenta seu lado da conversa apenas nos terrenos mais simples de aulas e professores em comum, e no mais fica calada e quase inteiramente alheia à maioria dos assuntos, rindo atrasada das piadas. Essa é a segunda tentativa dela no semestre de se enturmar um pouco mais, e igualmente fracassada. Dá uma carona para uma garota gorda de cabelo interminável até o apartamento do namorado dela, na quatrocentos. No caminho ela conta detalhes íntimos dos problemas que tem com o namorado, que parece mesmo um cara instável; Luísa concordando com a cabeça sem saber muito bem o que se espera que ela diga.

Estaciona o carro de volta na universidade, tendo uma aula em pouco menos de uma hora. Ela mantém em quase todo lugar que frequenta os olhos baixos e sérios de uma mulher estupidamente bonita que nunca se sentiu confortável com sua beleza, com a sensação de reunir todas as atenções humanas disponíveis. Masculinas e femininas, em níveis variados de sutileza e com cargas bastante diferentes por trás. Ela vive olhando em volta sem querer, automaticamente, e nunca sabe que expressão fazer; não gosta de brincar com as impressões de ninguém e já sabe que qualquer coisa que não seja quase uma declaração grosseira de desprezo vai ser tomada como um encorajamento por boa parte dos homens mais caras de pau. Então olha para baixo e tenta aceitar que vai ser considerada uma esnobe fria escrota de merda (nas palavras que ouviu acidentalmente de um colega de curso, uma vez, ditas alto demais, e que agora usava de referência definitiva de como o mundo todo devia certamente enxergá-la).

Senta recostada num dos pilares e toma algo como uma posse de si mesma. Um *E agora?* pequeno, que não esperava grande resposta além de arrumar o cabelo, de organizar os papéis da matéria da tarde e chegar em pequenas, em minúsculas conclusões.

Mas não veio nada. De acordo com a decisão que ela mesma havia tomado, ela deveria viver, agora. Certo. Apenas já enredada adiante em um dia é que ela percebia o tanto que isso não significava nada em particular. Ela deveria sair correndo por aí, gritando, transando com todo mundo e dirigindo carros em direção ao pôr do sol? Por ora, continuou observando, distraída, os grupos de estudantes sentados em círculos diante dela, deitados em suas mochilas, seus reflexos invertidos e indistintos deitados no chão sujo, dificilmente discernidos e parecendo, ainda assim, de alguma forma uma alternativa mais aceitável à sua contraparte mais real e barulhenta. Demandando alguns, a gritos, por alguma espécie inexplicada de moralidade.

Logo ali havia uma das copiadoras principais, entupida de uma fila desorganizada àquela hora. Gente com braços e textos erguidos se acumulando. Maquinalmente pediam, copiavam, recortavam e grampeavam-se textos de todo tipo, geralmente de poucas dezenas de páginas, aparentemente encarados como elementos pequenos e descartáveis de um jogo também pequeno e desimportante. Contendo nomes e palavras-chave a serem processados e vomitados em seguida, e depois esquecidos. Os dois funcionários gêmeos e igualmente confusos, baixinhos, habilmente retiravam os textos de pastas coloridas de plástico, gordas e velhas, assinaladas de pincel atômico preto desajeitado. INTRODUÇÃO À CIÊNCIA POLÍTICA PROFª. CÍNTIA MOURÃO.

Do lado de Luísa alguém havia deixado no chão algum texto xerocado, provavelmente percebendo a sua inutilidade depois do uso imediato em alguma matéria. Tentou algumas vezes ler o seu título e subtítulo, cruelmente arrastados, envolvendo círculos sociais sustentáveis ou sociedades com sustentabilidades circulares, até admitir que não conseguia entender o que aquilo dizia, que não conseguia nem determinar de uma forma geral de que assunto tratava.

Uma menina meio bonita e meio *hippie* depositava com cuidado as moedas na mão de um dos funcionários, aprestada para tanto. Agradeceu honestamente e saiu caminhando com passos preguiçosos, esparramados, encurvando o maço de papel em um *C* contra a boca e as bochechas para sentir o quentinho.

Luísa abre a bolsa e organiza o seu conteúdo, como se algo fosse se levantar daquilo. A caixa preta de óculos e o maço de lencinhos macios de papel, o livro do Nabokov que ela não lê há dias, os cigarros que ela há alguns dias nem quer fumar. Analisa sem qualquer interesse real a carne lisa em volta das unhas recém-feitas e já meio machucadas do seu hábito ruim de cutucá-las, que ainda perdura. Ela assunta as linhas erráticas de esmalte, atenta, as sobrancelhas franzidas de uma onicomante. Percebe que não sabe igualmente como aguentar nem as ocupações do dia e nem as suas horas desocupadas. E agora ainda viver.

Ele foi quem abriu a porta e saiu antes de todo mundo, de um jeito pequenamente triunfante que ele nem percebeu. Desembolando a confusão dos fios com alguma habilidade treinada e inserindo com cuidado os dois pontinhos pretos, apertando um botão dentro do seu bolso. Os fones de ouvido faziam uma imensa diferença naquele lugar: coloriam-no com uma cor que ele não tinha, deixando João muito melhor disposto aos professores cretinos, aos alunos histéricos de engenharia, às alunas estranhas de pedagogia; tudo que ele parecia entender tão ofensivo, em caretas e enfezamentos da sobrancelha que ele nem parecia controlar. Com música ele até gostava de caminhar por lá, gostava mais do que estaria disposto a admitir.

Em algumas semanas ele se acostumaria de novo à morte particular que aquele lugar lhe trazia, a morte que ele sabia meio exagerada e cuja força ele nem entendia direito. Por agora, entre aulas, saindo da sala, ele já imaginava o desânimo que tomaria forma quando chegasse ao Ceubinho, sentasse no chão e levantasse a cabeça para aquela procissão desnecessária. Isso que é ensino superior, ele repetia para si mesmo e para os amigos desde o primeiro semestre. Consistindo inteiramente em churrascos, em camisas com trocadilhos. Com o interesse mais sério deles sendo política partidária, aquela coisa que lhe parecia unir principalmente quem não se interessa por nada em particular.

Era um resumo mental já cansado e gasto, viciado, que ele não conseguia evitar. De todos os mais absurdos incidentes que coletou até agora (pessoalmente e por intermédio dos amigos). Exemplos de ignorância e desinteresse dos alunos e dos professores que ele já conhecia perfeitamente, que ele repetia mentalmente com diligência, com a particular tolerância para repetição que apenas desapontamento e autocomiseração são capazes de sustentar. Compilava tudo em pequenas anedotas representativas e espirituosas que denunciassem todo aquele absurdo. O tom era como que de um discurso, ou de uma entrevista, embora as circunstâncias e a plateia não chegassem a ser bem explicadas.

Por isso os fones eram tão necessários. Ele entendia que espécie de esforço ele precisava fazer para não se afundar naquele pernosticismo inválido e amargo, que ele mesmo reconhecia como inválido e amargo. Gershwin dava mais graça para aquelas pessoas, tornava-o muito mais inclinado a conceder a humanidade que insistia em desaparecer debaixo de tanta coisa, a se esquivar, convoluta e involuta em camadas óbvias de tantas tentativas fracassadas.

João passa por três meninas sentadas no chão do corredor, diversamente debruçadas para frente e escrevendo em cartolinas de branco retinto, cada uma com um pincel atômico de cor elementar diferente. Duas delas com as camisas terminando antes do final próprio das costas, com pedaços ainda infelizmente decorosos de pele à mostra. Escreviam as três com calma uma caligrafia cuidadosa e talvez infantil. Uma delas, a mais calma, apenas dava volume de uma segunda cor às letras, com um fone de ouvido trambolhoso amassando sua pequena massa de cabelo encaracolado castanho-escuro, de onde saía o barulhinho de uma pequena confusão distante e indistinta. De onde João estava ele podia ler nos cartazes JORNALISMO, DEBATE e COMUNICAÇÃO.

Alcançando a massa que sempre entorna o Ceubinho – umas senhoras de meia-idade, candidamente expondo seus docinhos à venda em mesas desmontáveis e chapas do grêmio acadêmico entregando panfletos para um debate iminente –, João de repente enxerga Luísa sentada sozinha, recostada em uma das pilastras, a expressão desalentada e simples de primeira semana de aula, encarando suas próprias unhas com alguma perplexidade.

Notando-a, suas sobrancelhas se acenderam, seu passo passou a reproduzir sem querer, minimamente, quase imperceptivelmente, traços do ritmo enlevado que apenas ele escutava.

Era a primeira vez que ele a via desde a festa, e a primeira vez que a via na UnB; e nos dois segundos até que ela o enxergasse, ele teve tempo o bastante para se atropelar em algumas imagens histéricas da aproximação que se fariam entre os dois. Considerar a possibilidade de várias entreaulas inesquecíveis que necessariamente aconteceriam ao longo do semestre (se ela estava aqui agora, pensou, provavelmente tinha alguma aula por perto nesse horário, que nem ele). E ainda de ser atravessado por um breve incômodo a respeito dos chinelos e da bermuda velha e surrada que haviam parecido o bastante algumas horas atrás.

– E aí?

Ela estava distraída e apenas o percebeu quando ele a cumprimentou, o que tornou a naturalidade do seu sorriso imediatamente composto ainda mais pontiaguda.

– E aí?

Ele sorriu o seu melhor sorriso enquanto tirava os fones e fazia uma queda cuidadosa nas duas pernas cruzadas, a posição que ele até o fim da vida chamaria mentalmente de perninhas de índio toda vez, como fez agora. Ela imitou o tom dele, adicionando uma solenidade falsa enquanto puxava para si a bolsa, uma medida desnecessária, mas gentil para oferecer espaço.

– Não me lembro de te ver aqui nunca, assim.

– Pois é, fico sempre no meu mundinho, *né*. Mas agora me arranquei de lá um pouco, *tô* fazendo introdução à economia, *tô* conhecendo sua galera.

– Deus, essa deve ser a matéria mais irritante da UnB.

– Eu ia dizer isso, mas não queria ofender seu curso. Ela é obrigatória pra mim, tal.

– Não se preocupe, sério. Meu curso já é uma ofensa, é uma ofensa interminável.

Ele imaginava que encontraria algum entrave constrangido depois do que houve na festa uma semana atrás, mas acontecia justamente o contrário. Os dois surpreendiam uma facilidade inesperada em conversar, que nunca havia aparecido antes. Com dois ou três breves assuntos atravessados, eles já se adequavam incrivelmente um ao outro. As frases se precipitavam uma em cima da outra, cada um querendo mostrar que já sabia o que dizer, querendo se mostrar à altura do que acontecia. Logo já existia um tom reconhecível na conversa deles, uma unidade inquieta que se animava consigo mesma e com a engrenagem dos movimentos. Eles até repassavam uma confirmação das informações básicas de cada um, por descrições de família e resumos apressadamente abreviados da *Vida Até Então*, como se parecesse necessária uma retomada narrativa diante de algum desenvolvimento aparente, uma reunião apressada de si mesmo diante de uma força esquisita que lhes requisitava.

A importância daquele dia não havia sido imaginação dele, então. Era a única maneira de explicar o simulacro de intimidade que se reproduzia agora. Alguma coisa havia mudado.

Tudo acontecia com grande facilidade, a proposta dele por um picolé na *Faculdade do Lanche* saiu imediatamente, descompromissada, entremetida rápida entre uma frase e outra. No caminho, passaram por uma turma de calouros em administração em fila, liderados pelos veteranos. Pintados em cores rudes, seminus, quase todos homens, alargavam tudo em volta deles com repetidas pantomimas malsucedidas e maldirecionadas. João franziu a testa, achou que lhe cabia alguma espécie de comentário.

– Começo de semestre é deprimente.

Ela notou a direção que ele encarava, para entender, e sorriu, pareceu concordar.

– *Né*? Preciso de um tempo para me acostumar com isso aqui.

– Durante as férias eu nem lembro que faço um curso superior, que isso aqui existe. Fica tudo em suspenso.

– Eu não desgosto tanto assim do meu curso, da UnB, quanto vocês, não me incomoda não, mas entendo, sim, às vezes é meio triste.

Alguns metros depois, quando os calouros prosseguiram na direção contrária, ela completou.

– A única coisa que eu gosto desse começo são os murais vazios ao longo do Minhocão. Só com os grampos dos cartazes do semestre passado sobrando.

– É verdade.

– Ainda não chegaram aqueles anúncios de peças ruins, defesa de tese sobre Clarice e pedagogia, de uma visão Marxista do marxismo. Dá para acreditar que vão aparecer coisas realmente legais.

– Pois é, eu quase sinto falta, de tão engraçadas que são, às vezes. Depois de um tempo você para de levar a sério, *né*.

Do outro lado do pequeno jardim de plantas roxas, uma nova fila de calouros, esses menos agredidos, ainda perfeitamente vestidos, mas igualmente encadeados em uma centopeia desajeitada e lenta, aparentemente feliz.

– Pe-ra, u-va, maçã, salada mista, diz o que você quer, quero ser nutricionista.

Os dois sentaram nas cadeiras de plástico da lanchonete, dividiram um picolé de coco – depois de alguma insistência dela – enquanto cada um relatava seu repertório pessoal de folclore universitário. De professores charlatões, de ardis e mediocridades acadêmicas, de alunos bizarros e incidentes plásticos. Ele se esforçava para não deixar o seu tom mais amargo e genuíno vir à tona, e tentava se alinhar ao dela, de achar graça de tudo, de ter pena e nutrir algum carinho verdadeiro pela confusão toda. O incômodo mantido pela insistência rebatida de uns poucos mosquitos impedia os breves silêncios de serem constrangedores demais. Ela sorria para si mesma e parecia contente, ainda que olhasse para baixo. O vento forte puxava tudo em volta, mas da sua massa de cabelo, quase toda imóvel e certa, ele só conseguia convencer as bordas volteadas.

Comprovou-se meio impossível olhar diretamente para ela por muito tempo.

A quebra do outro dia havia sido real, ele pensou. Não tinham mais medo de reproduzir a intimidade que existia entre eles, que já estava lá, estranha, precisando apenas ser gradualmente (e confusamente) reconhecida. O que João não entendia é como isso havia demorado tanto pra aparecer. Era como se ela tivesse simplesmente ligado um interruptor. Conversavam com a facilidade e a presunção que conheceram na festa, desconsiderando passos obrigatórios. Pulavam de assunto em assunto sem que eles fossem logicamente introduzidos e sem que aquilo parecesse inapropriado.

– O pirata! Você já viu o pirata?

João se estancou, esperando uma explicação. O olhar dela apontava para detrás dos seus ombros.

Realmente havia ali um homem portando uma barbicha e bigode pontiagudos e uma bandana vermelha que cobria toda a metade superior de sua cabeça. Andando sozinho no meio das árvores por trás do Minhocão. Magro e queimado de sol, de idade incerta e roupas sujas mendicantes.

— Não sabia que dava para ser pirata, que eles deixavam.

— Pois é, *né*. E ele fica lendo *Las obras completas* de *Julian Marías* na biblioteca, todo impossivelzão.

O papel de picolé na mão dele, envolvendo o palito, e o copo de suco na mão dela, para que o vento não os levasse. Ela até imitava espanhol de um jeito bonito, o que ele sempre achou que fosse impossível. Os dois tinham aulas já começadas havia dez minutos e não se propunham a matá-las, não ainda nenhuma ousadia desse tamanho. No instante breve que eles teriam antes de o primeiro se levantar, poderiam apenas entregar sorrisos agradados e curtos, ainda imediatamente explicáveis em seguida por algum item observado do ambiente, a graça meio escrota do professor velho flertando atrás deles com uma aluna que não se tocava do que acontecia, a camisa religiosa esquisitinha da menina que passou, de uma sugestividade sexual involuntária entre ela e seu salvador.

Caminhando em seguida os poucos, os menos de vinte passos até o caminho deles se dividir, os dois imaginaram algum comentário sobre o céu a ser reproduzido a tempo, mas desistiram, igualmente preocupados em não conseguir manejar o mínimo de originalidade necessária para um assunto tão cansado.

Ele que continha hoje uma paisagem completa e independente no seu espraiado inteiro, uma cordilheira de nuvens cinzas comportadas forrando um segundo céu ambicioso e absurdo, cortado em duas composições de cores diferentes. Duas lógicas distintas e irreconciliáveis.

O sol de meio-dia se justificava, derramava forte em tudo, requeimava e brilhava visível em todas as coisas, contido em todo o asfalto corrido, em toda lâmina individual de grama. Como uma ideia primeira. Parecia se afirmar como a única coisa existente para quem estivesse debaixo dele, infelizmente obrigado a atravessar a pé uma das extensões mal gramadas e apoucadas de árvore das quais se monta Brasília.

Como faziam João e Luísa agora, e lentamente.

Por causa do engarrafamento na hora do almoço, ela havia decidido que seria esperto e talvez divertido deixar o carro no estacionamento e ir a pé procurar um lugar para almoçar. Ela era cheia dessas espontaneidades, vontades de fazer ligeiras coisas de maneiras diferentes. E agora João se dividia em sentir calor de maneiras complicadas e autoimportantes e arranjar pequenas maneiras de não externar o tanto que o calor lhe parecia, de certa forma, culpa dela. Uma das maneiras era comentar coisas neutras no cenário, pequenas bobagens que criassem pequenos assuntos inconsequentes. Algo que costuma ser o trabalho dela.

– Você viu?

– Hm?

Ainda nada tinha acontecido entre eles, já algumas semanas enleados nessa rotina esquisita e mal definida de se encontrar quase diariamente na UnB e passar juntos extensões de tempo indecentes e injustificadas.

Era uma tensão, algo que João não entendia muito bem e temia destruir com algum gesto malsucedido.

Eles estavam andando devagar e apenas ligeiramente distantes, andando na borda da rua em direção a uma faixa de pedestre que ainda se divisava numa distância desoladora e cruel. Pisando na ausência de grama, nos gravetos longamente estalados e deitados em despropósito, no barro macio que se imprimia gentilmente das suas pegadas.

– Aquele cara que *tava* parado na faixa, você viu?

João entregou essa frase com uma inflexão caída e pouco pretensiosa, feita pequena diante do calor tão sério, que requisitava tanta atenção. Sentido no vão dos dedos e na cara, sentido nos olhos, cingindo todos os arredores do seu corpo. Tudo acalorado até na sua imaginação, de alguma forma. Uma mão na sua cara.

Ele pareceu quase não conseguir terminar o que tinha a dizer.

– O bicho – o bicho parece aquele cara lá da banda que você gosta.

Ele não parecia lá muito confiante da parecença assinalada, que ele havia discernido apenas rapidamente e através de um vidro meio escuro. A banda seria *The Shins*, de que ela nem gostava assim tão desesperadamente. E ainda tinha quase certeza de que Luísa não o havia visto, já que ela parecia manter os olhos nos pés o tempo todo, preocupada principalmente em preservar a integridade já lendária e meio inexplicável do seu *all star* branco antiquíssimo, de nuvens azuis desenhadas e hoje bem apagadas, da borda de borracha bastante despregada, que ela insiste em manter e usar quase diariamente com uma certeza inflexível que ninguém compreende muito bem.

E daí que João não entendeu direito quando ela deu um riso pequeno e genérico e concordou que sim, que era mesmo bem parecido.

O que quase ninguém sabia era que Luísa era uma mentirosa consumida e regular, de incontáveis mentiras diárias. Brotadas sempre espontâneas, no entanto, imponderadas e quase inocentes. Sem que houvesse por trás delas os motivos costumeiros mais mesquinhos, de efetivamente julgar os efeitos do que vai dizer e ardilosamente montar uma versão mais conveniente da realidade. O que acontecia no seu entendimento era uma desconexão severa e grave entre a vida da sua mente e o mundo pesado que se desdobrava e se conjugava diante dos seus olhos, com braços tão efusivos e calças tão feias. Eles simplesmente não pareciam assim tão relacionados, não pareciam assim tão achegados. De modo que ela poderia assentir com tranquilidade imperceptida, com voz inclusive veemente, aos maiores absurdos. Não via a necessidade nem os meios de se discordar de *todas* as coisas severamente estúpidas e loucas que se escutava ao longo de um dia. Fazê-lo seria um empreendimento quixótico e desnecessário que ela verdadeiramente nem saberia como começar, e que de fato nem chegava a se apresentar como uma opção. Ela poderia rir do que não achasse graça e mentir sem nenhuma necessidade sobre todo e qualquer detalhe menor do dia a dia (que havia chegado agorinha mesmo, que nunca tinha visto esse episódio, que isso era mesmo um absurdo) sem jamais sentir que feria qualquer coisa importante. O mundo real era um desconforto indesejável com o qual se assentia da maneira mais conveniente possível, para que ele se calasse. Sua integridade pessoal – o que quer que ela fosse – descansaria sempre em outro lugar, sempre segura e intocada.

Ele sentiu o inchaço se acomodar na sua barriga, a plenitude desagradável trazendo uma nova consciência do seu corpo agora mais sensivelmente puxado para baixo. Não havia sido assim absolutamente necessário comer a metade restante do sanduíche dela, e nem nada havia sido provado com isso, afinal. Os dois papéis de sanduíche abertos e ligeiramente sujos de alguns restos, a Coca-Cola de 600 que eles dividiram com um restinho já visivelmente morno. Luísa, diante dele, se recostava para trás na cadeira perigosamente feita bípede e sorria contra a luz do sol que espargia o ambiente apertado daquela que deveria ser a menor franquia possível do *Subway,* de apenas duas mesas apertadas. Era uma franquia nova, ainda desajeitada, não oferecendo todos os ingredientes, ainda sem máquina de refrigerante. Era engraçado confrontar uma versão insuficiente e incompleta de algo que parecia tão pronto e certo e imutável como uma franquia de *fast-food*. João havia brincado que era como uma igreja católica sem altar ou cruz, uma atualização falha de uma ideia. Eles ficavam próximos demais dos dois funcionários atrás do balcão, inclusive, numa intimidade meio constrangedora. O cabelo gigantesco dela se contornava da luz que obstruía, enquanto ela, engraçadamente, o imitava e julgava também sua própria barriga. Enquanto eles *tavam* lá, o tempo havia mudado sorrateiramente para uma única nuvem inteiriça que perfazia agora o céu todo de branco, e João sentia um cansaço inapreensível ali, um desânimo diante do dia feito tenso, da sua barriga puxada para o chão e daquela porra daquela menina linda e insolúvel.

Para quem ele estava olhando havia tempo demais, ainda por cima. Sem noção. Espreguiçou as suas pernas debaixo da mesa e bufou o seu cansaço, olhando em volta.

– Nem tinha aquela *pizzaria* Domino's em Brasília nas antigas, tinha? Tipo anos atrás.

– Ah, acho que não, *né*? Não lembro de ter.

– Porque eu *tava* vendo outro dia, *tava* procurando um jogo de *Mega Drive* que eu curtia para caralho quando era moleque, de uns seres coloridos esquisitos que andam naqueles negócios de pular, e descobri que o jogo era tipo um jogo comercial da Domino's. Tipo promocional.

– Sério?

– Sério, tipo os personagens do jogo eram as mascotes lá da Domino's, e a história tinha altas falas incoerentes envolvendo *pizza* e tal. Que eu nem entendia na época. Daí eu *tava* pensando o quanto é doido que eu tenha esse jogo com *mó* nostalgia profunda e massa, tipo lembrança quentinha. E que ele seja um comercial esquisito de um negócio que nem sequer existia aqui.

– É doidão, mesmo.

Ela parecia sorrir com alguma condescendência, ele pensou. Porra de assunto nada a ver, de onde diabos tu tirou que isso poderia jamais interessá-la? Ele nunca era covarde em volta de mulheres. Não tinha grande dificuldade de conjurar a cara de pau irônica necessária para uma frase de efeito batida que de alguma forma, ironicamente ou não, fizesse o trabalho sujo necessário. Mas (essa era a explicação que ele arranjou para si mesmo) ele respeitava demais Luísa e a levava a sério demais. Respeitava tanto quanto a si mesmo. O que era quase – não, o que era *completamente* – inédito.

Ele não conseguia nem imaginá-la nos seus cenários sexuais aviltantes habituais, os que normalmente apareciam quase involuntariamente, quase obrigatórios para os instrumentos da sua imaginação logo nos primeiros segundos depois de conhecer uma mulher minimamente atraente. A expressão de atriz pornô que ele tentava impor a ela não funcionava, e nem nenhuma das cenas tolas conseguia se sustentar. Logo a Luísa imaginária olhava de volta para ele com pena, reconhecendo sua severa incongruência na situação que a cabeça dele conjurava, constrangida. E então ele precisava parar, pensar em futebol.

Antes de sentirem qualquer gota, os dois notaram a anunciação até lenta das marcas escuras no asfalto se multiplicando, os pontos pespontados como que brotando do cimento. Começava agora a aula dela de Psicologia da Personalidade e a dele de Introdução à Antropologia, e eles estavam ainda na quatrocentos, com no mínimo uns vinte minutos de caminhada até as salas. Mas com quatro ou cinco gotas generosas declaradas nos braços e na cabeça, percutidas de alguma agressividade, eles já correm para algum abrigo, rindo, para baixo do bloco mais próximo. Subiram no térreo liso branco estabelecido e vazio diante deles, o bloco de nenhum porteiro, de ninguém mais por perto. A chuva recortada em volta do retângulo do prédio, uma parede rigorosa entre eles e um dia já irreconhecível. Balões e tesourinhas agora alagados, árvores entortadas e carros derrapados, as árvores genuflexas e acanhadas com a insistência.

Eles riram da corrida exagerada, os dois meio sem fôlego e molhados, vulneráveis de uma maneira com a qual não estavam ainda acostumados.

Por mais que se molhar um pouco não incomodasse muito a nenhum dos dois, era uma violência. Quebrou a maneira normal de proceder, a mornidão tradicional impressa em todo momento. De modo que tentar beijá-la não parecesse tão estrangeiro e impossível quando se entreolharam debaixo de um lugar seco. Ela tomou o máximo que conseguiu do seu cabelo nas mãos enquanto respirava forte e sorria, revelando o desenho certinho do seu rosto, emoldurado pelas duas mãos empinando o cabelo como uma juba. Ele limpou os óculos rapidamente, para não mantê-la embaçada e inumana por tempo demais, colocou as mãos na cintura, satisfeito de algo que não sabia o quê, também sorrindo. Como se já tivessem realizado algo juntos, ali, como se um elemento novo já estivesse se inventando.

E não sentiram a necessidade, que sempre aparecia de algum lugar, de desviar o olhar um do outro, de falar alguma coisa leve necessária. Ambos conseguiram manter aquela situação insustentavelmente pesada, a força dela, ainda que não soubessem como. Ela continuou sorrindo, depois de soltar o cabelo. Depôs os braços na cintura, como que armada. Ele a encarou direto, sem diminuir em nenhuma das várias maneiras disponíveis, sem defletir a situação em alguma refração menos carregada, uma versão mais segura, que assumisse menos pretensões. Também era importante manter os olhos nos dela, não só para manter o clima, mas para tentar evitar olhar demais para os seios dela, claramente desenhados na blusa molhada, embora pequenininhos, com inclusive o relevo do sutiã visível. Exceto que justamente a facilidade daquilo, a adequação simples, o momento encaixado, lhe parecia suspeito demais. O clichê besta que havia no casal que flerta e flerta sem que nada aconteça até que começa a chover e eles finalmente...

E antes de determinar que espécie de brecha dela poderia ser tomada como definitiva, inequívoca, ela mesma tomou a situação toda de assalto, e aquilo que já havia ocorrido várias vezes na sua cabeça em todos os seus cenários possíveis acabou acontecendo. Agora aquilo existia.

* * *

Paula os recebeu na porta, alegre em um vestido roxo florido, e foi logo pegar vinho na cozinha em pequenos saltos, o tipo de hospitalidade que é quase agressiva. Antônio fumava recostado na janela e conversava com uma garota que eles não conheciam, sua testa enfezada na sua cara séria de fumante e de ouvinte atento. Natália e Eduardo folheavam juntos uma revista no colo dela, ela batendo com braveza falsa na mão dele, que tentava virar logo as páginas de celebridades sorridentes. Assistindo tevê estavam deitados dois amigos de Paula que eles não conheciam bem e que não tentavam muito incluir em nada, asseverando um domínio meio infantil do grupo atual e circunscrito. Ao cumprimentarem um por um, Luísa confirmou mais uma vez a corrente impressão de que Antônio e João nunca reconheciam direito o ingresso um do outro em algum ambiente. Como se já não fosse necessário, como se estivessem permanentemente cumprimentados, caídos há muito no caldeirão. Isso rendeu um beliscão carinhoso nas costas que João entendeu completamente gratuito.

Quando eles encontraram os amigos como casal pela primeira vez, em um bar, os dois constrangidos como o diabo, houve dancinhas de "finalmente" improvisada entre Paula e Natália, insistentes piadas sobre casamento e filhos que Eduardo desempenhou com incontida satisfação. Apenas Antônio não tomou proveito da oportunidade, e riu das piadas sem adicionar nada, esperando algumas garrafas de cerveja da mesa para reconhecer o quão massa era eles dois finalmente juntos, asseverando o fato com a palma da mão aberta em golpes leves de um âncora televisivo, o tom irônico de olhos semicerrados que ele assumia para conseguir falar coisas sérias.

Ninguém esperava aquilo, além dos amigos próximos. Não havia se anunciado de nenhuma maneira, e mesmo depois de acontecido manteve um jeitão incongruente, ainda fazendo pouco sentido. Por um tempo ainda arrancava sorrisos dos amigos quando, numa mesa de bar, um dava um beijo no outro. João não era considerado atraente pela maioria das mulheres dos círculos em que eles conviviam, e Luísa era das mulheres mais inequivocamente atraentes, aquelas largamente discutidas de maneira gráfica e exaustiva por vários círculos interligados de amigos homens e mulheres, usada por referência certa de gatice. Que além de bonita, se vestia bem e dentro do gosto daquelas pessoas, que fazia sucesso, sobrevivendo inaudita ainda por décadas no imaginário sexual diversamente realizado de um número verdadeiramente absurdo de homens e mulheres que ela mal ou nem conhecia.

Era difícil explicar como Luísa entendia o charme que enxergava agora em João, mas ele certamente estava lá. Palpável e característico, por mais que ele afetasse uma despreocupação extrema com esse tipo de coisa. Ele se importava sim, com sua elegância, ela sabia, apenas não existia e nem tinha como existir nenhuma manifestação de aprumo pessoal estético que não lhe parecesse inatural e condenável, que não lhe parecesse, segundo seus próprios e confusos termos, *viadagem*. Ela já o havia visto se encarar no espelho com uma insatisfação exagerada, desconfortável, suspeita de quase tudo que via, de toda pretensão que ele potencialmente estaria assumindo. A única altivez possível estaria em seus óculos antiquados, em associações quase aleatórias de camisetas simples e bermudas, de velhas calças *jeans* e casacos principalmente práticos, tênis maltratados de futsal. E ela já se acostumava com aquilo, com o uso teso e empertigado que ele dava à sua falta de vaidade, começava – como um exercício consciente – a aceitar sua versão pessoal de elegância masculina como profundamente válida.

Ela considerava brevemente alguma variação dessas conclusões familiares enquanto observava, agora com uma condescendência carinhosa a sujeirinha marrom no canto superior da camisa dele, e, mais importante, o diligente trabalho de suas sobrancelhas ao avançar e recuar sobre o que Eduardo dizia a todo mundo, e decidiu que podia muito bem voltar a prestar atenção no que estava sendo dito.

– Mas não é como se fosse *impossível*. Paranoico, sim, e certamente um clichê, mas não *impossível*.

– Quê, *véi*?

Eduardo coletou-se em algum ânimo inesperado, até se ajeitando no sofá.

– Véi, você tem tipo pegadinhas de televisão, aquelas antigas, que aliás a gente encara com *mó* incredulidade, como se fosse razoável esperar das vítimas que elas mantivessem uma suspeita doente em relação à realidade, que reconhecessem uma intenção cômica paranoica em qualquer situação absurda que aparecesse. *Véi*, diante da improbabilidade estatística de ser um alvo, cair na pegadinha é o mínimo que uma pessoa saudável faz.

Ele começava a falar alto.

– Você tenta não soar como uma pessoa de verdade, mesmo quando fala dessas coisas?

– É um botãozinho que ele liga. De virar personagem do Don Delillo.

– Mas não apenas as pegadinhas (ele fingia não ter ouvido nada). E tampouco apenas essas merdas de campanhas publicitárias que dizem ser ousadas e revolucionárias, que baseiam sua graça toda na impressão de não serem campanhas publicitárias, que, tipo, tiram seu efeito retórico exatamente nos seus alvos não estarem conscientes de estarem dentro de uma *mídia propagandística*, fazendo parte de algo intencionado e arquitetado. A *Canon* contratando atores para sair na rua pedindo para gente tirar foto deles e da sua esposa com essa minha, uau, nova câmera fantástica. Uma enganação tipo toda publicidade, mas só que uma mais manifesta.

– Só.

– Não só isso tudo, *véi*. Outro dia dei com um povo de teatro no Beirute (culpa sua, Natália). Rola agora esse povo da UnB, que eu desconhecia não sei como, com uma pala de reproduzir traços reconhecíveis de ficção na realidade, na vida real. Encenar com atores semiprofissionais e contribuidores que eles devem arranjar pela internet, sei lá como, encenar o tipo de situação-clichê de seriados de tevê, do cinema, com a qual a gente *tá muitão* acostumado, apesar de nunca acontecer na vida real. Chamando a coisa de arte, *né*.

– Como assim?

Antônio até estava interessado de verdade, mas afetava, principalmente para Paula e Luísa, um exagero impossível de interesse que ele costumava assumir quando Eduardo dava dessas de seriedade, e que sempre fazia sucesso e que ele já reproduzia agora quase como uma obrigação. Essa era a função dele quando algum assunto ficava sério. De arregalar os olhos, esgarçar as sobrancelhas e aprumar as mãos em posições expressivamente ponderadas. Eduardo ignorava, às vezes fingindo acreditar no interesse só para ter para quem se dirigir enquanto falava, um receptáculo retórico irônico era melhor do que nada. E na verdade eles geralmente se interessavam pelo que Eduardo teria a dizer, só não gostavam de manter, como grupo, aquele tom tão sério de discussão intelectualizada, precisavam de algo que o quebrasse.

– Tipo, num dia movimentado, com muito trânsito e uma pancada de gente na rua, neguinho dá a um estranho a possibilidade de se envolver; tipo, numa situação de final de comédia romântica. Com todos os elementos claros e reconhecidos, nenhuma sutileza, já que neguinho acha que aquilo é de real. Um taxista eufórico reunindo um casal que havia se desencontrado por acidente, um executivo em sua hora de almoço traduzindo exasperadamente um pedido de casamento brega entre um casal improvável de línguas diferentes. São exemplos de real, esses, tem lá no *site*. Eles vão para casa no final do dia com uma sensação de dever cumprido. Certamente os estranhos vão contar aquilo para os amigos para o resto da vida, se não descobrirem a farsa eventualmente. O que não é lá tão provável, a repercussão dessas encenações fica restrita a círculos universitários, *né*, lugares que mantenham uma definição ampla o bastante de arte que inclua neguinho.

– Massa.

– Mas não tem muito como funcionar, tem? Só gente mais nova, e acho que mais de classe média no Brasil tem isso fundo. Neguinho aqui ainda não absorveu nem os mecanismos de novela direito, dificilmente vão reconhecer tão fácil esses clichês de filme americano.

— Pois é, eu pensei a mesma coisa, que não tinha como dar certo. E parece que não deu lá muito certo a princípio, mesmo. Parece que eles começaram a ir atrás de universitários por isso. E o engraçado é que os universitários não só reconhecem tudo na hora, como veem uma graça *incrível* em participar. Eles realmente *cresceram* com todos esses mecanismos, são quem têm eles mais fundo. Quando reconhecem os movimentos aí da *realidade* de uma forma tão familiar, cômoda. Tipo, elementos se acomodando de uma maneira tão *correta* e válida de Sessão da Tarde, eles não só facilmente colaboram, tomam parte em toda situação apropriadamente, intuitivamente, como fazem tudo com um olhar infantil, uma animação que mal consegue se *conter*, assim.

A essa última parte, em que Eduardo estava já gesticulando amplamente, todos finalmente começaram a rir. Ele entendeu e reproduziu um sorriso meio tímido, apologético.

— Você descreve como se estivesse lá, *né*, doidão.

Ele pareceu considerar rápida e abertamente duas vezes se contaria essa parte ou não, em constrangimentos do lábio inferior.

— Pois é. Eu meio que fui atrás para acompanhar uma vez.

Diante dessa última informação todos riram de verdade, até exagerados (como se quisessem mostrar que percebiam a estrutura acidental de piada na entrega dele).

— Foi num churrasco da elétrica, um que é *mó* tradicional. Eu *tava* lá num canto, separado para caralho, sozinho, não tinha falado com ninguém do grupo nem nada, só tinha visto no *site* lá deles que iam fazer a parada. Daí, uma hora, um moleque começou um discurso exageradão e carregado, meio do nada, para uma menina, sobre algo que nem se entendia direito o que era. Uma parada brega para caralho, mas que nem dava para se entender direito o propósito, saca. Só se ouvia o tom sério do bicho, emocionadão, tal. E aí quando acabou houve um silêncio e eu pensei que ninguém ia entender o que se queria, que eles tinham sido ousados demais. Mas aí um moleque meio *nerd* baixinho — que eu conhecia nas antigas, aliás, do marista — começou a bater palmas lentas e tipo deliberadas, pesadas, sabe?, e Eduardo imitou o que queria dizer com palmas lentas e tipo deliberadas.

– Ah, eu sei, eu sei *qualé* disso, rolava muito em filme: o cara faz um discurso todo tenso e rola semissuspense e um estranho aplaude devagarinho e de repente a cena fica toda feliz e todo mundo êêêê.

– Pois é, daí todo mundo entendeu e a parada engrenou e todo mundo começou a bater palmas para caralho; neguinho claramente muito feliz de estar fazendo aquilo, gritando e assobiando sem nem saber por que batia palmas; direito, batendo palmas apenas para satisfazer aquele negócio, aquela *forma*, sei lá, por tipo muito tempo. Foi esquisito.

Natália puxou-o para perto com um característico carinho condescendente de namorada e perguntou:

– E qual o seu ponto, afinal, amor?

Ela sabia que ele precisava de alguém para forçar dele a conclusão que ele estava morrendo para fazer. Ele se mostrou brevemente grato com o queixo e concluiu:

– Que não é tão paranoico-doidão você suspeitar da realidade, você achar que *tão* zoando com a sua cara. As chances são até razoáveis, saca?

Concordou-se genericamente em gestos pequenos, não comprometedores, em sorrisos indistintamente espertinhos. Natália parecia diminuir tudo com uma expressão meio irônica, mas também ficava quieta, como se guardasse alguma admiração.

Ainda que ninguém ousasse falar sério, Natália cuidou de não correr o risco da conversa pesar demais. Incomodou-se em emendar quase imediatamente um relato do passeio que havia feito com Eduardo pelo Nicolândia, um parque de diversões antiguinho. Todos riram da descrição do trem-fantasma patético, do bate-bate defeituoso, e apenas João riu atrasado.

A última faixa do vinil do Nick Drake que colocaram havia terminado havia dez minutos, mas ninguém se levantava. Antônio e Paula jogavam um xadrez pequeno e provavelmente decorativo, comprado no litoral da Bahia, de pequenas pedras feiamente talhadas por alguém que não parecia entender direito as atribuições de cada peça. O tabuleiro se equilibrava nos pequenos joelhos de Paula, e todos em volta pareciam de tempos em tempos meio agoniados com a estabilidade que eles poderiam proporcionar. Ela ignorava as sugestões e mantinha o tabuleiro sobre os joelhos, e estava ganhando.

Natália tinha as duas pernas cobertas por uma meia-calça azul quase fosforescente, as duas unidas em uma só coluna no meio do sofá. Eduardo havia olhado para elas a noite inteira, como se ainda não tivesse compreendido muito bem aquelas duas linhas chamativas, destacadas por marca-texto. Ele nem havia bebido tanto, mas estava visivelmente tonto, com a cabeça desenvolvendo pequenos círculos repetitivos. Natália terminou de verificar o que estava verificando em um setor do seu cabelo e concluiu a frase que havia começado havia quarenta segundos.

– No final *tava* só, tipo, a Renata doidona e o Breno lá babando atrás dela.

Os poucos assentimentos vieram cansados, quase abstratos.

– Eu gosto daquele moleque, é gente fina.

João murmurou por cima dos ombros de Luísa, que observava o jogo, com o maxilar fixo e a boca se mexendo por cima dele.

– Nããooo, ele não é do bem, não, João. Natália interrompeu com alguma agitação, como que preocupada.

– Como que não? Ele é inofensivo, poxa!

– Não é, sério!

– Mas como que não? Como que ele não é do bem? Ele é tipo todo tímido e engraçado.

– Mas maluco, *né*? O tipo, assim. É, maluco, tipo instável, tipo esquisito dezessete facadas.

– Mas da onde isso?

– Aaaah!

Luísa olhou para Paula, sorrindo de uma maneira que João não compreendeu. Ela, que não havia reagido de forma alguma ao novo assunto, terminou a jogada que deveria fazer. Pausou perfeitamente, sorrindo entre o momento e seu efeito, antes de falar:

– Bem...

— Agora conta, agora conta.

Natália dobrou as pernas para dentro do sofá.

— Eu meio que não deveria saber, mas eu sei.

— O quê?

— Uma história complicada de uns quatro anos atrás, já. Ele tinha uns dezesseis e ela — a namorada dele, Sofia — uns quinze. Eu os conhecia de leve, minha irmã era muito amiga dela. Eles namoravam um tempinho, era um casal normal, tal, daí um dia ela terminou com ele, sei lá porquê.

Ela fazia pausas curtas, se ajuntando em volta do assunto, concentrada de uma gravidade confusamente irônica e séria.

— Então aí ele ficou mal pacas, meio obcecado, tal, e começou a fazer a vida dela um inferno. Começou a arquitetar tipo várias maneiras pequenas de ser cruel com ela.

— Mas conta antes como você sabe disso, *né*, safadinha. — Natália interrompeu, suspensa e preocupada em coordenar o relato.

— Bem, pois é, essa que é a parte constrangedora. Isso era tipo 2004, e eles novinhos, tal, os dois tinham *fotolog*. Aquela coisa toda, algumas fotos por semana e uma ou outra linha apontando para a vida deles. E eu visitava às vezes, conhecidos meus e *pá*. Daí deu para perceber quando terminaram, ela postava pouco e era mais reticente, ele postava umas fotos borradas com título de, sei lá, música do Cure, alguma coisa assim. Não de verdade, mas do tipo.

— Sei, sei.

— Daí um não comentava mais no *fotolog* do outro, mas dava para perceber claramente que ele começou a postar fotos em resposta a ela, sabe. O que até dava a entender que toda comunicação que um tinha com o outro devia ser por ali, também. Então fora referências internas, que deviam acontecer, eu percebi que dava para presenciar tudo ali.

— Que momento orgulhoso para você, hein, Paula!

— Pelo menos eu admito aí para todo mundo, *né*, eu sei que todo mundo tem umas historinhas assim, a minha só foi a única a dar em merda.

Ela pausou mais uma vez para um gole minúsculo de vinho, um efeito que todos (exceto João) refletiram diversamente em pequenos ajustes particulares de posição e postura.

— Enfim, não lembro mais dos detalhes específicos

— Lembra, lembra sim — Natália riu.

— Mas por umas semanas ficou nisso. Ela postava uma foto com alguma letra de música feliz e ele fazia um trocadilho deprimido com a letra dois dias depois, ainda botando umas reticências para ficar assim bem sutil.

— Ah, que beleza.

— Aí ela parou com o *fotolog*, eu imagino que por causa dele, e as atualizações dele ficaram mais vagas, tal. Eu fiquei meio na seca de saber o que andava acontecendo, para falar a real. E aí tive e grande sacação do *Silent Kid*.

— Do quê?

— A música, sabe, do *Pavement*? *Si-lent Kid*.

— *Silent Kit*, no disco — Antônio murmurou, entretido enquanto roía as unhas num cúmulo de desimportância, folheando uma revista no chão.

— Não, não sei.

— Enfim, eu sabia que o Breno dava muito a pala nessa música, porque o título mais de uma vez do *fotolog* dele tinha sido da letra e o *e-mail* de contato do *fotolog* era *Silent Kid* alguma coisa. Daí eu fiquei *googlando* variações disso com palavras-chave em português e tipo bingo, achei um *blog* secreto dele.

— Caralho, isso é tipo detetive de filme ruim.

— Pois é. Ele não usava nomes próprios no *blog*, e assinava só *Silent Kid*, mas dava para ver que era ele. E aí que o *blog* começava a ficar doidinho logo depois deles — de quando eles terminaram.

— Doidinho como?

— Cara, muito-muito ciumento para caralho, doente, mesmo, de descrever umas palas violentas gráficas e muito específicas, tal. Às vezes em versinhos, inclusive, embora a versificação dele consistisse em, tipo, apertar *enter* em momentos inesperados. Tanto que comecei a imaginar que não devia ser um *blog* para uns poucos amigos, devia ser um *blog* que ninguém conhecia, mesmo que ele postasse só porque sim, porque doidinho.

— *Anram*.

— E eu percebi que a partir de um ponto ele começou a mencionar coisas dela, como se ainda tivesse algum contato com ela, ainda soubesse da vida dela. Chamando pelo nome o cara com quem ela *tava* ficando, tal, descrevendo coisas que eles faziam. E eu achei meio estranho que ele soubesse daquilo, não entendia como. Daí eu comecei a ficar bem *noiada*, porque às vezes ele soava perigoso de verdade, parecia que ele poderia fazer alguma coisa, sabe. Claro que noventa por cento desses moleques não fazem nada, mas eu ficava com medo de alguma merda acontecer e eu não ter feito nada. Mas como diabos contar para uma menina que mal conheço que, olha, eu sei muito mais do que deveria da sua vida e do seu ex-namorado, cuidado com ele.

— *Né*.

— Mas aí eu contei, um dia que ela *tava* lá em casa, enquanto minha irmã *tava* no banheiro; assim, ridícula, sentei na cama do lado dela, peguei a mão e tudo e contei o que eu sabia.

Nessa imagem vários riram, inclusive os que já conheciam a história. Natália pareceu brilhar de admiração por um instante, antecipando a história com as pernas armadas em borboleta, como uma criança.

— E ela?

— A princípio eu vi a cara de indignação dela, me achando bem maluca e esquisita, mas quando eu contei as coisas do Breno acho que ela meio que esqueceu a indignação inicial e se concentrou nessa, tal, que era um tanto maior, *né*. Ficou se perguntando quem poderia *ta* contando da vida dela para ele, tal, e meio que me incluiu na coisa. Daí a gente foi reduzindo a lista de possibilidades, pensando para quem tinha contado tal coisa, mas não tal coisa, entende? E quando ela percebeu, afinal, ficou lívida, assim, até demorou para conseguir explicar para a gente.

— O quê?

— Ela tinha uma amiga que conhecia só pela internet, uma menina de Curitiba. Elas eram amigas havia muito tempo, tal, anos, não se falavam com tanta frequência; a garota não estava *online* todo dia, mas eram muito, muito próximas. Elas ficaram muito íntimas com o tempo, a garota escutava todos os problemas dela e era ótima, não sei o quê.

– E ela era o Breno.

Paula cresceu em um sorriso surpreso, raro para ela, com a antecipação que ele fez (que nem todos faziam). Agradada, apesar de ela lhe roubar uma revelação narrativa bem divertida de se fazer.

– Pois é. Ela era o Breno, e desde antes, claro, desde antes de eles começarem a namorar. A coitada *tava* tipo quase desmaiando, tremendo, enquanto percebia isso e tentava contar para a gente. Ela, aos poucos, foi se lembrando de vários detalhes, de como o Breno provavelmente usou aquilo para se aproximar dela quando eles começaram, saber o que ela gostava, tal, de como a menina não gostava muito de falar de si mesma, insistia sempre em ouvir o que *ela* tinha a dizer.

– A amiga perfeita, *né*? Alguém para te ouvir a quem você não tenha que escutar de volta.

– Exatamente.

– Deus do céu!

Por um tempo eles precisaram ficar no perímetro daquilo, procurando casos similares, alongando-se em histórias esquisitinhas, nas várias possibilidades problemáticas ainda não antecipadas muito bem pela maioria das pessoas ao lidar com essas tecnologias mais novas e reluzentes, com avatares pessoais tão despreenchidos e distribuídos, pouco confiáveis. Incertos de como fraseá-lo, um assunto tão arredio e disposto a se prender em clichês, em manchetes da *Veja,* em tecnofobias constrangedoras e rasas.

Pouco se arriscava além de concordar seriamente que tudo era muito "maluco", conclusão então repetida, por meio de diversas sinonímias pouco variantes ou expressivas, e entendida com queixos concordando devagarinho, e olhares dispersos e reflexivos.

– Cabuloso.

– Ah, como é o nome lá da banda dele, mesmo? Do Breno.

– *Grand Hotel Krasnapolsky*?

– Não, *tá*, mas não era esse que eu *tava* lembrando, é o do CD deles. Que é em inglês.

– Ah, *Generation Loss*.

– Ééé, caralho, haha! Muito palha.

Eduardo murmurou baixinho e meio cantado "A identidade na época da sua reprodutibilidade técnica", e olhou em volta, procurando reações que não vieram.

– E o *blog* ainda *tá* lá?

– Não *tá* não. Agora no mesmo endereço tem tipo uma menina americana com tipo três *posts* falando *Hi, this is my blog*!

Antônio, que parecia descansar decididamente quieto por aquela noite, interrompeu isso com uma rapidez inesperada:

– Caralho, isso é lindo demais! Assim, não a história, *né*, mas *blog* abandonado, *blog* abandonado é das coisas mais bonitas possíveis. Os três *posts* mal escritos de, sei lá, 2001. De tipo um indiano.

No que também o até então calado Eduardo se acendeu:

– Ééé, um tempo atrás eu era muito bom em achar *blogs* abandonados. E uns especialmente, assim, pungentes, cara.

– Eu também.

– E esse negócio do Breno – tem um número surpreendente desses que parecem secretos, de alguém meio deprimido falando sozinho, tal.

– São os melhores de achar. Neguinho escreve isso para desconhecido ler, mesmo. Você *tá* fazendo algo certo ali, não é nem invasão.

– Parece que no Japão chamam de *ishikoro*, esses *blogs*, ou algo assim. Tipo *pebbles*, pedrinhas.

– Que massa.

– Mas eu entendo, em parte. Muito mais válido que, sei lá, manter um diário em caderno ou no Word. Você escreve usando um nome que nunca vão descobrir que é seu e posta para o vazio aí da internet toda.

João sorriu ao longo disso tudo e sustentou um sorriso fino antes de finalmente cortá-los:

– É tão aviadado quanto um diário normal.

Eles nem têm tanto assunto assim, na verdade. Não têm tantos interesses em comum. O senso de humor é parecido o bastante, embora ela, às vezes, seja boba demais para ele, em imitar vozes ironicamente, cantar músicas bestas, numas dancinhas improvisadas sem muito propósito detectável. O que os dois realmente têm são algumas sensibilidades específicas bem alinhadas, envolvendo impressões difíceis de se explicar ou nomear. Como, por exemplo, de ficarem os dois deitados em silêncio no quarto dela enquanto anoitece, e não ligar a luz, e ficar encadeados na cama dela, meio sentados, meio deitados, com pernas misturadas no escuro. É quase sempre isso que acontece depois que transam de tarde. O quarto escurece e gradualmente perde o calor, o suor seca e eles não fazem nada de nada. Muito pouco é dito. João cochila um pouco, mas Luísa parece ficar acordada o tempo inteiro, pensando em coisas inteiramente dissociadas do que se passa, empurrando partes distintas da cara dela em expressões sempre fortes. João eventualmente acorda e vê que está meio tarde e vai embora, sentindo que não sabe o que acabou de acontecer. Ele geralmente acha que ela está se preparando para falar de alguma coisa (às vezes até falar do pai), o que nunca acontece, e nem ele tampouco pergunta. Ela, às vezes, olha atentamente para ele, de uma expressão severa, e manipula seu rosto com os dedões, puxando sua pele, franzindo sua testa, fazendo-o sorrir. Ele entende aquilo como de um tremendo carinho, uma experimentação inofensiva e bonitinha da intimidade deles, e tenta com esforço se manter sério, colaborar com o humor dela, manter-se maleável e solto aos seus arranjos e combinações.

No elevador, indo embora, João sempre se lembra de algumas imagens soltas, algum gesto dela, algum comentário pequeno. Momentos curtos e, para ele, invariavelmente bonitos cujo sentido maior ele sente que deveria conseguir articular, integrar dentro de um único quadro coerente, e não consegue.

Hoje eles até já se enredavam por uma área cinza comum, por meio de complicadas influências desenvolvidas ao longo dos anos, mas inicialmente Antônio e João se externavam de maneiras diametralmente opostas. Com onze anos de idade, João se calava e Antônio gargalhava; João discorria longamente sobre o incipiente busto das menininhas e Antônio olhava para os pés; João era ligeiramente cruel com gente esquisita e Antônio, quando muito, se mostrava educadamente complacente com as piadas, sem saber muito o que dizer. João era sofrível no futebol e Antônio tinha uma facilidade que até o envergonhava, que ele até refreava de vez em quando para não humilhar demais. Insistiram por tanto tempo em sentar nos arredores imediatos e continuar em pé um do lado do outro durante o recreio basicamente por um tipo de inércia instintiva que nenhum dos dois jamais entendeu tão bem ou quis considerar muito, com as implicações desagradáveis e espinhosas que resultavam de qualquer expressão de afetividade masculina, mesmo das internas. Mas aí que aos doze algo ocorreu que os aferraria com alguma força a insistir em ficar em pé um do lado do outro por mais tempo: na festa de Júlia, uma das primeiras festas noturnas que lhe aconteceram, de moleques novos demais ainda realizando um simulacro constrangido de uma festa mais adulta, com meninas se arrumando um pouco mais e meninos não conseguindo lidar muito bem com as expectativas confusas e contraditórias que recaem sobre eles; uma festa para onde João havia sido chamado apenas pela corrente polidez que obrigava Júlia a chamar com um sorriso mal fingido todos os colegas de sala, mesmo os esquisitos; (e João ainda não havia aprendido como se portar diante das pessoas de maneira aceitável, ainda parecia com os olhos e as sobrancelhas perguntar, com insistência honesta, *Você é Burro?* para quase todo mundo com quem falava).

Enquanto isso João segurava um copo plástico cheio de Coca-Cola e Antônio, de guaraná. Eles mexiam os lábios fechados e não queriam dançar ou fazer nada, pensando no longo tempo que ainda haveria de confronto com sua própria compreensiva inadequação perante todos os vastos e efusivos e desconjuntados membros do mundo até a mãe de cada um chegar numa hora socialmente aceitável para buscá-los. E sob o pulso insistente de *Everybody (Backstreet's Back)*, de graves fisicamente sensíveis pela caixa de som gigante do DJ, desnecessário para uma festa infantil, e condescendente e até meio grosseiro com todo mundo exceto com o dono da festa, Antônio tenteou com algum medo no ouvido de João a confusa e tímida (mas que o atingia com inexplicada certeza) proposição de que aquilo ali não estava, de fato, acontecendo, ao menos não de nenhum jeito definitivo ou verificável (mas não nessas palavras exatas), com que João concordou efusivamente, surpreso, sem contudo conseguir adicionar nada que o explicasse, ficando em silêncio com uma expressão marcadamente inquisitiva das suas sobrancelhas já grossas. O que de qualquer forma pareceu tornar a espera por mães algo mais tolerável e bem menos incompreensível.

Eles descem de elevador até o térreo, terminando suas respectivas e mais ou menos coincidentes opiniões sobre um *site* de pornografia amadora australiano. João e Antônio pulam o pequeno espaço do piso do prédio até o chão com um ânimo súbito e inexplicado, curto, que Eduardo não imita. Um começo abortado ali de alguma espécie de competição masculina infantil que eles ensaiam, às vezes, sem nunca tentar incluí-lo.

Todas as vagas da quadra estão ocupadas, e todo espaço vazio foi aproveitado até o máximo de suas capacidades com carros desajeitados sobre grama seca e asfalto, pesados sobre cascalho e até grama. O pôr do sol se arrefece em amplas reuniões de cores esparramadas, espargidas através das nuvens, laranjas e rosas progredindo em gradações confusas e até contraditórias e de uma intensidade já enfraquecida, como metal derretido esfriando, endurecendo em noite.

Eles seguem Antônio, que atravessa a quadra por dentro e ensaia um pequeno passo indeciso de dança ao trocar e destrocar duas vezes a grama pelo trecho levantado do meio-fio. Malsucedido e consciente disso, sorrindo para si mesmo.

– Sou só eu que imagino de vez em quando minha vida tipo encerrada em cenas e comentada no *YouTube*?

João riu baixinho, mãos agora nos bolsos. Eduardo se dignificou a responder.

– Duvido que seja o único. Deve ter uma multidão de gente que pensa exatamente a mesma coisa. Tipo exatamente e toda hora.

– Boto fé. Eu crente que era *mó* pala minha.

– Não existe mais isso de ser excêntrico, *né*. Comunidade para tudo, tudo familiar para caralho, tudo a mesma merda.

– Imaginar tipo que espécie de comentários ridículos nasceriam do jeito que eu desço a escada, dirijo o carro. Quanto tempo até algum indiano xingar minha mãe, até mencionarem o Hitler.

– Ou sua vida como tipo um artigo da Wikipédia em português escrito por um semianalfabeto.

Todos riram, interrompendo-se logo depois para olhar para os lados e atravessar a rua, João e Antônio devagar e Eduardo com um passo apressado.

– Que horas são? *Tá* de boa?

– Não, *tá*, tem uns quarenta minutos ainda, e é logo ali.

– Logo ali o caralho.

– Qual a pala desse lugar? Nunca fui.

– Sei lá. Mas a pala de passar o filme é que é tipo festival de cultura russa. Deve ser tipo da embaixada russa, sei lá.

– Será? Nunca vi a Embaixada da Rússia fazer porra nenhuma.

– Eu só vi o "Infância de Ivan", dele.

Eles caminham sobre uma calçada complicadamente rompida e quebrada, atentos aos seus passos. Antônio parece considerar individualmente algum assunto a ser proposto, e desistir visivelmente com alguma timidez, sorrir de si mesmo. Ele aceita toda pequena proposta de agência material que se apresenta, toda garrafa para ser chutada, todo banco para servir de impulso a um pulo desproposital. Faz tudo isso e parece se envergonhar imediatamente depois, desculpar-se com um enrijar das pernas. Eduardo se preocupa com algo pequeno e não especificado, imediato, e João não se aponta em direção nenhuma.

A noite é fresca, pequenos restos de terra, de pedaços de galhos, de indistintos naturais de toda sorte são carregados, entremetidos aos seus pés, empurrados por breves fôlegos de intenção desinteressada. Que em seguida param, mudando de ideia, alguns poucos centímetros avançados.

Depois de atravessar o eixinho calmo e escuro, alcançaram a passarela subterrânea sob o Eixão, que estava movimentado a essa hora. Tanto João quanto Antônio imaginaram individualmente que Eduardo não gostaria de se arriscar em atravessá-lo assim na maior.

– Seu carro *tá* aonde, exatamente?

– *Tá* logo ali na oito mesmo, bem pertinho da comercial e da saída ali.

Descem o declive de grama seca marrom e de barro até a passarela, andando logo até a parte coberta e fechada. O cheiro de xixi é tão óbvio e familiar, tão apropriado, que não chega a ser comentado ou comentável. Acúmulos vários barram todo o chão nos cantos, espécies de sujeira que não pedem um exame mais atencioso, que nem podem ser descritas como algo mais específico do que "sujeira". Quase todo espaço nas paredes é coberto por alguma forma de grafite ou pichação, como é de se esperar. É fácil o bastante tornar-se anestesiado desses rabiscos infinitamente variantes a ponto de nem vê-los, essas imposições hipergráficas de personalidade, meio infantis e quase orgânicas desse tipo de espaço. Mas há também um ímpeto de ler e perceber com alguma atenção o que está escrito. Num outro esforço também automático. Lembrar-se de como assinavam conhecidos, amigos e desafetos, tentar entender. João franze o sobrolho e varre rapidamente a oferta que tem à sua direita. E também o palimpsesto do que resta de cartazes antigos, os fragmentos e trechos esfiapados que ainda entregam pequenas tentativas de sentido, de promoção de eventos reais e incompletos, lhe dizendo que TERÇA-FEIRA, que IATE CLUBE, que DJ PAULINHO MADRUGADA.

Parece fazer parte do trabalho, isso de tomar nota, reconhecer a assinatura de todas essas formas, do peso que vem com elas.

– Ô moleque, Antônio diz, virando-se com um tapa no ombro de João, de leve.

– Hmm.

– Isso aqui é o Victor, não é não?

João se inclinou e ajeitou os óculos.

– É, boto fé que é.

– Será que é recente?

– Boto fé que não, porra. Moleque *tá* na vida, encontrei-o outro dia tipo no Pátio Brasil.

– *Tá* na vida como? Concurso?

– É, é. Cursinho pra algum tribunal.

Eduardo não falava nada, não parecia concluir nada. Chegaram ao final da passarela e João, galgando três degraus por vez, ainda virava o pescoço para ver se reconhecia algum nome.

Firmados os pés na superfície, eles encaravam agora o canto de uma quadra, os volumes estacados de troncos e do prédio mais próximo, de seis andares e placas verde-claras embaixo de todas as janelas, um dos prédios mais antigos. João ainda parecia distraído.

— Isso aqui, *véi*, é tipo o mais próximo que a gente tem de uma história.

Eduardo e Antônio riram, a única reação possível. Concordaram em silêncio.

Três horas e quarenta depois, em um prédio todo aparentemente desativado, duas portas se abriram, liberando uma dúzia de pessoas que saíam confusas e distintas para o mundo exterior silencioso e escuro que não se importava. O ar úmido e as poças sobrando de uma chuva que eles não viram acontecer. Todos conversando ainda sobre o filme, gesticulando suas impressões e pretensões específicas. Quase todos os assuntos envolviam a lentidão da narrativa e a beleza da fotografia, nada mais se comentava.

No estacionamento, Antônio abriu o porta-malas e ele e Eduardo puseram-se a organizar os conteúdos de uma toalha encolhida entre papéis e outros lixos inofensivos. Quatro copos e uma garrafa de vinho que já havia sido aberta, mas ainda continha quase todo o seu líquido. Os outros poucos espectadores em volta, geralmente mais velhos por mais ou menos uma década, entravam nos carros por perto e pareciam rir deles. João tinha a testa franzida de um assunto que ambos os amigos já consideravam encerrado.

— Pô, acho que eu sempre entendi isso, mesmo.

Os dois, meio retidos no que tentavam fazer, olharam para ele sem entender direito.

— O quê, exatamente?

— Ué, a vida como prazer. Um negócio bem direto e inequívoco, sei lá.

— A vida como prazer: ensaios de João Bernardes.

Ao riso dos dois, ele concedeu a falha do seu tom com um aceno da cabeça.

— Não, porra, sem afetação hedonista imbecil. Não sou francês, não faço teatro. Um negócio simples, *né*, correto. Não sou transgressor, nunca achei isso ousado. Mas desde moleque sempre achei isso. É tipo aritmético, assim. É rudimentar, e tal, mas meio insuperável.

Antônio e Eduardo sorriram com uma superioridade indefinida, indisposta a se firmar de qualquer forma. Eduardo serviu os três copos e eles se sentaram no meio-fio.

— Ué, mas quer o quê? Vocês leem Chesterton, mas no fundo sentem a mesma coisa, que eu sei.

Isso eles concederam com um sorriso, mas ainda se mantiveram em alguma condescendência. Eventualmente Antônio se arriscou.

— Eu prefiro ser um quase-cristão de mentira, muito de mentira mesmo, do que um pagão assumido, pô! Deixa eu.

Antônio jogava longe com alguma seriedade as pedrinhas guardadas em volta de uma árvore perto deles. Parecia que ele precisava sondar imediatamente todo lugar sempre para alguma pequena fonte de diversão infantil, e sempre achava.

Perto dos seus pés havia um CD-R sujo e riscado, meio escondido por folhas.

— No fundo, eu sou um cara muito mais sério do que vocês. Vocês acham tudo muito bonitinho, mas não assumem porra nenhuma. Vocês curtem aí religião do jeito que curtiam RPG. Eu, que sou honesto.

João falou isso rindo, perninhas de índio, o peito para trás e para frente.

— Mas é meio impossível assumir a sério, *né*, vou fazer como?

— Pois é, *né*.

— Somos todos a mesma merda, boto fé.

A tudo isso Eduardo sorria distante, considerando pontuar alguma coisa e desistindo repetidas vezes, e tentando tornar isso evidente com avanços e recuos óbvios de expressão. Ele nunca endereçava os assuntos diretamente, nunca se colocava nessas discussões. Geralmente comentava apenas seus arredores, trazia referências relevantes. Os três se compunham em cuidado e os três tinham os olhos baixos nos próprios braços repousados sobre as próprias pernas, distintamente ensimesmados. João mais uma vez sorriu.

— Eu me sinto obrigado a admitir por causa de sexo, assim. Sexo é de longe a coisa mais válida da minha vida.

De novo fazendo os dois amigos rir, parecendo até que assumia de vez aquela função, ali, como fazia às vezes na ausência de Luísa.

— Mas não é? Eu gosto de muita coisa, há muita coisa correta e bonita aí no mundo. Livro e cinema e o caralho. Música. Futebol. Mas meus momentos mais diretamente válidos foram meus poucos encontros com mulheres, *né*. É tipo a primeira e última medida da vida de um homem.

— Acho engraçadão você dizer isso, você justamente que não come ninguém.

— Ah, sim. Mas minha desgraça é essa. Minha existência é muito falha justo por isso. É tipo intermitente.

Nenhum deles bebia muito rápido. O estacionamento estava quase inteiramente vazio, fora eles, mas havia uma linha de postes e casas visíveis, parecia seguro o bastante. Cada poste trazia um pequeno monte, um pequeno arco de luz amarela sobre o escuro. Uma cordilheira laranja ao longo da rua, tranquila a essa hora.

— Assim, estando entre amigos, todos aqui também perdedores, dá um número aí.

— Antes da Luísa, três só, e ele as pontuou com os dedos: uma ruiva falsa, que literalmente caiu nos meus braços no final de uma festa aí; a ex-namorada magrela de um conhecido tentando causar ciúmes, que me prendeu no elevador enquanto um grupo nos esperava no térreo; e uma *hippie* simpática que me escolheu sabe-se lá porque no meio da tarde na UnB.

— Ah, eu lembro dessa ruiva, só. Não sabia dessas outras.

— É sério, assim. Foram os momentos mais claros da minha vida, tipo diretos. Eu me lembro deles perfeitamente, assim, em detalhes ridiculamente vívidos. E não tenho uma boa memória, eu não sei nem o seu sobrenome, Eduardo. Não sei o que eu almocei anteontem. Mas lembro direitinho da alça de plástico do sutiã da menina no elevador, a posição no ombro, as sardas. Eu lembro melhor da cara de todas elas do que da minha.

Todos sorriram e voltaram a olhar para baixo. Claramente não se responderia isso de forma alguma. O que não pareceu incomodar João, que apesar da contenção de seus ombros e braços em desimportância, denunciava-se em alguns outros vestígios espalhados estar numa concentração intensa e clara, a cabeça por vezes baixa na retenção de alguma coisa que ele tentava sustentar enquanto fosse possível.

Os dois estavam deitados no sofá pesado e bege, com os corpos confusos e acalorados entre as almofadas longas, ele assistindo à tevê; ela, às cortinas. Cada lâmina vertical ondulava levemente sozinha, perfazendo a janela num painel instável e inquieto, quebrantado silencioso entre branco e cinza sombreado. As lâminas se dispunham perpendiculares à janela, apenas as mais próximas permitindo entrever um pequeno quadrado da massa confusa das copas de árvore, a única coisa que dava para ver desse ângulo, esgalhos misturados e desorientados sem atribuição clara, com uma cobertura diversamente verdejada varada apenas por algumas moedas de luz. Luísa se distraía com aquilo, virando a cara de modo que a paisagem agora sumisse nas persianas, agora aparecesse de novo.

Os olhos distraídos se preencheram de algo e ela retomou o assunto, com uma expressão abstrata e de nenhuma convicção.

– E você, não vai lá arranjar a carteira por quê?

– Ah, é um saco, a primeira vez que eu fui, anos atrás, tinha uma espera do caralho, neguinho loucamente incompetente.

– É aqui do lado, doidinho. Tipo do lado-lado.

O que ele nem respondeu, fingindo não ouvir. Ela continuava olhando para as persianas e as árvores lá fora, ainda alternando a cabeça, hipnotizada. Depois de alguns segundos sem ele responder, ela se levantou, as duas mãos na cintura, firmando-se entre ele e o seu Vídeo Show habitual depois do almoço e antes de cochilar. Com uma expressão que basicamente decidia o assunto.

O sol estava lá, no caminho, assim como crianças com babás, cachorros sendo passeados. Uma versão inofensiva do mundo.

Ela parava toda hora para tirar fotos, dezenas de fotos, e ele tinha de esperar. Tornava qualquer trajeto demorado, que ela visse graça num cupinzeiro baixinho, em flores tímidas que pareciam de plástico, no sol escapando por pouco de um bloco coroado e sobrelevado de todos os outros. E que ela realmente sentisse a necessidade de pegar tudo aquilo, configurar a importância devida àquilo tudo. Ele olhava para ela enquanto ela tirava as fotos, e não para a coisa fotografada. E via que ela invariavelmente se desapontava, enfezava a cara com uma seriedade que lhe parecia, como sempre, desproporcional (e que ele invariavelmente sentia como charmosa, como até atraente). O que não a impedia de tentar de novo alguns metros depois, na quadra de futebol mal conservada, cercada de árvores amputadas trabalhando diligentes sobre concreto, numa criança sozinha soprando bolhas iridescentes de sabão. Havia algo pequeno e triste sobre a câmera dela, a *Cybershot* prateadinha de cinco megapixels, comprada havia dois anos pela mãe na feirinha do Paraguai. Uma mesma insuficiência em todas as fotos, nas cores meio mortas e contornos borrados, no *flash* estourado que plastificava tudo. Sempre que ia verificar alguma foto que havia tirado, lhe parecia que todas já se prefiguravam pela máquina, nunca se levantavam além de um mesmo padrão de mesmice, como se tivessem sido geradas por um processo independente ali dentro, não tivessem capturado nada do mundo exterior. Em boa parte das vezes, não só ela sentia que estava longe de ter capturado alguma coisa com qualquer beleza, como até sentia que havia de alguma forma *ofendido* essa coisa, de alguma forma difusa e bem difícil de se explicar (o que ela jamais tentaria fazer, de qualquer forma).

O que ela fazia então tirando foto de tudo era catalogar todos esses desapontamentos, que fossem lembrados depois, talvez. O que ela enxergava ao rever as fotos era principalmente a lacuna, a incapacidade da câmera de pegar o verde incrustado no tronco das árvores, de pegar a expressão cuidadosa do moleque soprando uma bolha ainda pequena demais.

Depois de um atendimento rapidamente explicado, foram para a sala de espera, pequena e incautamente planejada, filas de cadeiras de plástico de um azul amigável se desorganizavam em frente a uma televisão e poucas revistas bem antigas e meio rasgadas. João riu baixinho e pegou metade das revistas, como se calculasse tremendo potencial de entretenimento ali. Luísa sentou-se logo num canto e continuou manejando a máquina, revendo fotos recém-tiradas, deletando as piores.

Além deles havia uma senhora negra de uns sessenta anos com um vestido florido forte solto sobre a carne incerta dela, o vestido parecendo ser a única coisa que ainda lhe mantinha viva e íntegra. Cruzava as pernas e balançava os braços estirados sobre elas, reclamando periodicamente da proibição incompreensível de não fumar, ela tão perto da porta e o lugar tão vazio. O atendente ouvia a reclamação e franzia a cara toda vez, exagerado. Do lado dela o seu neto, ou algo assim, de uns cinco anos e camisa antiga apagada do Grêmio, mantinha relações complicadas com a cadeira em que alternadamente sentava, pisava e estudava, virando-se sobre si mesmo em lentas e proteladas cambalhotas. Luísa pegou os seus olhos por um instante em que ele analisava a postura de todos em volta, e achou entender ali uma superioridade declarada. Uma recusa definitiva daquilo que a sala e seus ocupantes pareciam propor: que qualquer coisa poderia ser desinteressante. Ela se lembrou de Bernardo.

Pegou de novo a câmera, mas antes que a levantasse em direção ao menino, imaginou o tanto que a foto sairia ruim, a infidelidade cruel e deprimente que ela carregaria adiante. Tirou mesmo assim.

Um tempo depois, João saiu da sala sorrindo com uma satisfação pequena, com uma nova variação de sorriso, que ele explicou desta vez levantando as palmas em direção a ela, as pontas dos dedos todas azuis de tinta, um azul apagado e familiar de caneta *Bic*. Ofereceu o seu braço para que ela o tomasse.

Ela riu, achando que entendia a impressão que poderia estar por trás. Era mesmo muito crescido e muito casado da parte deles, sair caminhando para fazer uma carteira de identidade. Alguma caixinha se riscava preenchida com aquilo, quando eles pisaram fora do prédio para um sol de coisas sempre novas. Como se a imagem deles como casal se fixasse, praticada e própria. Andavam de mãos dadas agora, com um progresso ridículo soluçado a cada cinco segundos por um beijo dela rápido nos ombros dele, uma abocanhada de cabelos dela que ele fizesse com gosto. Atravessavam em ziguezagues curtos e tortos as calçadas rachadas, explicitando que andar era apenas uma das várias desculpas para estarem juntos, tomando também aquilo de volta para eles.

Chegando ao bloco, não estando o porteiro na sua cabine, ele esgueirou seu braço para dentro através de um buraco no vidro e se contorceu para apertar o botão preto ao lado do interfone, voltando para a porta em uma quase corrida triunfante. Não havia ninguém no térreo, ninguém visível por perto. Tudo tão curiosamente oportuno para que eles se reunissem neles mesmo, concentrados, para que se acumulassem lentamente como água.

Subiram as escadas num complicado encadeamento atrapalhado, quase tropeçando um no outro enquanto se agarravam um degrau adiante, por vezes um degrau recuado sem querer, um único animal esforçado galgando um propósito que desconhecia.

A casa estava calma e cinza, de luzes apagadas e uns poucos recortes de luz situando as decisões de cada coisa levantada, cada coisa esperando por eles. Num dos lados os cobogós situavam um padrão de retângulos de luz vazada, de claridade concentrada que caminha pela sala ao longo do dia. Agora eles destacavam a única estante de livros da sala do computador e escritório, uma coleção curta e incompleta de cor única vermelho-escura, comprada em banca de jornal. Uma foto familiar pendurada ao lado, profissional, tirada em algum estúdio, com um fundo arroxeado, onde João mantinha o mais sutil entortamento da boca que poderia jamais ser compreendido como um sorriso.

Luísa tomou água na cozinha, água morna que ela tomava quase de hora em hora, devagarzinho, enquanto cantarolava melodias incoerentes e dançava pequeno e passava o dedo pelos enfeites feios da casa dele; a quantidade de imãs que preenchiam quase inteiramente a geladeira, decorativos e artesanais de cidades turísticas, úteis de telefones de drogarias e *pizzarias*, *disk*-gás, além de uma pequena bandeirinha apagada do Atlético Mineiro. Porta-retratos aos quais ele não se sentia nem minimamente ligado. Férias em Porto Seguro de seis anos atrás das quais ele não lembrava absolutamente nada.

Nada foi dito, mas quando entraram no quarto sabendo que não haveria ninguém por perto por algumas horas, a coisa se anunciou bem claramente; pesou o quarto todo de um humor que não mais se reverteria, o ar todo instrumentalizado num mesmo sentido. Ele riu meio nervoso e ela sentou na cama, de frente para ele. A antecipação era incrível, embora ele houvesse tomado cuidado por não manifestá-la além do apropriado. Eles estavam juntos havia mais de duas semanas.

Apesar da experiência limitada, João já era confortável o bastante com sexo para endereçá-lo diretamente com naturalidade, poder lidar com todos os seus lados da mesma forma. Diferentemente de Luísa, que parecia entendê-lo como uma quebra, um ritual com formas específicas de começo e fim. Ele notou isso quando ela tentou tirar as calças, o tanto que a incomodou, que ela não houvesse conseguido fazê-lo em um movimento fluido só, um que se encaixasse da maneira que ela queria no resto da situação.

Em toda força que ela mantinha sobre todas as coisas, todo o domínio original que ela tinha sobre tudo que fazia, ela lhe pareceu uma garotinha diante de sexo. Uma garota assustada que recorria às imagens vulgares que havia absorvido involuntariamente aqui e ali para saber o que deveria fazer. Ao longo da coisa toda, carregando expressões e gestos emprestados que não lhe cabiam e não encaixavam, e que ela desempenhava sem o menor entusiasmo.

Depois, João ficou claramente desapontado, e não fez tanta questão de escondê-lo. Levantou-se meio constrangido até o banheiro para se lavar, sem saber o que dizer.

O seu banheiro ficava meio escuro durante o dia, mas não escuro o bastante para acender a luz. Ele encarou o seu ridículo no espelho por um bom tempo, as mãos apoiadas na pia, a cabeça presa em repetir umas mesmas frases e a expressão fixa em um sorriso fraco.

No meio do caminho ela ainda havia achado por bem abandonar a artificialidade e assumir um meio termo indeciso. Não distraída, não exatamente. Incomodada.

A luz chegava complicada na parede do quarto, com um matiz próprio de rosa que ela não entendia de onde vinha e uns pequenos retângulos fracos de luz recortados sobrepostos e repetidos. Ela ficava olhando suas próprias pernas, cruzava e descruzava, incomodada com umas cinco coisas diferentes sobre elas. Queria se vestir, mas pensava que não deveria, que seria quase uma ofensa. O quarto de João era deliberadamente simples, alguns livros e revistas empilhadas em torno de uma televisão com três *video games* de gerações diferentes ligados. Um armário de madeira escura e velha que parecia guardar todo tipo de coisa. Umas prateleiras de vidro ele mantinha vazias, e agora ela percebia que empoeiradas. Uns dois livros técnicos em cima da televisão, também empoeirados. Não havia mais nada nas paredes brancas além da luz. Ele ainda estava se limpando no banheiro, havia tempo demais, embora ela não percebesse. Lá fora, no meio da quadra, ao lado de um banco de concreto, um homem magro mantinha no ar um saco plástico administrando pequenos chutes reservados e econômicos, que mal denotavam esforço. Os cabelos cuidadosamente penteados e uma camisa aberta no peito, a expressão cansada e leve em linhas fundas no seu rosto. Quando o saco finalmente caiu, não foi possível perceber nenhuma costura na maneira em que o homem o abandonou para voltar a caminhar. A vida um único salto, permanente e inconsútil.

Ela quis conhecê-lo, e se lembrou de alguém.

Ela segurava deliberadamente o copo de vidro baixo e seccionado em linhas verticais magras, o que havia usado para beber água, e pegava com ele a pouca luz que chegava ali, dourando um pequeno raio que ela girava no seu colo, de luz dispersa e macia. Seus lábios estavam emburrados em um arco infantil, uma caricatura exagerada e burlesca de tristeza que era, na verdade, a expressão mais triste que seu rosto conhecia.

Quando voltou, João tentou imprimir uma gentileza quase apologética, distante, meio incerto de como estaria o humor dela. Assim que se sentou ao lado dela na cama, foi surpreendido por um abraço fraco e inexplicado, que ele manteve e susteve (apesar da posição incômoda do seu quadril) por alguns minutos de desimpedida e confusa importância.

E então eles tentaram de novo.

* * *

Depois, suados e rindo do próprio cansaço, voltando a compreender o mundo dentro de suas medidas usuais (o que ele fazia em exercícios simples, fechando e abrindo os olhos, as mãos, rindo de quem ele era segundos atrás), João tentava entender o que havia sido tão diferente dessa vez. Ela havia orientado tudo desde o princípio, com uma calma que ele demorou para entender. A segunda vez havia acontecido de toda outra maneira, com outro vocabulário.

Relaxada em um sorriso já inconsciente, ela passa agora para um sono mais profundo e se encolhe em uma posição meio egoísta, a expressão infantil indefinida e o perfil de um dos seios delineado escuro contra a luz contida nas persianas. A mão direita dele está desconfortavelmente detida por debaixo das costas dela, na flauta da sua coluna, sentindo a dureza ominosa que espreitava de volta, e ele não ousa mexê-la. Devagar a claridade nos seus últimos movimentos cresce estranhamente forte no corpo dela, destacando por alguns segundos contra o resto do quarto um contraste pesado, pouco natural (ele se lembra de um Caravaggio), até uma nuvem cortá-la de novo.

E é preciso em toda honestidade reafirmar a sorte absurda que ele tem, perfazer algum tipo incompreendido de gratidão. O que ele faz em um tremor desengraçado e satisfeito que quase a acorda.

Foi um dos melhores dias que eles tiveram, um dia de uma continuidade perfeita toda partilhada e compreendida pelos dois. Cochilaram e acordaram em sucessões confusas e carinhosas, despertando de vez só às onze horas. O tempo se amontoava sem nenhuma sucessão direta compreensível, ele se dispunha como que espacialmente para que o interrompessem e recortassem. Com diversos barulhinhos e pequenas brincadeiras envolvendo basicamente todas as extensões preênseis dos dois corpos, com muito pouco sentido sendo feito. O pedaço de um filme do Adam Sandler que os dois já haviam visto e cujo nome lhes escapava inteiramente permaneceu mudo no fundo enquanto eles se dobravam um sobre o outro e ele perseguia alguma coisa ao longo dos ombros dela.

Ele esquentou comida e comeram na mesa da sala, descalços, folheando juntos uma revista promocional de um *shopping* que tinha chegado pelo correio e que parecia escrita por uma criança ou por um robô. Eles riam, impressionados de algumas frases particularmente mal construídas e quase incompreensíveis.

Na cama, ela quase chorou quando o dia terminou, assim que ela decidiu que já era hora de ir para casa e lembrou de alguma beleza que se formou cuidadosamente através dele, toda cristalizada, sem que eles a pronunciassem ou reconhecessem até então, com medo de quebrar alguma regra. De uma forma que fosse satisfeita. Mas o reconhecimento de que estava prestes a chorar e das várias possíveis implicações daquilo, inclusive da possibilidade de ela estar forçando um pouco a barra, manteve seus olhos secos, a não ser por um breve acúmulo aquoso que João viu principalmente como um pequeno brilho, um pontinho de luz.

Eles transaram então mais uma vez, pela primeira vez sem nenhuma grande gravidade ou tensão, podendo rir quando parecesse apropriado, e se despediram em seguida longamente, prorrogados, comicamente protelados, com ele encadeando a perna dele na dela e impedindo que ela andasse, desde o quarto dele até a porta da sala. Ela olhou de volta enquanto entrava no elevador, sorrindo. João continuou alguns segundos com o corpo contido na esquadria, observou a luz na porta do elevador decorrer para baixo. Tentou arranjar uma forma de manter aquilo. Desenterrar fisicamente uma maneira de carregar aquilo adiante. O seu corpo tenso por um bom tempo, o máximo que ele aguentou.

Luísa desceu a escada sozinha e entrou no seu carro e dirigiu para casa sem pressa. Ligou o rádio e ouviu o relato longo de uma senhora que falava do filho drogado e das dificuldades que tinha com aquilo, numa rádio religiosa que Luísa nunca tinha ouvido antes e que ela não conseguiu desligar, presa aos detalhes desnecessários e confusos da história da mulher; presa à maneira perturbadora que ela tinha de relatar uma crise de abstinência do filho como algo que era principalmente chato e incômodo para *ela*, e tanto que eventualmente até o apresentador com voz desonesta que atendia as ligações no rádio pareceu ficar constrangido e tentar resgatar a ligação do seu tom doentio e amargo. Luísa aumentou o volume até quase o máximo e dirigiu devagar até em casa, tensa e presa naquilo.

Ela não quis parar na garagem, e concedeu isso a si mesma por nenhum motivo claro, parou no térreo e desligou o carro, sem conseguir desligar o rádio imediatamente, esperando por alguns minutos até que a ligação terminasse. E então o silêncio no seu carro se afirmando como uma presença, uma força positiva junto do vácuo do estacionamento frio. O dia terminado e fechado – o dia pronto – agora a encontrava triste e incerta, temerosa da presença de alguma sombra que não conseguiu nomear e que não mais se adiava.

O porteiro do seu bloco estava dormindo na sua cabine, e ela demorou algum tempo para conseguir acordá-lo, chamando-o timidamente umas cinco vezes. Quando ele acordou, envergonhado, ela tentou fingir casualmente que não havia percebido, que nem tinha sido ela quem o havia acordado, que tinha acabado de chegar.

A casa estava toda apagada quando entrou, todos dormindo. Ela não acendeu nenhuma luz, bebeu água morna na cozinha e foi direto para o quarto, vestindo atrapalhadamente no escuro uma camisa velha de dormir, do Piu-piu com óculos escuros.

Demorou a adormecer, invertida na cama com o cabelo esparramado, irritada consigo mesma por aquela frescura, e por estar irritada consigo mesma. Retendo os joelhos juntos sobre o peito, nem um pouco cansada, os olhos secos, querendo ter um gato que estivesse se enrolando nela. Dormiu poucas horas, que nem percebeu, quando acordou, parecendo que havia passado toda em claro uma noite apressada e curtíssima.

Apenas na manhã do dia seguinte é que ela conseguiu entender, enquanto tomava café. Piscando os olhos, tentando reaprendê-los. Entendeu imediatamente sem que estivesse pensando no assunto, virando um corredor na sua cabeça e surpreendendo uma conclusão pronta, tal como imagens insolicitadas de sonhos fazem às vezes. Que qualquer ideia reconfortante e bonita, segura, ao ganhar de alguma forma contorno mais real na sua cabeça, parecia perder quase toda a sua validade. O namoro dela não parecia mais um detalhe mudo e distante, ele agora ganhava uma atualidade e uma presença bem mais concretas, e algo que se demonstrasse assim tão prontamente ao seu alcance parecia manchado. Uma certeza funda e pouco explicável de que algo que acontece por aqui, que *existe*, não poderá jamais servir lá para muita coisa.

Da mesma forma, que ela conseguisse sentir felicidade de vez em quando seria a prova definitiva de sua relativa desimportância, de sua irrelevância final.

Ela entendeu isso justamente quando não fazia mais tanto sentido, ali no dia que havia sido trazido de ontem tão leve, que se levantava tão fácil agora. Em um jornal caindo surdo sobre o outro, no café aguado, na claridade derramada na mesa de madeira preta. Que o irmão reafirmava e soletrava seriamente, deliberadamente, ao amanteigar toda a superfície da metade exata de um pão francês.

João tenteia a cabeça pelo umbral da porta, vê Paula sentada no computador de Antônio e entra para cumprimentá-la. Ela o recebe com um sorriso e acena para a tela, enquanto perpassa lentamente todas as pastas de fotos de Antônio, já somadas e acumuladas no HD de dois computadores anteriores, já seis anos de extensiva fotografia, milhares de fotos repetitivas e mal tiradas, inassistidas. Agora ela parece no fim de uma de diversas crises de riso subsequentes, que nela acontecem inaudíveis, apenas nos ombros e na boca tremida, num leve movimento das narinas, ao se deparar com fotos de Antônio, João e alguns conhecidos em comum numa tarde maconheira qualquer de 2003, todos com roupa de escola, bem bastante adolescentes, cheios de espinha. Fazendo poses ridículas para a câmera, rindo de aparelho, uma versão ainda incerta e magrela, meio perturbadora, das pessoas que ela viria a conhecer. A última foto da pasta é dos dois terminando de atravessar o

Eixão a pé. João olha suspeito para a câmera, baixo, como sempre, um vício hoje já consciente e que ainda não consegue evitar. Andando com um passo deliberadamente não apressado, de braços rígidos. Antônio parece no meio de uma corrida leve, virado aberto com a parte inferior da boca para dentro em algum tipo de sorriso confiante próprio. Olhando para a câmera com o sobrolho franzido diante do sol por trás dela, falando alguma merda da qual ele se arrependeria segundos depois. Paula deixa nessa por um tempo, sem falar nada, e João silenciosamente concorda, firmado na cadeira.

As pastas de fotos parecem infinitas. Deuteroses redundantes e feias de inúmeros dias desocupados de ensino médio, tardes bêbadas, manobras rudimentares de *skate*, versões inúmeras daquelas poucas pessoas, milhares de pixels gastos em fotos escuras e granuladas ou estouradas de *flash*, tiradas em movimento. Paula passava rapidamente pelas pastas, procurando o que haveria de mais constrangedor e divertido. Depois de duas festas de Ano-Novo – que dificilmente haviam sido tão absurdamente divertidas quanto as fotos sugeriam – e de uma sequência que nem João conhecia, ligeiramente escondida, do Antônio com uns quinze anos tirando várias fotos de si mesmo (os seus braços visíveis e armados, segurando a câmera, com uma expressão séria e intensa, diversas versões repetidas de um mesmo ângulo), Paula emite um risinho pequeno e misterioso de quem acabou de ter uma ideia perversa e genial e começa a procurar por alguma outra coisa, abrindo diversas pastas inesperadas, meio ansiosa, trilhando caminhos absurdos por pastas que aparentam aleatórias, *BitComet Downloads, SopCast – Skins, Skype – Toolbars, HP Deskjet,* clicados freneticamente. E nem demora muito até encontrar.

A pasta desapontava apenas em ser relativamente pequena, de umas quatro dezenas de fotos, apenas, e surpreendentemente nenhum vídeo. Ele nunca havia visto a pasta de pornografia de outra pessoa, e desceu-lhe uma pequena animação na espinha, de obter alguma espécie de índice de normalidade ao qual ele pudesse se amparar dali em diante, um grau de comparação para futura referência. Todas de mulheres diferentes, em geral bonitas, de corpo inequivocamente "acertado", como diria Antônio – mas não sem exceções curiosas – tirando foto de si mesmas em estados variados de nudez, quase sempre através de um espelho. *Self-shots,* João pensou, e quase falou em voz alta. Bastante coerentes em perfazer um mesmo modelo exato, como se de alguma forma empurradas por um mesmo ímpeto sinistro e inexplicado. Um gênero já largamente reconhecido e firmado, tão diversamente manifestado naquele mesmo padrão fixo, um tropo insciente se afirmando com tanta naturalidade, sem que nada o reforçasse. João percebe que a sensação não é tão diferente da que ele experimenta quando se depara com um excesso de quadros religiosos renascentistas, de como o motivo fixo – da Anunciação, ou da Madonna, ou da morte de algum mártir – permite, quando severamente repetido, que os estilos diferentes de cada pintor se verificassem com ainda mais força, que a carga simbólica daquela estrutura desaparecesse com a repetição, e as variações entre as várias versões de anjos ou santos se tornassem variações quase puramente estilísticas, quase abstratas. E ainda uma impressão seguinte, meio contraditória, de que aquele puxão pequeno e terrível que corria por baixo de todas as fotos, de uma parecença banal, de uma equivalência, parecia tentar trazer aquelas fotos a uma presença icônica insustentável que não se arrumava, não se construía direito. João sentia tudo isso desorganizadamente, sem conseguir suceder os pensamentos direito, com um certo constrangimento adicional de não saber como se pôr diante de Paula, que talvez esperasse encontrar pornografia comercial *mainstream* comicamente ridícula, e agora parecia um pouco incomodada com aquelas fotos amadoras tão reais, com o pressuposto material tão imediato e óbvio pesando na pose esculpida e artificiosa, de bunda empinada e peitos jungidos com a mão, de línguas pouco sutis, de maquiagem excessiva e boca entreaberta. Ela havia pensado que acharia principalmente engraçado, mas não. A intenção *instrumental* da foto. Estouradas de *flash* no espelho, malcuidadas e improvisadas, muitas de baixa resolução e com alguma *url* vulgar impressa no canto. Todas repassadas daquela impressão distinta de algo já cansado, já pesado do caminho impossível que cada uma havia trilhado pra chegar até ali, o rastro pequeno, sujo, ruidoso. Quase todas afetavam intimidade e experiência, usavam de um vocabulário comum, perfazendo a construção clichê imediatamente presumida, de fotos tiradas para o namorado, que depois quer exibir sua *conquista* para o mundo, ou, ainda que supostamente se descobre traído e quer se vingar. (Apenas 54 das 63 fotos haviam realmente sido tiradas inocentemente para um namorado que depois as repassou para, potencialmente, todo o disponível universo; o resto eram fotos profissionais que imitavam o gênero de fotos caseiras, reproduzindo seus clichês de forma até convincente. Isso nem se imaginava pelos dois ali.)

Quase todas as garotas que se sucediam rapidamente na tela se investiam igualmente da mesma tentativa de passar uma mensagem básica igualmente padronizada, um mesmo repertório fixo de poses e expressões. O que era curioso é que não parecia tão possível distinguir as profissionais das amadoras, e isso acontecia principalmente pelas amadoras, já que quase todas imitavam distintamente a afetação das profissionais, tornando o trabalho reverso confusamente simples. Algumas poucas, as que João diria mais bem-sucedidas, eram mais tímidas e desconfortáveis, sorriam naturalmente, pareciam invocar uma intimidade específica e genuína, não padronizada, arriscada, que de alguma forma legitimasse o que estava fazendo. Apenas três pareciam irônicas, no sentido *Olhe só para mim tirando fotos de mim mesma pelada no espelho, que bobona* (essas eram também as menos convencionalmente bonitas, e isso não era uma coincidência). Todas, de alguma forma, eram especiais, os dois concordariam, todas de *alguma* expressividade. E ainda que cada arquivo tinha um nome diferente, denunciando uma origem própria, uma seleção cuidadosa ali dentre as torrentes intermináveis de fotos do tipo. João pensou que aquela seleção, aquela listagem, deveria apontar bastante coisa sobre Antônio, deveria ser eloquente de uma maneira que ele jamais conseguiria analisar. Toda triagem e curadoria dizem bastante sobre o seu autor, e aquela pasta não seria diferente. Apenas depois de pensar nisso, de deliberadamente tentar encontrar alguma característica em comum naquelas fotos todas, é que João percebeu algo meio perturbador. Era difícil saber se ele estava forçando a barra, meio inventando aquilo, ainda mais com a sucessão tão rápida de fotos, mas ele teve uma impressão nítida de que quase metade das mulheres era, de alguma forma, parecida com Paula. Não eram semelhanças óbvias, mas quando reunidas e empilhadas, dava para perceber. As olheiras dela numa das meninas, o seu cabelo de menininho em outra, a expressão bondosa e irônica ao mesmo tempo. João se constrangia com as exclamações sentidas de Paula, sem saber qual a maneira menos inaceitável de se reagir, tentando entender o que ela acharia daquilo, se ela percebia o mesmo que ele. Ela decorria com alguma lentidão as fotos, passando por cada uma. Sempre algum detalhe eloquente de humanidade que não se alinhava com as intenções padronizadas da foto. O enquadramento desajeitado cortando parte do corpo, uma cesta de roupas sujas no canto, no chão. A expressão carregada que não convence, as persianas entupidas de luz, a garrafa quase vazia de Coca-Cola quente em cima da mesa; a data pequena no canto da foto, tirada de tarde; os olhos vermelhos.

A foto em que Paula demorou mais tempo – ainda assim não mais do que cinco segundos – é de uma menina mais magra e perfilada quase de costas, segurando acanhada o único seio que aparece, pequeno e meio caído, tirando a foto com a outra mão levantada e meio torta, que quase desaparece debaixo do ponto luminoso do *flash* no espelho. Seu cabelo castanho-claro está cuidadosamente penteado, a franja toda voltando para a direita e a sua maior parte fazendo uma voltinha para a esquerda ao se derramar nos ombros. O elástico da calcinha aperta contra um ligeiro acúmulo mais generoso de carne, e a sua coluna faz uma volta charmosa e sinuosa, íntegra. Paula achou a foto "a coisa mais triste do mundo". Sua cabeça está inclinada para trás, seus olhos parecem verificar a própria foto no visor da câmera, e seu sorriso esconde o lábio inferior sem expressar nada em particular, podendo seguir quase qualquer inclinação do espectador. João não quis falar o que achava. E aquela menina de fato na hora não soube o que queria sorrir, não se sentindo confortável nas suas primeiras tentativas daquilo que sua cara lhe oferecia como expressão *sexy*. Até a palavra a constrangia, quando usada sobre si mesma. Uma das trinta e duas fotos tentadas por ela, no seu banheiro, no dormitório da Universidade Estadual da Flórida. Final de setembro de 2005, e final da tarde. Que ela havia decidido por não mandar, no final das contas, para o moleque fortinho *bartender* com quem ela havia saído duas vezes e que estava, quinze minutos antes, pedindo no AOL, sem muita sutileza, por algum encorajamento, sem explicar muito bem. Ela entendeu que era isso que lhe era requisitado. Checou duas vezes todas as fotos ali mesmo no banheiro, na telinha da câmera, e se sentiu imbecil em mais de uma complicada maneira. Ela quase chorou. Baixou-as no computador, de qualquer forma, sem saber direito por que, alguma espécie de lembrete, e de autopunição. Três meses depois estas fotos foram encontradas por um calouro que havia acabado de chegar à universidade e que, antes até de abrir suas malas, checava ociosamente a rede do dormitório de seu prédio por nenhuma razão em particular. Nela, algumas pessoas deixavam pastas de músicas disponíveis para partilha (já traçando julgamentos sobre que tipos de grupinhos se formavam ali no dormitório), as pastas nas quais, às vezes, se esqueciam por negligência arquivos não tão partilháveis assim. Ashley, durante uma semana, encontrou alguns olhares engraçados de homens que ela nem conhecia; imaginou que devia ser o novo corte de cabelo. Ela estava agora, já anos passados, numa fila para comprar café, impacientemente tirando e recolocando uma pulseira – alguns quilos mais cheinha e com uma personalidade melhor definida na direção de tirar fotos de si mesma seminua para mandar para gente que mal conhecia – longe de imaginar que dois completos estranhos a milhares de quilômetros dali entreviam através de dois de seus dedos separados a auréola amarronzada do seu seio direito, com um deles tentando determinar se aquele leve escurecimento de uns poucos pixels ali poderia talvez contar como um mamilo.

Sem dizer mais nada, Paula fechou a pasta com alguma rapidez, levantando as sobrancelhas. Ainda sorria o seu mesmo sorriso inatacável, que João tentava imitar e que não parecia expressar nada em particular. João ainda não conseguia determinar se ela havia também entendido aquela característica comum às fotos. Não sabia se o constrangimento ali tinha aquela camada enviesada adicional ou se era só o constrangimento mínimo necessário depois de ver a pasta de pornografia de um amigo em comum. Eles podiam ouvir o som abafado de Natália e Antônio rindo de qualquer coisa na cozinha, da tentativa bêbada deles de fazer brigadeiro, que se anunciava trágica em alguns barulhos tumultuados, em desastres complicadamente soados de talheres e outros objetos caindo. Não parecia haver nada de muito engraçado a ser dito sobre nada. João encarou o fundo de tela, Itto Ogami pedindo licença antes de decapitar alguém, o cursor de Paula fingindo procurar por algo entre os ícones, um a um.

Luísa havia tirado os sapatos e sentava no sofá com as pernas deitadas, asadas em borboleta e de fato até esporadicamente ativas nesse sentido. Tinha um moletom azul-escuro grande e pesado, desabando sobre si mesmo em incontáveis dobras e dizendo que Luísa era propriedade do departamento atlético da Nike (embora, tecnicamente, o casaco fosse de João). Sua falta de sono quase sempre lhe conferia essa posição de única desperta, de última pessoa em pé. Até em festas familiares, quando mais nova, ela se lembrava de encarar os tios bêbados deitados no sofá, ouvir seus roncos e cutucar suas orelhas. João sentava no chão diretamente à sua frente, com os pés armados e as costas contra o sofá, e parecia desativado, com até o pescoço frouxo. Luísa havia virado de costas duas das fotos familiares na mesinha baixa ao seu lado, da família toda forte de Antônio, porque davam agonia. A tevê mostrava um casal de Utah, acima do peso, que relatava seus problemas a um terapeuta baixinho e atencioso, os dois dublados numa única voz pouco atuada, parecendo os conflitos internos de um esquizofrênico. João fungou algo ligeiro e desnecessário e bocejou com uma força inesperada, exageradamente mandibulada, despertou-se lentamente nos olhos e braços espreguiçados. A confusa resolução de um sono profundo que nem havia, de fato, acontecido.

— Por que a gente *tá* vendo isso?
— Porque é legal.

Natália e Eduardo estavam dormindo no sofá diante deles, confortavelmente atados, de olhos fechados e expressão igualmente dispersa, debaixo de um cobertor que ela havia achado nos armários do corredor

depois de acordar rabugenta e calada para procurá-lo uma meia hora atrás.
— *Vamo?*
— *Anram.*
Luísa resgatou com os dois pés uma minúscula almofada colorida vermelha exuberante que tinha que ser decorativa e a jogou, ainda com os pés, na cara de Natália. Ela acordou de uma vez, assustada, e logo tomou a cena com os olhos pesados e vermelhos. Sentou no sofá, calma, perguntou as horas e puxou a cabeça para trás, jungindo suas confusões com uma liguinha sem nenhum esforço, fluidamente. Parecia de um cansaço até desesperançoso, de ombros desossados. Bocejou longamente e se preparou, com uma reclamação irônica bufada e pouco compreensível, para começar o longo e protelado esforço de acordar Eduardo, algo que sempre divertia João imensamente, pela intimidade já tão comicamente confortável dos dois; de Natália dando petelecos fortes no nariz dele, depositando água fria no seu cabelo, fazendo cócegas. Foi quando Natália percebeu uma bolsa que não era sua em cima da mesa e se virou no progresso de um raciocínio animado, perfeitamente visível em sua expressão derramada e subitamente desperta, linearmente compreensível até o sorriso terrivelmente sugestivo e incontido; uma conclusão tremenda e atrasada sobre o fato mais evidente e premente daquela sala de ainda nenhuma Paula e nenhum Antônio.

Bernardo lia deitado no pé da cama enquanto ela cortava as unhas do pé ao seu lado, com o lixo emprestado do banheiro recebendo a sujeira. As conversas mais sérias deles sempre começavam no meio de algo. Enquanto ela dirigisse, enquanto ele jogasse *video game*. Era sempre preciso forçar aquilo para fora.
— *Tô* namorando, Bernardo.
Ele se recusava a responder quaisquer das cinco variações de apelido que ela propusera ao longo da vida. E então as frases dela eram obrigadas a essa seriedade.
— Eu sei.

Ele sorria sem tirar os olhos da revista, o queixo no peito entortando-o um pouco.

– Como você sabe?

– Seus amigos não são exatamente discretos na internet, ou sutis.

– Você fuça meus amigos?

Ele não respondeu a pergunta, embora a lacuna estivesse lá para isso. Nem fez qualquer gesto nessa direção.

– Achava que você não se metia nessas coisas.

Ela bateu um cachorro vermelho de pelúcia nas suas pernas, agradavelmente chocada, até lisonjeada.

– Não me meto, mas você é minha irmã, ué. Acabo vendo uma coisa ou outra.

Apesar de já ser quase comum, a sensação de tê-lo um passo à frente na vida dela ainda parecia incoerente, um fato que não computava. Então ele a havia roubado de uma revelação. Bernardo ajeitava os óculos com o dedo, como fazia a cada dez segundos, encolhido em sua *Eightball* que chegara aquele dia pelo correio. E esse mesmo moleque ia atrás da vida pessoal dela.

– E já sabe alguma coisa dele?

– Sei que não é nenhum desses roqueirinhos viadinhos com quem você anda, o que é bom. Que não tem perfil facilmente *achável* na internet, nem *fotolog*, nem nada dessas merdas, o que é muito bom.

– Ah, que bom que está tudo certo então, que você *aprova*!

Ela ria. Como se não houvesse temido segundos antes pelo que ele ia dizer.

– Mas eu ainda tenho que conhecê-lo, *né*. Isso tem que ser arranjado.

Ele então olhou para ela, lá dos seus quinze anos. Os óculos já meio caídos e dividindo seus olhos em quatro, o queixo levemente erguido para poder enxergá-la. Ele parecia estar falando sério.

No elevador, João ajeita o cabelo e franze o nariz e a testa. Não estava nervoso ao conhecer a mãe dela (e não havia motivo mesmo, ela é um fantasma na casa, pensou, um buraco na parede que exerce menos presença que os impedimentos espaciais dos móveis), mas estava nervoso agora. Não tinha dado a menor importância a conhecê-lo, logicamente, mal havia registrado o fato até perceber o nervosismo de Luísa, que não conseguiu escondê-lo.

Mesmo agora ela o olhava no espelho com um olhar analítico e frio que ela nunca tinha, um olhar que parecia reconsiderar o seu caráter todo em uma segunda luz e não parecia agora, assim, lá tão impressionada. Já parecia razoavelmente claro, embora ela não tivesse dito nada do tipo, que muita coisa dependeria da relação que ele tivesse com o irmão dela. Um moleque, um moleque *nerd* e desajustado, segundo lhe diziam. Hoje em dia ele era amigo de muita gente desajustada, mas ainda não estava tão acostumado à ideia, ainda tinha que se assegurar de que uma certa repulsão não se manifestasse. Ele deve ser bem, bem ridículo. Mas João seria amigável e legal, espremeria alguma referência espertalhona e casual ao Alan Moore e tudo estaria tranquilo. O que não impediu um ligeiro calafrio de encontrar suas pernas enquanto não respondiam a campainha.

— E aí, rapaziada?

— Oi, oi!

— E aí, Bernardo?

Ele estava descalço e com o uniforme do colégio. Como as fotos sugeriam, ele tinha uma parecença bastante incômoda com Luísa. Não diria que ele era feio, mas tampouco conseguiria imaginar uma garota (ou de fato qualquer mamífero) se sentindo atraída por ele. Ainda que seus quinze anos de idade estivessem lá, verificáveis nas espinhas e no pescoço infantil, ele era quase um homem feito. Ele espantava de todo jeito a infantilidade que deveria aparentar, franzia seus traços até a maturidade. Pronto para receber um terno e fazer piadas no elevador sobre o Mensalão, sobre o Vasco rebaixado.

— Vocês já sabem, *né*. Mas ó: João-Bernardo, Bernardo-João.

— E aí.

— E aí.

Luísa havia dito que ele era terrivelmente tímido, terrivelmente inseguro, mas ele olhava João diretamente, sem fraquejar, com olhos que se entendiam espertos.

João olhava de volta, é claro, imaginando ser sua melhor opção. Era quase tenso.

— Achei que iam demorar mais, vou só tomar banho então e a gente sai. O filme é só daqui a uma hora.

Estabeleceu o que deveriam fazer da forma que se estabelecem os detalhes de um acordo empresarial, os poucos sorrisos eram inteiramente reservados à irmã.

Em dez minutos, depois de colocar com uma lentidão absolutamente inexplicável duas meias que promoviam uma mesma marca esportiva em cores diferentes, estavam fora de casa, em direção ao cinema que ele havia designado para ver o filme (também escolhido por ele). Uma *remake* de um filme clássico de zumbis que ele resenhou brevemente enquanto saíam da sala, usando o jargão de críticos de internet americanos que João reconheceu distintamente, até mais ou menos concordando com a opinião dele. A noite inteira foi agradável, ficou mais claro para João o tanto que ele era, sim, apenas um moleque, e seu bom senso inicial foi reanimado a considerá-lo inofensivo. Era apenas um moleque estranho e meio desagradável. Que andava de uma maneira completamente irregular, como se mudasse de ideia sobre os seus pés a cada minuto, como se os experimentasse sempre pela primeira vez ao levantar.

Luísa havia se acostumado a realmente amar o jeito dele, mas com João não conseguia passar muito de pena. Comeram na praça de alimentação, cada um escolhendo um lugar diferente e se encontrando depois numa mesa. Ele comia um prato bagunçado de comida chinesa de uma maneira devagar e irritante, pequena, enquanto observava João declaradamente. Embora não importasse tanto, incomodava João que ele não conseguisse antecipar o julgamento que Bernardo fazia dele, qualquer que fosse.

Ele comia devagar e pareceu por um bom tempo rodear algo grande a falar, uma declaração sobre o estado das coisas que João não conseguia nem começar a imaginar como seria. Pausava e colocava o dedo anular sobre os lábios, como se prestes a dizê-lo, o que não acontecia. Não conseguiu se decidir se haveria algo realmente original sobre ele ou se Luísa o havia assustado a achar isso. Ele realmente se admirou, no entanto, com a maneira com que os irmãos se comunicavam, própria e inacessível, avançando em um terreno intermediário onde ela fica mais esquisita e ele fica mais normal e os dois parecem bem mais confortáveis. Ela o observa com certa distância, como se pronta a tomar direções, sistematicamente acolhendo todas as esquisitices dele com um orgulho demarcado.

João era um intruso, e Bernardo não tentava aliviar aquilo de maneira nenhuma. Ele só não sabia se era por não perceber que estava sendo grosseiro ou por querer provar algum ponto desajeitado.

Bernardo entra no quarto da irmã e surpreende João em pé e curvado, lendo as lombadas dos quadrinhos encadernados da estante, seu corpo se estanca em uma pequena indecisão. Olha para o computador ligado.

– Tu não *tá* mexendo não, *né*?

– Hm? Não, *tô* só esperando acabar o jogo. Sua irmã me expulsou da sala porque eu ficava rindo do Botafogo.

Bernardo sorriu um sorriso minúsculo, que quase não era um sorriso, o primeiro que ele direcionava diretamente para João. Claramente esforçado.

– Eu ainda não me acostumei com a Luísa torcedora, é muito esquisito.

– Pois é, e acho que foi meio culpa minha. Eu criei um monstro. Pelo menos é um monstro botafoguense, podia ser pior, tal. Mas ainda assim.

Bernardo já parecia distante do assunto, retomada a sua expressão inicial.

– Não, é que eu *tava* jogando aqui antes de tomar banho, *tava* querendo acabar uma parada.

João sorriu.

– De boa, de boa, relaxa!

Ele se deixou cair na cadeira e se ajeitou numa posição estranha, pernas entrelaçadas e rígidas apoiadas na mesa e torso contorcido diante da tela. Posicionou o teclado no peito e parecia absolutamente confortável e alinhado. Seu corpo não conseguia enformar direito o tanto de camisa enfunada que se derramava sobre a cadeira, empoçada em volta de sua cintura. Das dobras confusas se distinguia um Calvin e um Haroldo encaretados e apagados. Ele usou de uns três atalhos incompreensíveis no teclado e logo se acendeu na tela SUPER MARIO 64, retinindo um barulhinho que João nem lembrava que lhe era tão, tão profundamente familiar.

— Nossa! Quanto tempo, caralho.

Bernardo sorriu um sorriso que parecia resolver a expressão esquisita guardada desde que havia se sentado, e que agora se denunciava como expectativa do reconhecimento de João. Ele selecionou um jogo já iniciado, com setenta e três estrelas adquiridas, e logo que seu Mario brotou diante do castelo ele já o estourava adiante num impulso frenético e impossível, exclamado pela figurinha simples num mesmo gritinho repetido.

— Achava que esse jogo nem era do seu tempo.

— Não é muito, não. Mas eu joguei ele quando era moleque, éramos atrasados aqui em casa. E eu agora *tô* jogando de novo todos os jogos da minha formação. Faz parte do meu projeto.

Ele estancou nessa última frase, pausando uma brecha para ser perguntado *E que projeto seria esse?* João não desviou o olhar da tela, e continuou calado.

Mario corria no meio de um corredor subterrâneo verde-escuro.

— Esse jogo foi *mó* revolução quando saiu, *tá* ligado?

— *Tô* ligado.

— Toda a jogabilidade dele, a lógica dele foi inovadora.

— *Tô* ligado.

— O povo ficou tão doido com ele, que todo *glitch* e errinho e coisinha que aparecia eles achavam que tinha que significar alguma coisa, que tinha que ser algum sinal. Porque o jogo tinha muita coisa escondida mesmo, a Nintendo faz essas paradas com muito carinho, para você jogar muito além do zeramento e jogar várias vezes, saca? Faz parte da *cultura corporativa* deles. E daí qualquer coisinha que se achava, pensava-se que tinha que ser significativo. Tem uma fonte-d'água no pátio do castelo onde você vê umas letrinhas apagadas e embaçadas, tipo gráfico de 64 normal, todo livro de papel é quase assim. E dá para ler lá, com muita força de vontade, *L IS REAL*. Uma coisa assim. E aí todo mundo ficou achando que era porque o Luigi devia estar escondido no jogo.

João ainda tentava registrar o fato de que esse moleque tinha acabado de falar "cultura corporativa". Mas tudo bem.

– E nem *tava*, *né*? Só tem o Yoshi.

– Não *tava*! Mas isso era 98, assim, não tinha nem internet direito, ninguém para tipo comprovar que não. Então você teve uma cambada de moleque doidão procurando o Luigi em cada cantinho do jogo, por muito tempo. Cada um achava que uma pedra esquisita dava para quebrar, se uma plataforma parecesse alta demais dava para chegar se você pulasse de um jeito perfeitinho, tentando ir atrás de tudo que você enxergava de canto de olho sei lá, e achasse que poderia dar em *alguma coisa*.

Mais do que com o que ele falava, João se impressionava com a cara de Bernardo ao falar, com a precisão e a rapidez atropelada que ele dispunha tudo aquilo para ele com grande autoridade. Ele imaginou criancinhas precoces de todas as culturas imagináveis tentando encontrar mecanismos escondidos e inexistentes naquele mundo fixo e esforçado. *Signs are taken for Wonders, we would see a sign!* Ele se lembrou sem querer, sem saber de onde era, sorriu.

– Que doido.

Mario, enquanto isso, se revolvia inutilmente contra uma parede escura de material indiscernível, pulava saltos triplos e chocava sua cabeça contra uma plataforma móvel e flutuante, corria em círculos. Bernardo voltou declaradamente sua atenção de novo à tela e fez Mario rebater contra a parede e subir em uma pedra onde um olho gigante e imóvel repousava, girando em volta dele até ele explodir, em seguida saltando e pegando uma moeda vermelha no ar. Tudo num único movimento fluido. As duas mãos de Bernardo se esparramavam como aranhas ao longo do teclado preto e se utilizavam de todos os dedos em espasmos bem pouco compreensíveis.

– E isso sabe por que, *né*? Que o povo ficou doido? Porque foi o primeiro jogo não linear que eles jogavam, que a tela não conduzia o andamento do jogo. Agora neguinho ficava solto num mundinho que ficava lá, parado, olhando para você, e você tinha que descobrir o que fazer. Hoje em dia é normal, mas na época as crianças ficaram doidinhas.

Ouvido através da porta, o barulho abafado da televisão de repente se apagou, e João imaginou que o jogo devia ter terminado e o Botafogo realmente perdido. Mario sentou em cima de um caixote de palha que explodiu e virou uma moeda vermelha, a sétima. João pensou que devia ir pra sala para consolar Luísa, que possivelmente estaria prestes a chorar (o que já tinha quase acontecido antes depois de outro jogo, um acúmulo brilhante nos olhos que ela disse que não era nada). Isso para quem não sabia dizer o nome de nenhum jogador do Botafogo alguns meses atrás. Ele precisava apenas ver as oito (ou seriam sete?) moedas completadas e a comemoração em volta da estrela conquistada, que ele nem lembrava mais direito como era. Mario estourou mais uma caixa e pegou a última moeda. A tela saiu de onde estava para revelar ali perto o nascimento entusiasmado de uma estrela brilhante com olhinhos. Bernardo, no entanto, ficou imóvel olhando para ela, com Mario mexendo apenas a cabeça destacada de vez em quando, sem nenhuma animação aparente diante daquilo que ele havia objetado com tanto fervor. João esperou por alguns segundos para ver se ele mexia, mas não. Bernardo abandonou a janela do emulador e deixou o jogo correndo minimizado, parecia sério e expectante, rígido, esperando ser perguntado. João olhou para ele por alguns segundos e se levantou, foi até a sala.

Luísa estava deitada no sofá, séria, com a tevê realmente desligada e os olhos ainda virados para a tela. As duas mãos unidas em prece e descanso para a bochecha apertada. Ele se sentou perto dela e beijou sua testa, ela não reagiu. Ele pensou em todas as bobagens que poderia dizer, igualmente verdadeiras e inócuas, desagradáveis de se repetir, de se ouvir ditas descrentes na sua própria voz modorrenta, incapaz de restituir qualquer coisa, afetar qualquer coisa. Era apenas o Botafogo, afinal, que nem chance de ganhar nada jamais teve de verdade, esse ano. Ele achava igualmente bonitinho e engraçado o sofrimento dela, e manifestar qualquer das duas impressões parecia inadequado. Ele percebeu a barra da calcinha dela escapando da calça *jeans* escura que ela não tirava apesar do calor, o espaço ofertado entre a barra da calça e o começo de sua bunda, e se recostou ao longo do corpo dela; pesado, ele sabia, com a cara deitando na massa de cabelo, difícil de respirar, pensando quão insensível seria deslizar sua mão para dentro das suas calças, e se faria assim tanta diferença que fosse atrás ou na frente.

Vindo pela W3, ela sempre era obrigada a perpassar um grupo fixo de velhos que ficava ali perto do bloco. Gordos, a maioria deles, pelo branco fumaçando no peito, rindo, jogando dominó e damas em tamboretes incertos sobre a calçada larga que ladeia aquele último bloco da quadra, o chão amarronzado de concreto rompido pelas raízes esparramadas, sempre todo manchado de frutas pisoteadas, com matizes tão variados de roxo e preto indicando safras renovadas, sustentadas ao longo de sabe-se lá quantos anos a oferta desperdiçada sobre aquela pedra. Troncos que se retorcem até servirem de bancos, até mais apropriados e confiáveis do que os tamboretes de plástico trazidos de casa. As peças de dama não combinam, pertencem a inúmeros jogos perdidos e recompostos ao longo dos anos, algumas são tampinhas de garrafa de plástico, brancas e vermelhas. A idade mínima parece ser cinquenta anos, mas é meio difícil determinar. Alguns deles com camisas indecorosamente abertas, com apenas uns poucos botões no meio se esforçando desesperados, alguns de camisetas promocionais cuja função temporária já nem mais se compreende, além de que teria envolvido o apoio do Ministério da Cultura e da Petrobras. De chinelos variados sobre as meias, riso esbaforido pelas cigarrilhas, de genitália aparente, entrevista por alguma brecha dos *shorts* ou bermudas. É difícil dizer quais são os aposentados residentes ali perto, quais trabalham pelas imediações. Um deles é oficialmente um reparador de cadeiras (embora nunca seja sido visto operando essa função), o que explica as várias cadeiras defeituosas que circundam e enfeitam o lugar. De contorno de madeira cuidadoso e vime rompido no meio, de pés quebrados, estofo rasgado, ajuntadas e igualmente inúteis e esquecidas. Luísa não gosta de passar pelo meio deles, porque sente com força o silêncio que ela causa, e sabe o seu significado, que não se preenche de alternativas infinitamente piores e mais ofensivas porque alguns deles (os vizinhos) a viram crescer, e cumprimentam a família com acenos de cabeça, e sabem da história recente. Mas ela imagina bem o tipo de coisa que eles devem comentar assim que ela some de vista, ou as coisas que ao menos eles devem pensar, e sua própria imaginação se ocupa de reproduzir articulada e especificamente as prováveis vulgaridades, de tentar repetir e capturar as diversas maneiras com as quais ela deve ser animada ali relutante na cabeça dos outros, vulgarmente disposta a todo tipo de coisa, sem nenhuma opção, o que ela faz durante a espera pelo elevador e o trajeto até o terceiro andar, parando só quando precisa abrir a porta.

 A chave do apartamento da avó na 108 era a única chave que ela tinha além da sua própria, e a modéstia do seu molho de chaves sempre lhe parecia assim meio tristinha. Assim meio genericamente tristinha. Não é como se ela realmente quisesse ter mais qualquer outra chave. A antessala aos dois apartamentos daquela prumada era revestida de espelhos de parede inteira, e no escuro ela ficava obrigada a perceber, de canto de olho, infinitas outras Luísas obscuras, coincidindo todas, presumivelmente, em tentar achar as chaves dentro de suas bolsas num excesso, numa profusão absolutamente desnecessária.

 O apartamento tinha uma aparência guardada e velha, ressentida, um cheiro forte. Um sofá vinho com almofadas verde-escuras e um sofá verde-escuro com almofadas vinho. Um quadro de Jesus explodindo em cores histéricas, beirando a fosforescência, a expressão meio indecisa demais para o gosto de Luísa. O apartamento não era grande, mas era já quase demais para que a sua avó conseguisse ocupá-lo todo, com suas tão modestas pretensões espaciais, seus hábitos tão curtos. Luísa sempre encontrava a sala vazia e escura e começava a se anunciar, aumentando progressivamente a força de voz.

 – *Vó.*

Ela deveria gritar, considerando a surdez já avançada da avó, mas gritar "VÓ" parecia sempre grosseiro, sempre indecoroso. Sempre havia um medo de encontrar algo horrível em algum quarto, e por isso ela gostava de chamá-la, invocá-la, para não ter que sair abrindo cada uma das portas. O medo era terrível demais para se apresentar de verdade, para que ela realmente se permitisse enunciá-lo de maneira coerente e organizadinha. Ela conseguia apenas contorná-lo, senti-lo em suas bordas já bem pouco agradáveis. E isso de sentir a silhueta, de passar o dedo ao redor, já seria talvez uma forma de imaginá-lo inteiramente. Não era como se ela conseguisse de verdade jamais fixar uma imagem qualquer do mal, talvez o máximo que tenhamos seja isso mesmo, esses sinais de fumaça, esse rastro fumoso. Eles já pareciam insuportáveis, de qualquer forma.

Ela abriu a porta da sala e se pôs diante do corredor comprido e escuro, com o chão de taco reluzindo a pouca luz oferecida por cada uma das três portas que ele continha. Não havia retratos na casa, a não ser guardados em álbuns terrivelmente organizados, enfileirados em um mesmo armário (ver fotos antigas, para a *vó*, era algo sério, uma reanimação dos mortos que não deveria ocorrer assim levianamente, despropositada, toda hora que você fosse pegar uma água na cozinha).

Ela estava ali, no final do corredor, com sua silhueta destacada andando passos de passarinho em sua direção. Essa seria a imagem que ela guardaria com mais força da sua *vó*, ao longo de toda sua vida. De aparecer em sonhos confusos e associações involuntárias, de guardar uma concentração icônica de significado indeterminado. Uma figura dispersamente satisfeita contra um corredor escuro, andando devagarinho, devagarinho. A sua *vó*.

– Oi, meu bem!

Ela sorria como uma criança, e a saudação saiu curtinha e minúscula no meio daquele progresso tão arrastado. Seria necessário falar mais alguma coisa para preencher aquele silêncio imprevisto até que ela terminasse o corredor, mas nenhuma delas pensou em nada. Os seus passos não tinham a fluidez engrenada de um corpo mais novo, eram esforços independentes que denotavam o seu esforço. A *vó* tinha seus cabelos recatados em montinhos fixos de um cinza inexistente em qualquer outro lugar, um prateado reteso que parecia conter sua própria fonte de luz fraca; tinha um vestido bege de florido escuro indiferente, os braços pendurados que ela não mexia direito.

As duas se guiaram silenciosamente até duas cadeiras na mesa da sala.

Os enfeites e móveis da *vó* ela poderia concordar que eram de bom gosto e, portanto, bonitos, mas apenas conseguia compreendê-los como coisas de *vó*, que realizavam aquele recorte perfeito de um mundo impossível, composto de padrões e importâncias que ela nem começava a entender. Uma renda branquinha e macia em cima da mesa onde as duas se sentavam agora, e uma tigela de vidro complexamente raiada que guardava Sonhos de Valsa, apenas. A *vó* devia fazer questão de comprar no supermercado novos Sonhos de Valsa especialmente para preencher a tigela, e ela nem comia chocolate, mal recebia visitas. Esse tipo de coisa matava Luísa, de morder o lábio inferior ou apertar a própria coxa com as unhas, até com alguma força.

– Minha mãe *tá* ótima, *vó*, mandou um beijo.

– Ah, que bom!

– E o Bê *tá* ótimo, também.

– Ah, que bom!

Os dois tons repetidos exatamente iguais, pouco sentidos. Ela não tinha ligado para avisar que viria porque a *vó* nunca atendia ao telefone. Ela tinha os braços em cima da mesa, que lhe batiam alto demais no peito, os braços armados na frente dela, ensimesmada como uma criança. Tinha a pele marcada daquelas imprecisões geográficas, repassada de machucados. Ela sorria e aparentava buscar um assunto, embora não tivesse. Aquilo era um esforço para as duas, era preciso admitir. Não havia tantos assuntos disponíveis, e a maior parte do tempo se dava em afetar uma boa disposição indistintamente satisfeita. De tempos em tempos ela olhava para Luísa e se compadecia fortemente de ter uma neta tão bonita. Bem de vez em quando, ela diria com as sobrancelhas abertas, como que genuinamente chocada: "Tão linda!". Como se estivesse vendo a foto de alguém morto há muito tempo, como se aquilo fosse motivo de pena, por qualquer razão. Era a única pessoa de quem Luísa gostava de escutar o elogio. Ela realmente via graça em visitar a *vó*, mas parte considerável da apreciação se compunha de traços enviesados e indiretos, da compreensão daquilo como algo bom, que justificava e explicava o seu dia ao se deitar. E não exatamente por ser uma boa ação, por agradar a sua *vó*, que parecia de fato manter um esforço maior do que o dela para se compor diante da neta, e parecia talvez até meio aliviada quando ela ia embora, andando apressada até a porta. O que ela compreendia como bom era entrar ali e participar daquilo, tentar se preencher daquele ar impossível e contido, se reunir e se concentrar naquele humor guardado. As persianas sempre fechadas e determinadas, tudo hierarquizado em prateleiras e ordens anteriores ao tempo, todo espaço contido e cuidado.

– Vou fazer café, você quer?

Ela fez um gesto indistinto e meio lateral com o pescoço, que poderia muito bem ser compreendido como um assentimento. Luísa sorriu e foi até a cozinha.

A cozinha estava, ao contrário do resto da casa, impecável. Café era a única coisa que Luísa sabia fazer, e ela o fez lentamente, cuidadosamente, tomando da atividade lenta das mãos um prazer esquisito que só acontecia ali dentro, naquela cozinha escura de azulejos marrons, uma concentração sossegada em cada coisa mal iluminada e tão particular. A *vó* não agradeceria direito o café, ela sabia, e gostava disso. Na velhice, sua extrema inadequação social acabava se desculpando como senilidade, então ela nem tentava mais. Mas seus olhos apagados e distantes não eram apagados e distantes enquanto ela lia ou assistia à televisão, Luísa sabia. Ela, na verdade, tinha a mente estranhamente ativa, concentrada em alguns pontos luminosos pouco usuais, em romances de ficção científica e em comunidades religiosas esquisitas, várias cartas escritas para todo lado até hoje. Havia se reunido em volta daquilo que ainda funcionava perfeitamente para ela e excluído todo o resto sem nenhuma cerimônia. Comia apenas o que gostava e se mantinha inexplicavelmente saudável, como se até sua velhice houvesse se paralisado ali naquele apartamento escuro e fechado. Continuava lendo muito, embora recentemente suas leituras tivessem se reduzido inteiramente à Bíblia e à ficção científica, cujas especulações futuras haviam se paralisado nas dos anos 60 e 70, depois disso a coisa tomou para ela uma aparência rarefeita e sem graça, com realidades virtuais incompreensíveis e computadores assanhadinhos.

O filtro de papel depois da passagem do café, com o resto terroso de borra endurecida e quente, dava vontade de comer.

Luísa voltou com o café, e sua *vó* escancarou um sorriso inesperado. Apontou de um jeito meio imperioso para uma jarra em cima da mesa, de pães de queijo já várias vezes amanhecidos. Luísa abriu a jarra e escolheu o menos duro.

Vivendo sozinha havia tanto tempo, já quase oito anos, o caráter físico do contato direto com alguém lhe era um esforço considerável, que ela conseguia sustentar apenas de maneira artificial e intermitente. A importância dos outros era muito melhor compreendida como uma abstração, ou dentro de um encadeamento narrativo organizadinho que ela conseguisse acompanhar de uma maneira ininterrupta e inteiriça, linear. Os vultos que se movimentavam de maneira tão desajeitada na sua frente ela não conseguia entender tão bem – os meninos barulhentos na rua e o povo do supermercado, tão agressivamente gentil – e apenas condescendia em cumprimentar e concordar com a cabeça, sem tanto esforço para coerência. Ela sempre falava com mais sentimento e urgência de quem não estava presente, de quem já havia morrido havia muito tempo. Sua vida emocional hoje era basicamente a vida emocional dos personagens mais queridos das quatro novelas do dia: vale a pena ver de novo, a das seis, a das sete e a das oito; e o término de qualquer uma delas significava sempre uma meditação pesada e inteiramente séria sobre mortalidade e a passagem do tempo. Ela escrevia todo ano longas cartas de Natal para quatorze dos seus familiares, já fixamente elencados. Tomava seu tempo, começando em novembro, em fazê-las lúcidas e individualizadas, cheias de sapiência genérica que ela sentia como realmente sua e realmente adquirida pessoalmente a muito custo. Elas soavam como distantes e meio doidas para todo mundo, tomadas quase sempre com condescendência. Luísa recebia uma, Bernardo não.

A *vó* de repente pareceu se lembrar de algo, alcançou o jornal dobrado no final da mesa e soltou na frente de Luísa. Palavras Cruzadas, preenchidas só metade.

– Ah, legal!

– Tem muita aí para fazer, ainda.

– Tem mesmo.

– É.

Como imaginava, Luísa encontrou ali lacunas de conhecimentos absolutamente óbvios para ela, assim como algumas respostas mais ou menos difíceis corretamente dispostas, na letra incerta e fraquinha. Gostava de ter essas pequenas confirmações, aliviava um pouco. Tentava fingir alguma dificuldade em responder "____, vocalista da banda Legião Urbana", franzindo sobrancelhas e tudo, escrevendo com alguma indecisão. A *vó* olhava satisfeita para o seu "o" de TOMISMO encaixando no nome engraçado que a neta escrevia.

– Eu *tô* namorando, *vó*.

– Olha, que bom, menina!

– É.

– Que bom!

– Acho que você ia gostar dele, ele é bem sério, assim, mas muito legal, sabe?

– Que bom!

– Muito legal!

Ela ainda tinha os braços imóveis na sua frente, e o sorriso que ela sustava parecia apenas esquecido ali, não mais expressando nada. Ela havia conseguido realmente interessar a *vó* diretamente em algo pessoal apenas umas poucas vezes, geralmente depois de um esforço considerável de manter sua atenção acesa, carregando o relato de uma maneira artificialmente compreensível, fazendo concessões a convenções narrativas que ela reconhecesse, com o cuidado atencioso de quem protege uma chama pequena de um vento forte. Uma vez havia tentado falar sobre religião, mas os problemas angustiados que ela havia esgueirado tentativamente para o juízo da *vó* haviam sido encontrados com uma incompreensão absoluta e desvelada, uma cara fechada e desencorajadora. Nada do que Luísa havia falado parecia sequer inteligível para ela. A *vó* não era burra, nem era simples, Luísa pensava, mas participava de outro mundo, partia de coordenadas diferentes e incompreensíveis que Luísa sentia invejar, embora não conseguisse admiti-lo diretamente. Invejar aquela pessoa anfractuosa e perdida, composta com tanta dificuldade e artifício, acumulada em tanta fragilidade, ecoando importâncias que já se haviam esbatido pelo mundo há tanto tempo, chamando os vivos pelos nomes dos mortos. Luísa tinha um prazer agoniado e contrito em vê-la diante das coisas, mexendo na internet ou assistindo à televisão. Ela ignorava noventa por cento do que se passava e permitia que lhe chegasse apenas um mínimo, aquilo que se traduziria dentro do que já sabia. Como ela relatava eventos políticos recentes, repassados do seu filtro espesso e embaçado, quase irreconhecíveis. De como ela demorou um tempo para entender que Obama havia sido eleito presidente, insistia em achar que ele devia ser vice de qualquer branco de cabelo grisalho que estivesse por perto na imagem. De como se recusava a acreditar minimamente na realidade de qualquer *reality show*. As propagandas rápidas e cortadas, informadas de tantos pequenos códigos culturais e sociais, tantas referências que simplesmente passavam por cima dela. Ela não tinha nem como começar a entender tantas daquelas coisas. Ela devia estar resignada havia muito tempo a um mundo esgoelado de bobagens incoerentes, de detalhes amontoados com os quais você apenas concorda com a cabeça, finge que faz sentido com um risinho humilde.

E Luísa, de alguma maneira, invejava aquilo, ela percebia, ela se via forçada a admitir.

Já arrastando o silêncio por tanto tempo, Luísa decidiu se forçar a dizê-lo, pegando a mão da *vó*, a mão quebradiça que não reagiu nem ofereceu resistência, sentida nas suas veias frias e saltadas.

– Hoje faz dois anos, né, *vó*?

– Faz sim, querida.

Luísa tentou achar na *vó* qualquer sinal de compreensão, de assentimento grave e respeitoso, mas sua expressão continuou impassiva. Ela bebia o café, se endireitava e mantinha ainda o sorriso. Era bem possível que ela não se lembrasse, e que houvesse apenas concordado por educação, como fazia metade do tempo. Talvez tivesse sido bobagem vir especialmente por isso, imaginar que ela daria muita importância a esse tipo de demarcação simbólica, ela que sobrevivia inteiramente de acordo com as próprias coordenadas, que não celebrava as datas comemorativas não cristãs, apesar dos constrangimentos, da insistência dos filhos de que, ao menos, presenteasse os netos no Dia das Crianças, ela que sempre havia visto tremenda dificuldade em alimentar para os outros o que para ela não fazia sentido (o exato contrário da neta). Luísa via inteira nela a intransigência e severidade do pai, a certeza ensimesmada e pouco interessada em opiniões diferentes, expressa num mesmo olhar baixo e confiante. Só que na *vó* ela entendia essa qualidade como preenchida, justificada, orientada de alguma forma. O pai era uma casca vazia daquilo, uma imitação insciente das mesmas circunstâncias, as qualidades exteriores sem as interiores. Qliphoth. O que assustava Luísa em todas as direções. A possibilidade não tão absurda do mesmo se passar com ela. De ela ser, de algum jeito, uma versão ainda mais vazia daquela mesma coisa, um eco mais fraco do seu próprio pai. De uma essência que se diluía.

O apartamento na 216 Norte onde os pais de Paula moraram logo depois do casamento era alugado por uma família grande de baianos simpáticos que, Deus sabe como, dividiam-se em dois quartos pequenos e uma sala. Com o tempo, tornaram-se amigos da família, e haviam finalmente anunciado se mudar algumas semanas atrás. À tarde Paula ajudou na mudança carregando caixas menores e das coisas mais delicadas, e percebeu, enquanto dava espaço para a última caixa de artesanato passar e ela poder fechar a porta atrás de si, o que poderia ser feito daquele lugar enquanto ele estivesse vazio.

No dia seguinte estavam todos lá, anunciando planos fantásticos para os fins de semana que teriam até que ele fosse fechado para ser alugado de novo. O apartamento estava completamente vazio, exceto por uma poltrona velha em um dos quartos, que ninguém quis levar, e uns armários de madeira montados havia muito tempo, desmontáveis só com muita dificuldade. Eduardo inquiria a possibilidade de tomar ácido lá, e claramente ocupou sua noite em traçar planos precisos, soltando um ou outro comentário ("a gente pode trazer tendas", "a gente pode gravar tudo") em momentos aleatórios ao longo da noite. João se perturbava ligeiramente pelo fato de o apartamento ter o mesmo modelo do seu, algo que se repete aqui e ali pelo Plano Piloto. A comparação que lhe ocorreu e que ele não disse em voz alta era que era como ver um membro de sua família travestido de alguma maneira formidável e meio perturbadora.

Chovia forte contra as janelas fechadas, destacando o apartamento vazio como se nada mais existisse.

Hoje havia bebida, apenas vodka e vinho, e somente Luísa não bebeu. Muita energia se gastou em decidir o que fazer, e nenhuma das várias atividades durava muito tempo (improvisar *rap* ironicamente, gato mia, tocar Legião Urbana ironicamente), como se preferissem a ideia de desempenhar todas aquelas coisas, bêbados em um apartamento vazio, às coisas em si.

Eram seis pessoas esparramadas de maneiras distintas ao redor da sala, apenas sutilmente reunidas. Eduardo começou um jogo de mímica cujas regras se desmontaram em cinco minutos, e que depois de um tempo abandonou qualquer divisão de times e limite de tempo, passou a consistir somente em associações livres e absurdas que chegassem da maneira mais esgarçada possível a um determinado ponto. Para fazer o "Ódio", de "Meu Ódio será sua herança", Antônio encenou Thor desferindo raios em vilarejos nórdicos, em seguida sugerindo o seu pai, Odin, num constrangido simulacro de cópula divina. Para fazer "Persona", Natália encenou diálogos mudos e imóveis entre pessoas de expressão terrivelmente séria, enquanto os espectadores do filme dormiam e roncavam. Para fazer "Avatar", Antônio montou uma cartunesca cirandinha de lobos subitamente interrompida pelos tiros de espingarda de um ciborgue de movimentos lentos, recarregando sua arma com estilosos gestos de uma só mão. Uma sugestão convolutamente indireta que por muito tempo ninguém entendeu, gerando crises de riso de incompreensão. Mas Paula acabou pegando a ideia. O "Jamaica Abaixo de Zero", de Luísa, não durou nem dez segundos, foi quase imediatamente sacado. Eles mesmos ficavam chocados com as associações que faziam, e com o fato de que eram eventualmente compreendidos. A quantidade de referências pequenas que eles dividiam era um troço assustador, tantos nomes e imagens que eles mal sabiam que conheciam, tantos pontos guardados de uma experiência comum.

Já bem tarde, depois que a chuva parou, João e Luísa observavam a Asa Norte terminar nos amplos espaços vazios que, de repente, não se organizavam de maneira nenhuma; os espaços de grama que se tornava marrom na luz dos postes até desaparecer na distância de poucos vultos, de poucos prédios discerníveis, tudo se reduzindo a alguns pontos vermelhos desordenados no escuro. A falta de qualquer força ordenadora.

– Eu tinha uma coisa muito maluca quando pequenininha, de achar que havia outra Luísa no mundo, igualzinha, que repetia tudo que eu fazia, que sabia tudo o que eu pensava. Uma pala meio amigo imaginário, só que do mal.

– Que doido! Tipo um *doppelganger*.

João estava falando muito mais alto do que seria razoável. Era o primeiro e o mais óbvio dos indicadores de ebriedade nele.

– Não exatamente. Eu era muito nova, não chegava a tipo imaginar a realidade material da coisa, era uma impressão meio distante. Do tipo outra Luísa existir por aí – ou só dentro da minha cabeça, mesmo – e repetir o que eu fazia e pensava, como se tivesse me ridicularizando, sei lá. Sabe, tipo aquela brincadeira chata para caramba de moleque de um ficar imitando o outro? Era como se ela repetisse tudo toda hora.

– Hm.

– E aí, quando descobri que existia a Asa Sul, descobri mais ou menos como funcionava o Plano, comecei a achar que se eu morava na 106 Norte, a outra Luísa devia morar na 106 Sul.

– Que massa!

– E comecei a ficar com medo de encontrar com ela, sempre que ia para a Asa Sul.

– ...

— O mais doido é que esse medinho se manteve por *mó* tempão. Muito depois d'eu já entender que aquilo tudo era doidice. Ainda ficava meio tensa quando ia para a Asa Sul, ao ver a mesma estrutura invertida, repetida.

João sorria infantilmente, com um pouco da língua entrevista entre os dentes. Parecia entreter na sua cabeça as possibilidades daquele medo, olhando para Luísa, como que orgulhoso da doidice original que ela já mantinha desde criança. Ele vivia destacando qualquer detalhe da personalidade dela que ele tinha como lindo e original contra o que considerava como sua absoluta falta de originalidade (o que ela sempre contestava). Luísa mantinha os olhos baixos no térreo, no pequeno jardim que enquadrava aquele bloco, com algumas partes peladas de barro úmido e volumoso, cercadas de tapetes quadrados de grama que deveriam ser colocados em breve.

Com os braços apoiados de forma incômoda na janela, que ainda insistia teimosamente na candidatura do Collor, João sentiu que lhe cabia quebrar o silêncio.

— Devia ter algo mais fantástico aqui, *né*.

— Como assim?

— O Plano Piloto termina aqui, tal, daqui em diante nada mais é organizado, não faz mais sentido. Devia ter alguma cerimônia, uma parada, e não essa decepção assim. Uns gramadinhos subindo e descendo feios para caralho.

Ele soltou em um fôlego só, como se já houvesse enunciado aquilo na sua cabeça antes. Ela sorriu.

— Você realmente espera alguma coisa de Brasília, *né*? É tão bonitinho. Fica se esforçando aí para, tipo, ter um significado. Você acha que eu não *tava* prestando atenção naquela vez na casa do Eduardo, mas eu lembro. Você bêbado, falando da paranoia de andar por aqui. Um lugar planejado e imposto no meio do nada! Há menos de cinquenta anos! Todo animadinho.

Ela falava com uma condescendência que julgava carinhosa. Que julgava descarregada de qualquer severidade pelo tom amoroso. Apoiava o queixo no final do ombro dele, onde o ombro dava lugar ao braço.

– Que toda árvore havia sido plantada, que tudo estava lá por um motivo, toda aquela natureza era intencional, que não era nem natureza de verdade.

Ela estava sorrindo, mas ele não.

– Minhas paranoias são muito bestas, eu sei, frouxas. Eu sei que é idiota.

– Não foi isso que eu quis dizer, eu achei bonitinho.

– Eu *tava* bêbado.

Não lhe era normal oferecer qualquer tipo de resistência, Luísa estranhou. Seu humor impecavelmente estável era frequentemente até motivo de graça entre eles. Que eles simplesmente não brigavam.

Ficaram mais um pouco na janela. Ela o esperou ceder por um minuto e depois decidiu se juntar aos outros, que haviam se acalmado em cansaço e ouviam desatentamente a Eduardo perorar aos seus próprios pés.

– O mecanismozinho que busca palavras-chave entre o que você escreve e mostra os anúncios que ele acha que você quer *tá* sempre ligado, saca? Inclusive enquanto você escreve seus *e-mails*. O que significa que um deprimido que fica escrevendo rascunhos de carta de suicídio no *e-mail* (e muita gente deve fazer isso, Natália adicionou rindo) eventualmente vai começar a encontrar propagandas de remédios para depressão, livros de autoajuda e tal.

– Discos do Elliott Smith.

Eduardo sentava em perninha de índio e observava a reação dos outros. Percebeu que estava praticamente falando sozinho, e estalou os dedos nas costelas e olhou em volta. Parecia prosseguir mentalmente com o assunto, apontando o progresso retórico nas suas mudanças bêbadas de expressão, para quem quisesse acompanhar.

Antônio estava deitado no chão, estirado, fez duas notas de um solo irônico de guitarra e cantou baixinho: *Eeeeeverybooody fooorever.*

Natália percebia que seria a hora de ela resgatar os ânimos, mas estava igualmente cansada. Sonolentas, ela e Paula dividiam um pequeno pufe laranja que haviam roubado de um festival de cinema dois anos atrás e que era tido como de uso geral, alternado entre diversos porta-malas e escondido de vez em quando em lugares inusitados, como o armário do banheiro dos pais de Antônio, que tirava agora o celular do bolso e verificava alguma coisa antes de devolvê-lo, a terceira vez em menos de cinco minutos. As duas no pufe conversavam algum assunto pequeno e macio, intercalado por longas pausas. Ambas tinham a mesma expressão intensamente séria, embora com elas isso não significasse nada em particular (a conversa sendo sobre um vídeo na internet onde lontras num zoológico se davam as mãos e rodavam lentamente na água). A bagunça necessária para sentar duas pessoas em um minipufe unia as duas em um único ser de contínuo cabelo bicolor e quatro pernas entrelaçadas, um evento que parecia reunir bem claramente as imaginações dos dois homens diante delas.

Foi apenas Luísa se levantar para que todos fizessem o mesmo.

A cidade revirada pela chuva, a cidade exposta e envergonhada. Refletindo a si mesma em poças espalhadas que deitam na rua um espelho falho e interrompido, guardada ali outra versão da cidade, entrevista em azul. Galhos de árvore quebrados no eixinho, pequenas correntezas e redemoinhos repassando o asfalto reluzente de seus remendos e arrumos malfeitos. Luísa se acomoda no frio agradável que vem depois, na calma que assenta toda a madrugada (ainda mais ao dirigir, ao passar marchas, uma distração que mantém tudo seguro no seu lugar). João se ocupa em ondular os dedos contra o vento, em observar a dança das sombras impressas em Luísa, que cortam de lá para cá repetidamente no ritmo dos postes, o mesmo durante todo o Eixão, o conforto de uma continuidade que se possa reconhecer e sustentar. Uma variação simples em amarelo até em casa. Bolas de luz duplicadas na rua, amontoadas na disposição contínua que o carro deveria seguir e realizar. Moedas do Mario.

Geralmente eles escutavam música no carro, mas nenhum dos dois quis ligar o som, temendo que significasse alguma presunção indesejável qualquer que o outro imediatamente reconheceria como clara e óbvia. Os dois eram cautelosos demais para que qualquer briga ou desentendimento se pronunciasse em qualquer nível escandaloso. Qualquer atrito ocorreria internamente, passado em minúsculos mecanismos, apenas minimamente sugerido. As poucas exceções eram as raríssimas crises de ciúme de João.

João já tinha sentido alguma espécie de tensão esquisita ainda no apartamento, ao observá-la olhando para si mesma no espelho do elevador; na expressão mais fixa e mais quieta do que o normal, atenta aos rabiscos sem sentido feitos a chave sobre a parede metálica, no ATLAS tornado ATLASADO que ela cutucou com o dedo numa seriedade incompreensível. Mas imaginava que aquele havia sido um desentendimento minúsculo, completamente ignorável. Nem conseguia mais lembrar por que aquilo – encerrar o assunto de um jeito grosseiro e virar as costas – havia feito sentido na hora, e havia se arrependido já segundos depois.

Mas, no primeiro semáforo em que pararam, onde geralmente ela se viraria com um beijo (mesmo que às vezes perfunctório), ela ficou completamente calada, as mãos caídas no colo segurando o volante com um dedo só, os ombros desabados.

E ela quase esquecia da presença dele ali no carro, naquela hora.

Diante de qualquer sinal quebrado daquele cuidado arranjo de sua vida que ela havia cortado e preparado provisoriamente, ela precisava admitir a fragilidade da coisa toda, a ingenuidade. Precisava sentar ao chão mais uma vez e avaliar todas as peças, fazer um novo sentido de todas aquelas partes mortas. Com o máximo de honestidade que conseguisse conjurar, determinando o máximo possível de falsidade.

Em todos esses momentos (e não eram tão raros), ela se fechava dentro de si mesma em movimentos cada vez mais graves, mais urgentes. Com cuidado, ela retirava de um armário aquilo que poderia pesar todo o resto em volta, aquele emaranhado certo de gravidade que paralisaria tudo, um ponto negro em volta do qual tudo orbitava em complicadas circunvoluções, um centro que ela não chegava a nomear diretamente, que progredia cada vez mais em camadas e camadas de recursão.

Era de tentar resolver tudo que lhe doesse e incomodasse – todo ponto do mundo que se recusasse a fazer sua parte e funcionar direitinho – em diversos e mal ajambrados clímaces sucessivos, um apocalipse pessoal de explosões encenadas e estruturas desfalecendo, uma psicomaquia escatológica que ganhasse as feições teatrais e cinematográficas de uma destruição definitiva. A ideia parecia ser que, se esse holocausto pessoal conseguisse de alguma forma atingir uma escala irreversível, algum tipo de renovação *necessariamente* se seguiria. Ela chegava perto, às vezes, de perceber a ingenuidade automática que espreitava por trás disso, o reflexo estético e arquetípico e pouco racional, meio martelinho no joelho. Mas ele continuava lá, e ainda parecia válido. Tudo que mostrasse a cara – qualquer afeição, qualquer ideia de bem, qualquer imagem segura e reconfortante – seria perseguido indefinidamente em resoluções que progrediam até alcançar o máximo de desesperança que ela conseguisse enunciar. Algo que parecia necessário, incontornável, mesmo sabendo que não traria nada próximo de satisfação. Que ela o dissesse. Era necessário enunciar tudo aquilo, afirmá-lo. Relatar a injustiça final que repousava em cada coisa, se você fosse atrás por um segundo.

O tom que perfazia tudo aquilo era sempre este, de preparar um relato a uma plateia indefinida. A única ponta que ela não conseguia soltar (talvez por não percebê-la inteiramente). Ela precisava passar por tudo, perpassar cada coisa num atropelo que afinal se imbricava em categorias próprias, perdia suas referências iniciais em tratos e níveis sobrepostos todos seus, como um vocabulário técnico desenvolvido e reservado aos iniciados. A dor vestida e também caminhada, a dor os corredores que ela teria que percorrer.

Por mais que a natureza do relato consistisse em algo inteiramente pessoal, interno, que não seria externalizado e nem queria ser, que precisava ser apenas dela, ela precisava manter aquele tom. De contar injustiças que não podem ser ignoradas, que não devem ser. Enumerá-las.

Como se algum tipo de retribuição estivesse em ordem no final das contas. Por mais que o relato consistisse exatamente na impossibilidade de qualquer justiça. Era como se isso também fosse apenas mais uma concessão, um item a mais a ser listado. Como se fosse invocado um Deus que lhe compensasse não só a Sua própria inexistência, mas também a sua coragem em admiti-la.

No carro, João tenta ganhar a sua atenção em vários gestos pequenos, sem sucesso. Decide descansar a mão sobre a perna dela e a mantém ali parada durante todo o trajeto. De tempos em tempos, quebra a vontade de fazer algum pequeno carinho com um enrijecimento das pernas e do outro braço.

E, no concerto final do relato, no seu movimento largo derradeiro que tenta ajuntar todas as partes com as mãos, coletá-las para si, ela enfim se preenche inesperadamente de pena (como se pensasse na terceira pessoa). Pela consideração de tudo que ela teria de bom que se perdia em tudo isso, que se sufocava naquele sustentado bulcão de fuligem, que saía reluzente de betume. A pessoa – de quem ela até gostava, afinal de contas, achava até bacaninha – que parecia desaparecer inteira ali.

E quem a observasse agora, como João fazia, não encontraria a expressão afiada de quem tem pena de si mesmo – aquele congresso constrito e amargo de pontas afiadas e instáveis – mas sim uma continuidade deslaçada, uma compaixão sustentada e simples, que poderia até sugerir serenidade, que ela conseguia inclusive manter de pé, que só foi esbarrar em algum obstáculo com a renovada insistência de João, agora impossível de ser ignorada, virado para ela com a mão na coxa, com o apelo preparado em suas sobrancelhas para que ela o aceitasse de alguma forma, para que ela se fizesse de novo.

– Que foi? Fala comigo!

O carro fez a curva para entrar na quadra, decorreu quase parando seu pequeno trajeto sinuoso já automático até o bloco dele, de curvas lentas que vão revolvendo devagarinho o plano de tantos troncos imóveis e fixos, e blocos massivos e simples. O carro parou incrivelmente torto, ocupando duas vagas perto de sua portaria.

Ela desligou o motor, o farol, tirou o cinto, pareceu pedir por um instante por uma coisa seguinte que ela pudesse fazer e, de repente, distorceu a sua cara em um puxão novo e inesperado, antes de explodir com o barulho engasgado que o explicasse.

Ele demorou alguns poucos segundos, pelo choque (nunca a havia visto chorar assim antes), a se esticar até ela e abraçá-la, a estabelecer os dois troncos retorcidos para que se encontrassem na metade entre os dois bancos, meio obstruído pela marcha. Ele descansou a cabeça no cabelo dela e a segurou em silêncio por um bom tempo, esperando o fim da série perfeitamente renovada de engasgos cujo pequeno ritmo ele precisava reconhecer. Ela finalmente parou, conteve-se com a base das mãos apertando fundo contra seus olhos, até doer, até causar pontos pretos, respirando fundo. O processo tomou algum tempo, e ele esperou pacientemente até ela abrir de novo os olhos e considerá-lo novamente, voltando de onde estava.

Quando ela o fez, com a cara mais séria que ele já viu na vida, ele se sentiu envergonhado por mais coisas do que conseguiu calcular, envergonhado da sua capacidade de empatia, que se revelava agora tão pequena, tão pouco concentrada, queria imediatamente arranjar fantásticas e complicadas maneiras de pedir desculpas, maneiras que envolvessem o máximo de sacrifício possível.

— Desculpa, João. Não tem a ver com você, sabe — é complicado.

Ele concordou com a cabeça, atento. Realmente não tinha nada a ver com ele, esse tanto ele sabia. Ele juntou as mãos e abaixou a cabeça, como se esperasse uma explicação. Ela mordia o lábio inferior diversas vezes, lindamente. Mesmo no escuro ele conseguia vê-lo perder a cor e readquiri-la em seguida, sempre rápido demais.

— Desculpa, eu sei que deve ser um saco para você, lidar com minhas chatices. Minha cabeça não é um lugar tão legal para se morar.

— Não, de jeito nenhum, caramba, *né*. De jeito nenhum.

Ele foi muito insistente, beijando suas têmporas ainda meio molhadas, a continuação da linha imaginária afinada pelo fim de seus olhos, por vezes quase orientais.

— É o meu trabalho, mina.

Os dois riram, decidindo naquela posição por um tempo. Aquilo parecia se resolver daquele jeito, então. Ainda que nada tivesse se esclarecido, alguma forma de consolo havia sido satisfeita e precisava agora ser mantida. O carro estava desligado, escuro exceto por um horário irrelevante, e os dois estavam abraçados virados para lados opostos do estacionamento.

Cada um com sua oferta modesta de luz amarela sobre cimento, e poças-d'água, e folhagem escura.

Depois de uma despedida arrastada que nenhum dos dois queria assumir como sua, ela fez sua volta lenta e silenciosa para casa, desconcentrada em vários pensamentos inconsequentes e pequenos que, àquela hora, pareciam inteiramente insolúveis. Parou o carro na garagem e observou com perplexidade pela décima vez o que os vizinhos guardavam lá, estantes sadias e montadas, vazias, esqueletos de bicicletas, uma pia descolada e deitada, estúpida. Parecia haver um peso inapreensível em tudo aquilo, que ela queria assumir e não conseguia. Não era fácil, no final das contas, se movimentar entre as coisas. Tentou assobiar ao mesmo tempo as duas melodias de música clássica que tocavam no rádio logo agora. Subiu com passos tortos a escada do prédio, demorou a conseguir encaixar a chave no escuro. Não era fácil. Encontrou o irmão jogando *video game* no quarto, inesperadamente acordado. Ela se sentiu enormemente grata, já sentindo seu humor esbarrando na calma daquele quarto, tornando-se já impossível, e sentou ao lado dele, voltando a atenção para a tela, tirando os sapatos e unindo as pernas horizontalmente na cama, deitando a cabeça perto dele.

– Funcionou direitinho, então?

– Claro, ué! A ligação é antiga, mas não é tão antiga assim, deu tranquilo.

Luísa concordou com a cabeça.

– Esse jogo não é antigão? Eu lembro dele, acho.

– É sim, você o jogou umas vezes comigo, que eu insistia.

– Ah, verdade! Deus, isso tem tipo dez anos.

– Até mais. Desenterrei como parte do meu projeto, *né*, eu te falei.

Ele sorriu, já antecipando que ela não lembraria.

– Jogar os jogos da minha formação. Zerar todos de novo, os mais importantes. Tem tempo já isso, você que não presta atenção.

O controle, de um cinza macio e apagado, ele segurava com uma naturalidade solta, manipulando os botões com toques leves e sutis, deitado na cama em uma posição que tinha que ser desconfortável, de pernas contorcidas. Não havia nenhuma tensão imediata na tela, uma mão carregava uma pistola em primeira pessoa através de um caminho de neve. Devagar demais, indo para um lado que obviamente não daria em nada e correndo em seguida contra uma parede invisível que o impedia de chegar a uma floresta bidimensional de baixa resolução, naquele mundo de três esforçadas dimensões. A perspectiva na tela perscrutava o cenário diligentemente sem nenhum propósito muito claro, atirando no ar às vezes com o mesmo som idêntico se repetindo. Ele, de alguma forma, não parecia entediado, parecia inclusive sério, com a atenção desenrolando algo.

— O que você tem que fazer?

— No momento, nada.

Ela esperou uma explicação, que não veio. Ela não mais perguntava adiante esse tipo de coisa, às vezes temia que parecesse velha demais, ou burra demais.

— Ah, então você vai jogar aquele do Mario de novo, *né*?

— O desse aqui eu já joguei, no computador. Mas você *tá* falando o do super Nintendo, *né*?

— O do Yoshi.

— Vou, sim. Eu chamo você para ver.

— Pois é, lembra? Lembra que eu assistia você zerar, e torcia?

Ele sorriu como resposta, sem olhar para a ela. Um sorriso torto de quem parece distraído demais para puxar os músculos certos, um sorriso de robôs e animais, e que em outra pessoa Luísa imaginaria forçado ou acidental, mas que no irmão ela sabia ser genuíno.

Uma vez, já havia encontrado no computador que eles dividiam um texto longo e truncado, muito mal escrito, claramente não terminado, sobre a definição de uma filosofia do *video game*. Absolutamente incompreensível. Em uma pasta semiescondida onde ela achou, com um frio na espinha, que encontraria pornografia. Houve uma época que ele mais lia sobre jogos do que propriamente jogava.

Luísa imaginava se aquilo não informaria seu modo de proceder de alguma maneira que ela não compreendia. Ela nunca conheceu alguém com uma certeza maior da retidão final dos seus procedimentos todos, uma segurança, ainda que isso não fosse imediatamente claro para quase ninguém. Bernardo era todo deliberado, nada nele parecia acidental. Ele conseguiria modelar-se a partir de um padrão qualquer de normalidade se quisesse – ela acreditava hoje – sem maiores dificuldades; ele tinha uma inteligência expressiva de coletar frases de lugar-comum e imitar gente de todos os tipos, mas insistia na necessidade de absorver tudo da maneira que entendesse correta, de nunca aceitar um relato de segunda mão quando poderia fundar o seu. E por isso esse estranhamento, essa forma sempre renovada de se carregar adiante, sempre provisória e revisada. Ele sentia que era o único a entender o mundo, a entender a simplicidade única das coisas, a simplicidade inexplicável que repousava em tudo, evidente, que ele tentava explicar à sua mãe e sua irmã em engasgos repetitivos e óbvios.

Já devia ter percebido que sua infinita sabedoria não era de imediata utilidade para ninguém, mas não duvidava de que estava certo, de que tinha alguma coisa nas mãos. Ela voltou a atenção para a tela, tentando entender o que ele estava fazendo. Prestando atenção em alguma ordem que se formasse quando ela estivesse enredada o bastante, uma forma para acomodar aqueles movimentos, alguma continuidade simples que eles pudessem enfim partilhar.

Sábado, 4 de julho de 2009

* * *

Eu jantava na Dom Bosco sozinho e *tava* razoavelmente cheio, como sempre está no fim indeciso de tarde. Gente acumulada em pé em volta do balcão e conversando. Muita gente saindo da missa da igrejinha, do trabalho, para pegar os filhos na escola, funções claras se reproduzindo. Eu observava as pessoas em volta, invariavelmente feias e intensamente preocupadas com o estacionar de seus carros, com coisas inapreensíveis. Imagino que meu queixo estivesse sujo e me fazendo parecer um idiota, junto da cara séria involuntária que sei que minhas sobrancelhas vivem me conferindo sem minha permissão.

Ao meu lado, um pai jantava junto da filha pequena com roupa de balé, que parecia indignada com o risco de se sujar e buscava o apoio silencioso de estranhos, que eu e um senhor negro barbudo igualmente concedemos. O pai conversava sobre o atual governo com o velho, dono do lugar, no caixa, que concordava de forma pouco específica com assertivas já bem pouco específicas. Os dois decididamente contra o Mensalão em todas as suas formas, contra tudo que está aí, o que determinavam em bafejadas de cinismo descrente. Um dos atendentes sempre me confundia com algum vascaíno, perguntando o resultado de algum jogo (que eu acabava informando, já que eu sabia mesmo, fingindo me importar, embora parecesse estranhamente desonesto deixar que ele continuasse achando aquilo). O moleque de rua para quem havia prometido meu troco me observava, suponho meio desapontado com cada fatia nova que eu pedia. Conversava-se curto, a maioria das atenções se dirigia às *pizzas*, a evitar que os dedos se sujassem, a manipular mandíbulas para apanhar uma fatia com a ponta pendendo de excesso de molho.

Um carro parou em fila dupla logo abaixo, e dele desceu um casal jovem e meio, sei lá, alternativo. Ela estava um pouquinho acima do peso e tinha os cabelos pintados de um vermelho-escuro, ele tinha um cabelo desarrumado e barba por fazer, camisa de alguma banda que me senti orgulhoso de não reconhecer. Eles bateram a porta com uma pose carregada, estranha, pouco natural.

– Não me toca, Marcos!
– Luciana, para!
– Eu já falei, Marcos, eu te avisei.
– Não foi assim, Luciana!
– Eu não sou vagabunda para aturar isso não. Não sou não.

Talvez pela distração parecer tão oportuna, conjurada como que naturalmente diante de tantas refeições desatentas, todo mundo observava a briga diretamente, mastigando, sem fingir que não escutava e entendia tudo. Eles tinham aquele tom carregado de atuação que você vê em toda novela, em todo teatro.

Eu lembrei o que o Eduardo havia me contado. O roteiro parecia tão previsível quanto deveria ser. Eu logo forcei um sorriso. Terminei minha fatia e pedi outra sem tirar os olhos dos dois, esperando que a cena se desenvolvesse em algum clímax reconhecível. Era uma discussão repetitiva, como essas discussões costumam ser, sobre alguma possível (e provável, pelo filete de barbinha que contornava sua cara) traição dele. Divertida, suponho, mas que não se alçava a nenhuma cena quase pateticamente arquetípica de filme de relacionamentos que pudéssemos prever. Por alguns minutos apenas se sustentou ela afirmando e ele negando uns mesmos fatos soltos de contexto inexplicado e óbvio.

Mas eram tão afetados, que não me resignei, continuei imaginando que alguma palavra-chave logo emergiria, algum desígnio mais forte. Eles carregavam, fediam a significado barato. Olhei em volta, tentando ver se reconhecia mais alguém que eu pudesse talvez identificar como o próximo ator a se juntar à cena, algum moleque que chegasse de longe com uma declaração de intenções exagerada. Antecipando a mesma sensação que tinha quando moleque ao perceber qual janela o Popeye quebraria com um soco antes de ele fazê-lo, pela cor distinta que ela teria, mais clara que as outras. Impressionando minha *vó*, que imaginava que eu já devia ter visto o desenho antes.

Mas tudo o que aconteceu foi a menina desistindo finalmente dos argumentos dele e entrando na quadra sozinha a pé, talvez indo para casa, sumindo na escuridão com ele atrás seguindo por um tempo e desistindo um pouco depois, voltando para o carro, tranquilo e evitando seu público, como se o desespero fingido de um minuto antes fosse por algum tipo engraçado de educação.

Eu estava errado, mas foi um erro compreensível. Eles realmente ainda pareciam dentro de uma cena.

O momento insistiu ainda por um instante tolo, suspenso e incerto, exclamado sem muita elegância por um risco de fumaça e nuvem no céu que desaparecia devagarinho, feito por algum avião que eu nem havia percebido. Percebi que a ausência leve sentida esse tempo todo na cena, sem conseguir situar, era de uma árvore gigantesca e formidável, uma floresta individual de raízes e cipós pendentes e lamuriosos que havia anos ficava do lado da escola de balé, e que do nada havia desaparecido. Seu tronco complicado e cortado estabelecia um chão enorme que eu só percebia agora, assentado horizontalmente. A quadra cheia e barulhenta, as árvores amputadas – até o céu –, tudo tão pesado de tentativas de organização, de escultores e criadores escondidos, de basiliscos constritores e narrativas exaltadas. Nessa hora eu tive um momento meio esquisito que às vezes tenho, geralmente bêbado ou doidão. De os olhos piscarem e de repente o mundo ganhar uma segunda impressão subterrânea, espreitando por trás da manifesta e aparente. A experimentar uma recursão estranha, como se tudo fosse um perfeito mapa de si mesmo, referente de *outra* presença qualquer, mais concentrada, a qual a gente não tem acesso.

Eu não sabia, constrangido, o que fazer daquela bagunça, até que um grupo de pombos até então desordenado na calçada e no teto da comercial juntou-se imediatamente em um único movimento em direção à igrejinha, os componentes todos de um único puxão. Ainda outra ordem ali, até então escondida, que eu pudesse observar.

Minhas moedas para o moleque, saí de lá a pé.

Frequentemente, quando chegava mais tarde em casa, Luísa encontrava o computador ainda ligado, deixado pelo irmão, provavelmente por algum *download* ainda mantido em algum programa que ela nem conseguia encontrar. Ela gostava de perscrutar o que ele havia deixado aberto, e de pensar que ele podia ter deixado aquilo tudo para ela ver, ainda que poucas coisas coincidissem com seu interesse. No momento, havia um vídeo de um polvo mudando de cor para enganar um caranguejo, um vídeo lento e mudo tocando junto do João Gilberto que ela havia colocado, todo elegante. Uma reportagem (que ela nem entendeu muito bem) sobre uma instalação na Bienal de Veneza envolvendo diversas câmeras e sensores de movimento que criavam avatares de todo mundo que passava, e reproduzia interações fantasmas entravadas entre pessoas desencontradas temporal e espacialmente. A jornalista tampouco parecia entender muito bem como a coisa se dava, a explicação não fazia sentido.

Luísa piscava os olhos, lendo aquilo, enrolada em si mesma, guardada na cadeira, rindo do mundo que se levantava daquele jeito específico naquele momento específico, os pontos coloridos ordenados ali na tela. Também as "esculturas cinéticas" de um doido holandês, que ele insistia em chamar de formas de vida, exoesqueletos gigantes de um único material branco, complicadamente progredindo sobre uma praia, movidos pelo vento, parecendo plenamente capazes de devorar pequenas cidades. Também um vídeo editado com apenas as cenas mais dramáticas do Nicolas Cage em algum filme, incoerentes e descontextualizadas, involuntariamente engraçadas. A tela do computador mal iluminando apenas os arredores imediatos com uma luz fria e azulada, uma pequena ilha determinada contra o escuro desfeito, um representante tão pequeno e modesto das tão maiores redes cujo funcionamento ela nem chegava perto de começar a entender.

O irmão usava tanto o computador, que Luísa não conseguia evitar uma impressão confusa de senti-lo sempre ali, com sua presença de alguma forma configurada nos arquivos, no fundo de tela (no momento, de algum desenho animado japonês que ela não conhecia), nos nomes das pastas. Muito do que ela havia apreendido da vida do seu irmão nos últimos dois anos havia se passado assim, dela tentando reaver alguma coisa do computador, achar alguma pecinha de informação lá dentro que lhe entregasse alguma coisa, nos arquivos baixados, nos textos que ela achava escondidos de vez em quando. Ela se lembra de uma vez, mais de um ano atrás, quando ia digitar alguma pesquisa no Google, de como, ao digitar a letra "Q", lhe foi oferecida uma lista de pesquisas prévias daquele computador, de "*quicktime download*", "*quidditas*", "*quirkyness*", "*quem te viu quem te vê letra*" e, finalmente: "*que é quando a gente perde que as coisas se mostram com algum sentido, e a gente se constrói então*".

Luísa parou, a princípio confusa, só depois entendendo direito. Que havia sido o seu irmão, que não haveria outra explicação possível. Que ele, com tipo quatorze anos, havia pesquisado aquilo no Google em busca de alguma espécie indeterminada de consolo, ou de confirmação. Talvez para reforçar as pequenas explicações e discursos que ele entregava na época, ela lembrava, que ele insistia em entregar, confuso, constrangido, segurando as mãos da mãe e da irmã. Ele transmitia tanta segurança, tanto equilíbrio, que Luísa acabava por se preocupar pouquíssimo com ele, achando que ele estava aguentando bem (até bem *demais*). Ela havia sido ingênua o bastante para cair no que – ela percebeu na hora – devia ser um tremendo de um fingimento.

E ela fez a pesquisa, na época, repetiu o mesmo comando que ele havia feito, e recebeu apenas bobagens. Um conto amador e romântico ridículo, passado na Itália, um texto sobre "Linguagem e Realidade em Autran Dourado", e um *blog* todo metido à besta, pretensioso e vazio, falando sobre nada que pudesse importar. O irmão esperando alguma coisa, alguma resposta daquele gesto meio desesperado, e recebendo daquele robô imbecil aqueles pontos opacos, mortos, aquelas pedras para mastigar.

Luísa se abaixou e apanhou sua bolsa deitada, esparramada no chão, recolheu de dentro um maço de cigarros e foi à cozinha achar fósforos. Outra coisa que ninguém sabia é que ela fumava. Muito pouco, contida pela regra mais ou menos arbitrária e autoimposta de no máximo dois cigarros por dia (e geralmente nem isso). O fato de que ninguém havia descoberto, depois de quase dois anos do hábito razoavelmente estável, era mais um testamento da desatenção da sua família do que da habilidade de Luísa em escondê-lo. Ela apenas o fazia quando não havia ninguém em casa, ou quando todos estariam dormindo. Pegava o cinzeiro metálico prateado de enfeite que ficava na sala e fazia todo um negócio, dava toda uma graça àquilo. Lia alguma coisa enquanto fumava, ou ouvia música. Importava principalmente naquela reunião de si mesma, de todas as suas extensões esparramadas, seus fiapos ajuntados e acumulados ali naquilo de tão quietamente tragar fumaça, e observar o cigarro se desfazendo em cinzas, a linha fina laranja progredindo, os arabescos acinzentados se misturado rapidamente ao ar, e desaparecendo. Tentar apanhar os minúsculos flocos de cinza que se pegavam à sua roupa, à poltrona, e conseguir apenas manchar a ponta dos dedos. Um momento que tinha um sentido pronto, uma estrutura na qual ela pudesse se acomodar, um momento sobre o qual se teria bem poucas dúvidas. Ela se sentia de uma presença como que mais concentrada, mais reunida, pronta para receber qualquer forma significativa, ou para apenas fechar os olhos e pensar em nada.

A última das janelas chamava NEW FOREVER, um site que aparentemente apenas indexava imagens, encadeadas ao longo de algumas várias páginas, sem nenhum título ou explicação dos seus possíveis sentidos ou proveniências, quase nada escrito. Nem tampouco era claro de quem era o site, o seu nome ou idade ou país de origem. Um eito caudaloso acumulado e incompreensível; monstros absurdos e peludos de algum jogo japonês, renderizados de gráficos já meio antiquados, geometrizados demais; uma foto p&b de crianças havaianas assustadas segurando placas de HAPPY 1904; uma cidade tropical destruída, vista a partir de uma janela de trem; um filhote de gorila sorrindo um sorriso estranhamente humano; uma imagem embaçada e glitchada de um rosto feminino pesadamente maquiado chorando. A única denominação abrangente o bastante para incluir todas essas imagens seria de "interessante", Luísa pensou. Não eram exatamente bonitas, ao menos não diretamente, não de uma mesma maneira. Elas não guardavam nenhuma semelhança temática real, não se orientavam. Todas elas interessavam, de um jeito rasteiro, e só. Luísa sempre via graça no fato de chamarem tudo de informação. O fato de as imagens estarem todas listadas naquela estrutura de informação parecia pressupor alguma organização, algum sentido, mas nenhuma ordem se arregimentava. Apenas guardavam potências estéticas imediatas e rasas, engasgadas. E ainda assim, ainda esse encaixe de todas "interessarem" parecia meio alargado demais. Nenhuma daquelas imagens parecia nem significar muita coisa, justapostas daquele jeito. Elas pareciam perder quase tudo, tentando articular um mesmo nível distante e impossível de se apreender. Eram como música.

 Ela demorou alguns segundos até reajustar os olhos, tão tarde da noite, com os compartimentos da sua cabeça tão puídos e porosos. O mundo parecia insistir repetidamente para ela há muito tempo que nenhuma dessas várias imagens pode importar de nenhuma maneira real, que imagens nunca carregam nada de definitivo. Que são apenas umas coisas que acontecem aí, combinações engraçadinhas de materiais, manipulações de dados, de zeros e uns. O mundo feito todo circunstância, todo interface imediata, pecinhas a se reproduzirem sem muita consequência. Parecia-lhe se seguir disso que nada que você pensasse poderia ter nenhuma importância final, tampouco. Seriam apenas também umas coisas aparecidas e acontecidas, inconsequentes, que não participam nunca de nada muito extraordinário, apenas o rastro de um rastro de um rastro. Que nem parecem se seguir umas das outras, se suceder, que parecem apenas se acumular.

Algo de muito específico se levantou dentro dela, que ela não conseguiu nomear, uma preocupação de contrair sobrancelhas e querer reclamar algo para alguém, tornar algo claro. Ela não sabia direito do que estava falando, tentava determinar a sua posição fixamente e não conseguia, tudo escapando na sua cabeça, incerto e tremido, tendo que ter seus nomes redefinidos e retraçados. E o mais engraçado era que cada um desses elementos isolados e desconectados, essas imagens no computador, esses pontos sempre presentes, lhe comunicavam principalmente uma inocência. Olhou para o lado para o corredor diante dela, escuro, as linhas afirmadas do apartamento sumindo ali em indecisão, o taco de madeira do chão reluzindo a pouca luz. Como se o que resultasse afinal fosse um acúmulo empilhado de inocências que não se comunicam entre si, não se relacionam.

Ela não tem a menor ideia do que quer dizer com nada disso, se é que alguma coisa.

O móvel de madeira do computador tão pequeno, desataviado, tão declarado na sua modesta vontade de guardar teclado e impressora. Ela termina o cigarro e o apaga com força, deixando-o empinado no cinzeiro por um segundo, até que ele caia. Sua garganta range quase involuntariamente, da fumaça e de alguma sede. Contas e informes publicitários empilhados no computador, tampas de *Tupperware* que não se prestam a nada, um copo de requeijão com o resto espesso de Nescau se endurecendo como um arrependimento. O computador terminando seu suicídio, lentamente, o som da ventilação caindo e a tela entregando agora a cara dela espelhada, pequena, seu cabelo gigantesco e olhos fundos de olheiras, uma expressão acuada infantil. Ela se reuniu toda na cadeira, guardou os olhos contra um joelho dobrado, enclavinhou os dedos na retenção do outro e tentou não pensar em nada. Na sua cabeça um dedo pequeno e insuficiente tentando conter uma pressão já acumulada, já entupida, conseguindo segurar por um tempo ridículo até que percebesse, num traço infinitamente familiar, que em alguma parte dela estava esse tempo todo já comentando o processo, uma parte dela já pesava tudo com um segundo movimento, um atraso infinitamente ecoado, ela mesma repetida. Que não havia divisórias significativas ali dentro, que tudo se confundia numa progressão infinitamente recursiva e inválida, uma fractal falha e engastada tentando se reproduzir, e que os trabalhos não só já tinham começado como nunca haviam sido, de fato, interrompidos.

O quarto de Antônio é apertado, dividido principalmente entre uma cama estreita e o móvel de madeira clara do computador, que também serve de estante para alguns livros, clássicos de bolso amarelos da *Penguin* e alguns livros técnicos. Os quadrinhos, que são bem mais numerosos do que os livros, ficam dentro do armário, nas gavetas reservadas aos tênis que Antônio não tem muitos. João senta na cama dele assim que entra, como sempre faz, e Antônio senta na cadeira de escritório de um verde-escuro esmaecido, os dois diante do computador.

Ali no quarto eles sempre interagem assim, vendo coisas na internet ou jogando algum jogo, uma interação já perfeitamente natural e confortável. João se perfilou rapidinho e subiu os óculos com o indicador, como sempre fazia, depôs os braços nas pernas, indistintamente confortável e indistintamente suspeito desse conforto. A camiseta com a logomarca azul levemente apagada da SEGA lhe cabia direitinho, e lhe dava um enorme senso de proporção e adequação corporal que ele não entendia direito de onde vinha, sem nunca conseguir relacioná-lo com a camiseta. Ela havia sido comprada por Antônio numa viagem aos Estados Unidos anos atrás, num impulso. Nunca lhe coube tão bem, e não era muito usada desde que Antônio havia estabelecido (num grau indeterminado de seriedade) que ele era um homem assim mais Nintendo. João um dia anunciou que iria furtá-la e não ouviu reclamação.

Antônio cutucou o *mouse* de leve antes de se sentar, e a tela se acendeu em uma imagem congelada de um vídeo em *streaming*.

– São uns moleques de quinze anos tocando Nirvana. Neguinho toca mal pra caralho, é lindo.

– Você não cansa dessas coisas, não?

– Não. Você se cansa porque não tem coração.

Em cima da mesa e da estante e por todos os cantos se acumulavam inúmeros restos desimportantes, carcaças diversas de matéria morta. Dois celulares antigos e mortos, baterias e pilhas desusadas, caixas e manuais de aparelhos já descartados (alguns já sumidos), pilhas de papéis da universidade, diversas notas fiscais, extratos bancários, ingressos de cinema. Boa parte deles rabiscada com algum desenho nas bordas, pequenos animais absurdos, pequenos homens gordos tocando bandolim. Imposições repetitivas e meio cansadas de graça que Antônio fazia quase inconscientemente enquanto o computador ligava ou carregava alguma coisa. Suas mãos inquietas punham-se a preencher os espaços vazios nos cantos dos papéis, às vezes sem que ele acompanhasse com os olhos. João discretamente apanhou umas três folhas para procurá-los.

Antônio operava quatro janelas ao mesmo tempo com coisas perfeitamente distintas, caçando algo específico. Acaba por verificar rapidamente uma ou outra coisa no caminho, alguma notícia pequena e desimportante, satisfação de curiosidades minúsculas imediatamente acesas e apagadas, que quase não chegam a ser compreensivelmente enunciadas na cabeça.

Com algum ânimo, ele recuperava agora de uma série intrincada de ligações uma série de vídeos para mostrar para João. Todos de um mesmo moleque do interior de Goiás, um caipira messiânico que se chamava "A Sentinela Universal". Aquilo havia ocupado boa parte de sua manhã. De uns vinte e poucos anos, sem camisa em todas as ocasiões, a sentinela explicava o *mundo* em vídeos e no seu *blog*, que insistia em chamar de "livro"; explicava sua progressivamente complicada filosofia pessoal de corpo e espírito, demonstrada em vídeos caseiros incríveis (em uma direção oposta à que ele pretendia) de sequências de socos e chutes.

– Com muito pouco esse cara vira um mini-Antônio Conselheiro, velho.

João concordou, devidamente impressionado. Uma antena quebrada pegando reverberações aleatórias e ecos soltos para formar uma cosmovisão peculiar e desajeitada, um acúmulo de esoterismos vários e filmes dublados do *Highlander* de madrugada. Parecia perfeitamente sério e até bem condescendente nos vídeos, explicando em um tom calmo e natural como ele reunia suas energias para causar o caos nas pessoas, como ninguém entendia a natureza simples das coisas, fazendo referências pouco coerentes a Sun Tzu e ao Exterminador do Futuro, a uma espécie indeterminada de "terrorismo".

– *Tá* vendo o jeito que ele fala?

– Hm.

– Com o que isso se parece, *véi*?

João se concentrou visivelmente, inclusive com dedos aprestados no queixo, mas não conseguiu nada. Antônio olhava atentamente para ele.

– Ele fala como se fosse dublado. *Tá* vendo?

– Caralho, é mesmo.

– Esse jeito de, tipo, rodear em volta das palavras, *tá* ligado? Encurtar e demorar umas sílabas sem muito sentido.

– É mesmo, *véi*.

Esse rapaz novinho, de rosto marcado de acne, de cabelo levemente encrespado terrivelmente longo, amarrado em rabo de cavalo, ele empregava o tom mais solene que conhecia. Antônio já havia dissecado mais da metade de sua longa lista de vídeos postados, além de boa parte do *blog* e de um perfil pessoal, e já havia compilado algumas teorias para explicá-lo, passando por umas fotos estranhas que ele tinha com a mãe em um dos álbuns e com alguns tiques faciais que poderiam indicar efeitos colaterais de algum tipo de medicamento. Falou sem muita eloquência da capacidade brasileira de se apropriar de tantas influências de maneiras superficiais e particulares, a *bricolage* (que ele pronunciava brasileiramente, e rindo para não parecer pretensioso demais) que resultava em misturas confusas e contraditórias, monstrengos estranhamente originais. Mas não era aquilo que realmente o interessava, João sabia. Não era o possível interesse antropológico amador da coisa, as conclusões maiores, óbvias e provavelmente enganadas que se espremiam dali sem nenhum esforço, que pingavam. Antônio se demorava mesmo era nos detalhes patéticos, os pequenos traços humanos que lhe eram quase insuportáveis. Em como o rapaz, em um de seus vídeos expositivos, demorava quase um minuto para posicionar a câmera digital em cima da estante, e terminava com ela de lado, mal enquadrando tortamente sua cabeça e uma estante de madeira preenchida toda de pastas coloridas de plástico. Na sua insegurança ao cair de uma de suas fracas voadoras malsucedidas e olhar para a câmera, desalentado, explicando a seguir que era porque com aquela calça não dava.

— Ainda visita aquele — como que é? Contra a violência ponto org?

— É, é. De vez em quando. Já encheu um pouco o saco, é repetitivo, tal. Mas eu me sinto meio mal quando fico muito tempo sem ler as atualizações, *tá* ligado? O mundo não para. Ele fica sendo bonito e eu tenho que ver essas porras todas.

João concordou com a cabeça, seus lábios ligeiramente enfezados.

— Eu não tenho saco. É engraçado, e tal, mas sei lá.

— É gente de verdade, *véi*. Gente de verdade, por mais que não pareça. Um indiano que pega um fórum sobre história em quadrinho para falar sobre a mulher dele deprimida e ele não sabe o que fazer. A sério, achando que algum daqueles adolescentes americanos vai ajudá-lo.

João assentiu atrasado com a cabeça, concedendo parcialmente o que o amigo insistia. Antônio postava as descobertas mais *relevantes* de vez em quando em um *blog* já de dois anos de idade, com endereço conhecido apenas por amigos próximos e comentado por quase ninguém além dele mesmo. Ele parecia ter uma diligência estranha diante daquilo, de uma força desproporcional. Algo que os amigos reconheciam com frequência, alternadamente achando graça e se assustando um pouco, achando preocupante. Ele sabia que era esquisitinho, e parecia às vezes ligeiramente envergonhado ao apresentar suas descobertas para os outros. O que não o impedia de fazê-lo, de continuar. Uma necessidade de estar alerta para todos aqueles acontecimentos, de catalogá-los e reportá-los mais tarde de alguma forma. Apenas porque sentia que devia fazer alguma coisa sobre aquilo, sentia-se melhor desempenhando qualquer espécie de ato, ainda que insignificante, diante do que lhe parecia *tanta* beleza desnecessária, involuntária, que rebentava e sobejava desgovernada.

João devolve as folhas que tinha apanhado e olha mais uma vez para a tela, para o vídeo terminado no meio de uma voadora baixa e desajeitada que cortava a tela e atravessava o jardim malcuidado da Sentinela Universal. Algum pedaço genericamente desolador no interior de Goiás, com um muro cru de cacos de vidro apinhados por cima e entulhos amontoados entre a folhagem esparsa.

– Já viu o negócio que o Eduardo fez? É um pouco essa sua pala.

– O quê?

– Um *blog* aí do moleque, com pseudônimo, a Luísa que me mostrou. O bicho, meses atrás, teve uma pala de pegar outro *blog* de um maluco curitibano intensamente retardado – assim inacreditável – e analisar os textinhos como se fossem bons, irônicos, geniais e supereruditos e fizessem referências veladas a tal elegia de Duíno, a tal carta do William James para não sei quem. A ideia soa besta, mas o absurdo é que o bicho consegue tornar mais ou menos coerente, convincente, tal. A graça é, tipo, o bicho se desdobrando para fazer um negócio muito raso e besta parecer que significa muita coisa.

– Massa, massa.

Antônio continuava operando outras janelas enquanto conversavam, aparentemente considerando mostrar outras coisas para o amigo e desistindo em progressões perceptíveis. João podia vê-los apenas por poucos segundos, amontoados em sucessões confusas. Um vídeo em que se sucediam lentamente as fotos de lua de mel de um casal indiano acima do peso, a trilha sonora de uma versão irrastreável de *Against All Odds* em violão e voz. Um rapaz pernambucano explicando em sete minutos e cinquenta e oito segundos por que ele seria para qualquer garota um namorado ideal. Um bombeiro de Minas que gravava músicas dançantes e ritmicamente problemáticas sobre ecologia e paz mundial.

João continuou a falar sem desviar o olhar da tela.

– Aliás, é estranho o *blog* do moleque – o do Eduardo mesmo – como levanta dali uma pessoa muito parecida com a que você vê na vida real, conversando com ele e tudo. Não só pela pose toda dele, e tal, mas aquela pala dele meio esquisitinha e amarga.

– Sei.

— E que, tipo, o *blog* e os perfis dele e todas essas coisas parecem ser uma versão mais concentrada dele do que, tipo, *ele mesmo*, em pessoa.

— Quando penso nele, hoje em dia, penso bem mais nessas extensões aí, nesses perfis e coisas, do que nele mesmo. Bem mais no jeito dele escrever no MSN do que no de falar pessoalmente.

Um rapaz desesperadamente bêbado em uma delegacia do interior de Pernambuco tentava, com inesperada e cândida eloquência, explicar exatamente por que acreditava ter toda razão em quebrar a cara de um policial abusado. Antônio também falava sem tirar os olhos da tela.

— É uma coisa só, *né*. Eu leio muito *blog*, muito mais do que deveria — de gente desinteressante para caralho que nem conheço — seriamente desinteressante — e é muito que o negócio todo inspira neguinho a forçar um personagem ali. De um jeito simples, dolorosamente óbvio, assim. A coisa vira um teatrinho ridículo. Assim, tudo vira teatrinho ridículo, mas essas coisas ainda mais. O formato *mó* favorece.

— ...

— Neguinho é *viado*, também, *né*, também tem isso.

— É.

— E o bicho é *de circunstâncias*, *né*.

— É, é.

Antônio estalava os dedos e pensava em alguma coisa que não falaria em voz alta. Ele estava com a mesma roupa havia vinte e seis horas e tinha um cheiro bastante parecido com o do estofado de seu carro.

No *e-mail* dele, havia chegado de um amigo do Rio havia dezoito minutos um *link* recomendado efusivamente, terminado em 0,,MUL7 80785-6091,00-DRAGAODEKOMODO+USA+CHAPEU+INFANTIL+EM+FESTA+DE+ANIVERSARIO+NA+FLORIDA.html

Os dois observaram a foto seguinte sem conseguir comentar nada, como se não a entendessem, olhos fitos e inexpressivos como se a julgassem confusamente de acordo com o assunto que ainda tentavam manter; como se a cabeça ainda não tivesse conseguido se desmanchar do que entendia segundos atrás para dar conta daquelas novas exigências. Antônio sorriu.

— Esqueci o que eu ia falar, mas era – era foda e ponderoso.

João riu e bocejou ao mesmo tempo, espraiando-se para trás, enrijecendo os pés, que embruteciam, quase se soltando dos chinelos. Dois dos mais bem-sucedidos bonequinhos do *Mclanche Feliz* do ano passado estavam em cima do computador, presentes sarcásticos de aniversário de Eduardo e Natália. Representavam personagens de algum filme infantil que João se sentiu velho por não reconhecer. Um porco pálido e gordo dirigindo um carro, também gordo; um leão provavelmente medroso em uma posição incômoda e estranhamente inexpressiva. Os dois ficavam em pé com muita dificuldade, e frequentemente caíam atrás do computador na bagunça de fios sujos; ficavam por lá por dias ou semanas até serem recuperados por alguém que não Antônio, que de qualquer forma ficava grato. João e Antônio estavam esperando pelo começo de Cruzeiro e Internacional, que assistiriam de alguma transmissão pirata pela internet. O canal ainda não estava sendo transmitido, mas dizia-se em lugares diferentes e mais ou menos confiáveis que seria. Num dos dois supostos endereços, assistia-se agora a Simpsons em espanhol, por algum motivo, o que não era um bom sinal.

Com um movimento rápido e único conjugando quase todos os dedos, Antônio desistiu daquela lista e abriu seu *Bloglines*, onde se listavam as atualizações de dezenas de *sites*, *blogs* e fotos e notícias e tirinhas, além de diversas compilações temáticas abrangendo todo tipo de coisa.

Abre primeiro algo que um conhecido seu havia recomendado horas atrás, um vídeo de experimentações analógicas visuais experimentadas por moleques universitários, as linhas da imagem distorcendo engenhosamente o movimento de um pêndulo segurado por um moleque atento. Há toda uma explicação complicada e potencialmente interessante que eles não ouvem direito. Antônio concordou de alguma forma, mas logo se cansou. Em seguida, taxidermia de esquilos, de vários esquilos bonitinhos encenando cenas de filmes famosos e momentos na história. César sendo assassinado, a dancinha de Pulp Fiction, Napoleão sendo coroado. Depois, os comerciais infinitamente engenhosos de uma companhia aérea tailandesa, toda uma campanha esperta e, segundo alguém, *importante*, unindo várias mídias diferentes e se utilizando das propriedades particulares a cada uma delas, todas indicando que o avião da companhia era como a *própria* Tailândia em diversos aspectos. Daí um mapa mundial que reorganizava o mundo de acordo com a quantidade de ocorrências no Google, e que gerava nos comentários uma exegese política por algum moleque deslumbrado e didático com inglês quebrado e aparentemente estrangeiro. Daí um vídeo até longo com diversas coisas sendo explodidas em alta definição e câmera extremamente lenta. Balões-d'água, frutas, uma boneca. E ainda ícones *pop* desenhados (com inegável artifício) em grãos de arroz, por um velho italiano que se dizia o melhor do mundo naquilo.

Nada parecia muito animador.

João expira o pouco ar que tinha guardado e estira os braços para trás. Olha pela janela para a rua interna da quadra, as árvores altas e o campo de futebol de areia abandonado por trás delas, desigual e mal conservado, com grama esparsa brotando de alguns cantos. Ele lembra que Antônio tem aquele campo como seu cemitério pessoal, e que já enterrou um porquinho-da-índia e mais de três hamsters ali, anos atrás, e pensa no quê os corpos deles devem consistir a essa altura, misturados àquela areia pastosa.

E ainda um *blog* inteiramente dedicado a coletar fotos de coisas que parecem com patos. Marcas de ferrugem, batatas, manchas no teto, sombras no chão. Todos patos. As fotos vinham do mundo todo, submetidas com evidente animação por vários tipos de gente. Como se tentassem apreender uma ideia, conjuntamente, pequenamente. Toda manifestação de pato agora contida e cuidada.

– Massa!

Os dois conhecem, embora não comentassem agora, os esforços parecidos em áreas diferentes. De listar o uso de aspas desnecessárias em placas e faixas ao redor do mundo, de catalogar toda ocorrência possível de chefes de estado piscando apenas um olho, fotos e gravuras de mulheres com apenas um dos seios expostos. Um *blog* que reunia pequenos objetos sentimentais encontrados em livros usados, cartas, poemas, desenhos, passagens de trem e avião. Enumerações e catálogos contingentes e específicos, conscientes de suas insuficiências, do quanto eles são intensamente desnecessários. E, ainda assim, no fundo disso tudo, uma pretensão mal dissimulada (ou até direta) de organizar a realidade, de oferecer espaços e sistemas que permitam o máximo de armazenamento possível para todos esses pequenos particulares, essas minúcias que até então sempre aceitamos instáveis e transitórias. Um mapa do mundo com pontos coloridos que contêm conversas sobreouvidas em público, submetidas anonimamente, trechos ligeiramente engraçados que seus próprios autores certamente não devem saber que estão ali. Todas as piadas ruins da realidade agora também cuidadas. Um *blog* que cataloga fotografias de mensagens deixadas em praias do mundo todo, escritas na areia por gravetos. Todos sempre menos interessantes do que a ideia em si, geralmente saudações vazias ou desenhos obscenos pouco criativos, e que agora João e Antônio leem, pequenos risos no canto da boca, pensando em comentários banais que não dirão em voz alta.

Mil, seiscentas e cinquenta e três pessoas estão escutando The Strokes – You Only Live Once, uma das janelas informa João. Ele concorda com um franzir ligeiro dos lábios.

De volta ao Orkut, que permanecia aberto esse tempo todo, Antônio verifica sua ausência de novos recados; confirma o desinteresse, já constatado minutos atrás, em todas as atualizações de estado de seus amigos (Rodrigo mudou suas opções de religião e moda, Luana agora gosta de filmes "de arte ou europeus", Flávia agora é comprometida). Pula de pessoa em pessoa aleatória em um progresso opaco e indistinto, clicando sempre na segunda opção entre as nove oferecidas no pequeno mosaico. Sempre assombrado e assinalando em algum pequeno arrumo gestual distinto cada aparição singularmente aleatória.

Aparentemente, João Malzoni, de Roraima, já teve uma namorada loira, já roubou no banco imobiliário, já tentou voltar para o mesmo sonho, odeia acordar cedo. Quarenta e seis fotos dele estavam disponíveis. Solange Duarte adora artesanato de madeira, beijar muito, acredita que a felicidade é para todos. Acha que devemos pôr um fim à pedofilia.

João piscou os olhos e tentou reajustá-los a alguma medida que desse conta daquilo. Aquela oferta infinita, aquela maldisposta e desarrumada versão do universo. Aqueles empilhados registros acásicos de onde nada se levanta e nada se esclarece.

Acomodou o carro num último toque da embreagem, soltou o volante, deixou ainda na primeira, pisando no freio. Percebeu que já havia uns cinco minutos não prestava atenção à música que *tava* tocando. Umas vozes de menina gritavam sobre sintetizadores e guitarras distorcidas, e ele nem sabia dizer que banda era aquela, ainda que ele mesmo tivesse baixado e colocado no tocador de mp3. Mudou o som para o rádio e, antes de conseguir entender qualquer frase, já percebeu que deviam ser comentaristas de futebol, pelo tom desleixado e espertalhão que se bafejava.

– Não, *porque*..., sabe? Que mundo é esse agora onde Diego Souza é craque? Onde – Maicosuel é craque?

– Claro, claro!

João concordou com o queixo, junto com o segundo comentarista, encarando o estacionamento do prédio de Luísa, aquele retrato já tão familiar. Algo se tornar familiar para ele era sempre meio incômodo, a repetição pesava nele como um desperdício. Era difícil admitir que uma parte da vida realmente envolvesse hábitos tão secos, repetições tão despidas de qualquer afeição ou sentido em particular, esperas e atrasos. Que o tão formidável universo se contentasse em ser tão mal representado, tão insuficientemente realizado por apenas um mesmo punhado de ruas, dispostas numa mesma ordem, num mesmo arranjo de vegetação e iluminação pública, que se nos apresenta diariamente. No rádio, aquelas vozes todas, que pareciam pertencer a uma pessoa só, coletavam e dispunham os acontecimentos mais recentes do Campeonato Brasileiro, de algumas horas atrás. Acumulavam-se em números e pequenos despontamentos com a maior das gravidades, a lesão de um jogador do Goiás, a declaração invocada do técnico do Palmeiras, tentando entender alguma coisa, qualquer coisa, fixar sentidos e interpretações. João checou a hora no celular e percebeu que Luísa estaria já quatro minutos atrasada de acordo com a hora que ela tinha dito, oito e meia.

— Porque nesse campeonato, que é uma jornada, *né*, que é um trabalho continuado, sustentado, não dá para perder em casa se tem em meta o título, a Libertadores.

— Evidente!

João sorriu baixo, para si mesmo, reconhecendo a parte da cabeça dele que estava assentindo decididamente com o que se falava, levando a sério. O Campeonato Brasileiro sempre tinha sido uma corrente subterrânea de relevância durante toda a vida dele, algo que pontuava e carregava a vida adiante com uma integridade muito maior do que sua família, ou eventos políticos, ou qualquer outra das grandes narrativas disponíveis. Ele nunca diria isso diretamente, a não ser com um tom irônico, mas era verdade. De todas as empreitadas em totalidade disponíveis, de explicação e versão do mundo, todos os microcosmos, aquela devia ser a mais desajeitada, ele sabia, uma versão incerta de algo supostamente maior e caído que nunca chegava a aparecer de verdade. E não era tanto *apesar* disso que ele gostava — apesar do desajeito e da insuficiência — que ele notava sempre, que ele sentia a necessidade de reconhecer para si mesmo toda hora. Era até meio por causa disso, por causa dos tantos jogos feios, da injustiça, dos São Paulos vários da vida ganhando, com Paulo Nunes acotovelando impune e Marcelinhos Cariocas consagrados, o sentimento contrito de impotência quando ele via suas expectativas frustradas, o apequenamento quase físico de suas faculdades quando via o Cruzeiro perder, sem entender por que vias esquisitas de simpatia primitiva e metafórica é que aquilo de tão distante chegava a lhe importar *tanto*.

Justamente o fato de ser tão artificial, de ser tão admitidamente arbitrário e fictício, tornava mais fácil para ele a manutenção daquilo como parte integral da sua vida, como o principal fio coerente e linear onde o tempo se manifestava. Ele não precisava acionar as suas tão dispostas ferramentas de descrença para desmontar aquilo, se o troço já não se apresentava como algo exatamente sério. Aquilo não precisava ser reduzido. Era uma continuidade com a qual ele não conseguia deixar de se importar, acompanhar minimamente ao longo dos anos, não importa o que acontecesse. Apanhar o caderno de esportes no café da manhã, sem óculos, e tentar esmiuçar o que havia se passado no dia anterior, e o que se passaria no seguinte. Atentar-se seriamente aos gols da rodada, como se alguma resolução fosse se configurar ali. Acompanhar o desajeito de tudo aquilo, o esbater-se de Cruzeiro, Inter, Flamengo, como deidades caídas e amputadas, os revoluteios e espasmos sempre finalmente insignificantes, que não resultam em nada de definitivo, assim como os pequenos momentos em que algo genuinamente se ajeitava de importância, de beleza. A teia de afeição que parece apanhar todo mundo, que de alguma forma torna você ligado ao cara do cachorro-quente e ao colega de classe, ao outro vendendo paninho bordado no sinal, ao Ministro da Pesca. Um mesmo assunto permanente e genuíno que ele possa manter com pelo menos metade do país. A artificialidade que ele sempre notava para si mesmo, a arbitrariedade daquelas afeições, ainda mais em Brasília, onde os times eram geralmente escolhidos por alguma fase bem-sucedida sustentada durante a infância do torcedor, e que nem tinham como ter por trás alguma demarcação territorial coletiva mais compreensível. As personalidades que se tenta tão naturalmente impor aos times (a antipatia que ele via no Grêmio, a cretinice do São Paulo mais recente), que se tenta emprestar às denominações heráldicas; tão puras, que só significam a si mesmas (e olhe lá), uma suposta presença, uma unidade amontoada e dificultosa de alguns eventos e momentos consagrados, realizados, que se tenta conter com as mãos e proteger da realidade, afirmar como coerentes de uma mesma identidade.

Ele fazia igual a todo mundo, e admitia o absurdo da coisa toda para si mesmo frequentemente. Mas quando, aos dezesseis, ele passou a tentar tomar uma consciência mais crítica e irônica da relevância assim *final* e *derradeira* do Cruzeiro ser campeão, veio o Cruzeiro de 2003, a única coisa que o havia feito chorar de felicidade na vida. *Na vida*, meu Deus do céu. *Tá* certo que ele *tava* ridiculamente bêbado quando aconteceu, de nem se lembrar depois de nada e só descobrir acidentalmente, numa foto tirada por um estranho, onde ele *tava* de olhos vermelhos e inchados, entregues, os braços soltos tentando se reunir em alguma encenação gestual em que ele pudesse confiar. Mas ainda assim.

Ele olhou para a janela do primeiro andar do prédio, que dava para a escada por onde Luísa deveria passar. Ninguém lá ainda, só o chão preto refletindo o teto e a pouca luz espalhada. O porteiro conversando com uma mulher gordinha e cansada, agarrada de frio.

Então a gente vive assim, em volta de tanta coisa pequena, de pequenas apostas, pequenas esperas, do Campeonato Brasileiro. Dessas nossas tentativas esforçadas de continuidade. A nossa vida tão pequena, tão circunscrita. E nos acostumamos com isso, com esse pequeno ponto que temos diante de nós, irredutível. João nota a sujeira tão familiar do para-brisa, a maneira com que a luz amarela concentrada dos postes se espalha no vidro pelos caminhos fixos de sujeira. Ele pisca os olhos de cansaço.

Não achando uma conclusão a se seguir disso, ele desliga o carro e puxa o freio de mão, como se isso fosse servir. Nisso a porta do carro se abre, acendendo a luzinha, sem que ele tivesse percebido a chegada dela.

– Ooooooi!

– Caramba, nem tinha te visto!

– É porque eu sou ninja.

– Ah, tá.

– A gente *tá* atrasado, *né*, eu sei; eu sei que a culpa é minha.

– Ah, não tem atraso, *né*, é festa.

– E eu nem jantei ainda!

Ela fala isso sorrindo, para que ele não tenha nenhuma brecha de reclamação.

– Mas lá não tem comida, ué. Quer passar num *drive thru* da vida? Vai ter *mó* fila.

– Quero. Não tem problema ter fila porque a gente fica se pegando enquanto espera, entendeu?

Pelo frio, Luísa estava guardada num casaco grandalhão e pesado, feltrado, quadriculado em verdes e roxos escuros e confusos. Seu pescoço parecia ainda mais esguio e frágil naquelas circunstâncias, e ela olhava para ele como se não entendesse sua perplexidade, que ainda não havia ligado o carro de novo.

– Que foi?

— Nada, ué. É que você *tá* linda para caramba.

Ela sorri, genuinamente surpresa, o que ele nunca entende, e retribui com um beijinho curto. Ele continua olhando, ainda tomando aquilo, e ela espera pelo que ele ainda tem a dizer.

— Parece que quer me vender alguma coisa, tipo um perfume, sei lá.

— Ah, é, é?

Ela ri e olha para frente, como pontuando involuntariamente que ele ligasse o carro e que a cena terminasse ali, já formada e pronta, que ela cortasse direto para a festa onde eles chegariam só meia hora depois.

A primeira coisa que João notou foi, por cima dele, dois garotos no segundo andar estirando um cartaz comprido de papelão marrom duro e gordo que anunciava alguma festa. Eles pareciam ter muita dificuldade com tudo e achar tudo muito engraçado.

O cartaz repetidamente dobrava-se sobre si mesmo e não permitia saber-se muito da festa, além de SKOL e SÁBADO. Eram ainda oito e treze e seu atraso ainda poderia se alargar toleravelmente. João andava devagar, calculando duramente todos os seus passos.

Sua expressão estava atenta, mas ele não.

Eduardo estava sentado em uma das colunas ali no Ceubinho, suas duas pernas finas deitadas em lótus, guardadas e frágeis embaixo de uma calça *jeans* apertada e escurecida por algum processo trabalhoso. Sua camisa branca esmaecida promovia uma igreja que dificilmente seria sua, em uma fonte inapropriada e familiar cujo nome seria imediatamente reconhecido por quase qualquer um em volta. Suas mãos descansavam sobre as pernas mantendo um livro aberto, sua expressão não entregava nada em particular.

João sentou-se diante dele, na coluna oposta, e apoiou os braços nos joelhos armados, empurrando suas costas contra o concreto frio. Os olhos de Eduardo o reconheceram brevemente, fizeram mais um pequeno salto no livro e voltaram para João. O livro se fechou e foi para cima da mochila, de costas. João não conseguiu ver qual era.

— E aí?

— E aí?

Os dois tremeram cantos da boca e rodearam coisas parecidas com sorrisos. Muita gente passava entre eles, e qualquer conversa envolveria algum esforço pouco elegante, difícil de ser aproximado da maneira correta. Eles continuaram calados, um diante do outro, interrompidos todo tempo por gente aleatória. Passou uma menina cujas calças eram compostas de remendos diversos, nenhum deles parecendo partilhar uma mesma origem.

– Provavelmente eu deveria ir para minha aula. Já estou aqui, já acordei.

Eduardo assentiu com enfezamentos do queixo. Seus braços não se moviam.

– Só tenho medo da ancas fabulosas não estar lá. A única coisa que me dá forças é a ancas fabulosas.

Eduardo riu, os braços ainda imóveis, delicadamente posicionados, uma das palmas viradas para cima e talvez desconfortável. Seu riso era sempre surpreendente e um pouco perturbador, tremia para cima inteiro o arco sempre torto e sempre imóvel dos ombros.

– Quando ela não vai, eu não assino chamada.

– Tipo um protesto.

– É, exatamente. Chamada é tudo que eu tenho. E o pior é que dependo inteiramente de sentar atrás dela. Quando não dá, dependo das, tipo, capacidades armazenadoras da bexiga dela. Rezo por incontinência.

– Muito bom o apelido, aliás.

– Não é meu, não. Antônio que é rei dos apelidos. Eu mandei uma mensagem para ele uma vez com as coordenadas dela, sentada com amigas lá na FAU. Ele foi e respondeu assim, "ancas fabulosas".

Nisso, João resgatou o celular do bolso direito. Não havia nada, apenas a hora. Não se passava nunca muito tempo sem que Antônio e João trocassem alguma mensagem de texto. Geralmente coisas curtas que dificilmente fariam sentido para qualquer outra pessoa. Eles descobriram antes dos quinze anos que a forma mais viável de se manter a sanidade diante dos movimentos absurdos do mundo era praticar com frequência todos os canais disponíveis de verificação e acordo, confirmar com alguma outra pessoa o quanto aquilo *tudo* era maluco e assustador. Pingavam ao longo de todo o dia citações inacreditáveis de algum professor ou colega, de algum programa de televisão ou jornal. A última mensagem, recebida ontem à noite, havia sido "O primeiro *lifestyle business* de Brasília", que João imaginou tratar-se da frase de efeito da propaganda de algum novo condomínio de nome estúpido. Os dois solitariamente, sem que o outro soubesse, selecionavam as melhores ao apagar de tempos em tempos as mensagens do celular, por falta de memória; mantinham seus catálogos curtos de absurdos a serem consultados de tempos em tempos, e repetidos, relatados como alguma espécie torta de conforto.

Recentemente eles insistiam em descrições diligentes da população da UnB, geralmente umas duas por dia. Um professor de Formação Econômica do Brasil era composto, em partes iguais, do Freddie Mercury (sem bigode) e do Kléber, vulgo "Cocô", do segundo ano, que não acreditava em Darwin ou em tomar banho. Uma das garotas da Xerox da Economia era *em exato* o Didi Mocó fantasiado de Maria Bethânia, se adicionado uma expressão desalentada que seria bastante incongruente no Didi de verdade. Um âncora da *Fox News* organizava livros na biblioteca com assinalada displicência e lentidão. Os dois já haviam especulado longamente sobre a natureza dessas combinações, que às vezes eram tão exatas a ponto de assustar Antônio (ainda mais quando ele já estivesse quimicamente impressionável). Como o mundo, multiverso que fosse, poderia ser às vezes visto como uma combinação repetitiva de elementos engraçadinhos e minúsculos, articulação de um repertório estético raso, de um elenco medíocre. E como poderia potencialmente ser compreendido todo nesses termos.

Eduardo e João mantinham os olhos atentos para o que passava entre eles, suas caras sérias em julgamento que ninguém parecia notar. As pessoas que considerassem mais absurdas eram reconhecidas em pequenas – às vezes minúsculas – expressões, que nem sempre eram notadas nem pelo outro.

– O professor dessa minha aula agora escreve tão devagar no quadro, que esquece o que *tá* escrevendo no meio da palavra. Real. Ele recua assim uns dois metros para verificar e volta a escrever. Cada letra dele tem uma caligrafia própria e esquizofrênica.

O tom era quase sério, com o canto direito dos lábios aborrecido.

– A minha aula de agora é filosofia. Introdução, mas o cara só fala de Deleuze, só fala do que quer. Curte pré-socráticos, mas não Aristóteles, obviamente. Fica falando merda para caralho do Heráclito, para caralho. E ainda organiza umas dinâmicas muito doidas, dá tipo metade da aula todo dia para neguinho subir e falar sobre o que quiser.

– Deus!

– É, e é uma dessas turmas com gente de todo canto, daí você tem as coisas mais absurdas do mundo. Gente subindo para falar de um disco dos Titãs. Gente falando sobre a internet, assim, falando tipo o que se falava em 96. Gente falando sobre *Matrix* e a filosofia.

João confirmou isso com alguma seriedade, como se já soubesse. Eduardo alternava entre rir e conferir alguma gravidade ao que falava, pontuado por um movimento devagar de uma das mãos.

– A gente fala disso todo dia, eu sei, mas *tá* ficando insuportável, sei lá. Quando fico em casa dá para fingir que não é assim, mas aqui não dá. Aqui não dá para fingir que o mundo não seja – caralho – principalmente vulgar. O buraco é sempre mais embaixo, não tem nada que dê conta.

João parecia meio desconfortável, mas concordava.

– É, eu sei.

– Nunca para de ficar absurdo, de insistir que é um teatro, tudo, que *tá* todo mundo de *brinks*. Tudo isso.

Os dois pararam por um instante, meio acesos. Cheios de alguma coisa, mas sem saber o que falar, o que precisar, e um pouco conscientes da gravidade talvez excessiva e indesejável do tom que eles estavam carregando. As mãos de Eduardo continuavam paradas. As pessoas ainda os cortavam em excessos entrevistos, sucessões rápidas, e eles ainda falavam contidamente. Nenhum dos dois fazia menção de se aproximar do outro.

A alguns metros deles uma menina tímida e feia de uns vinte e muitos anos, cara machucada de uma acne severa antiga, mastigava lentamente um sanduíche composto de uma massa espessa de ricota e de uma outra menor, de cenoura fiapada, apenas. Algo pontilhado e brilhante pesava sua blusa vermelha escrita de palavras aleatórias em inglês. *Special Original* qualquer coisa, e *Authentic*. Um mosquito andava na borda de seu suco grosso de um matiz incerto de amarelo. Ela o observava sem fazer nada. Ricota e cenoura. Algum levantamento inexplicável de barulho tornou mais difícil escutar o que Eduardo falava, o que ele continuava a falar, mas uma única frase se distinguiu, dita inteira, pronta.

– Tipo que *nenhum* dos *vários* sentidos disponíveis *tá* sendo feito. Que não estão nem tentando.

O arco dos seus ombros para cima e para baixo, cortado ainda por quadris. Sorrindo como uma criança e esperando atentamente por uma confirmação.

João sorriu, olhando para baixo. Era seu aniversário.

Paula sentada com as pernas cruzadas no meio do sofá, descalça e de calças *jeans*, segurando um telefone sem fio. Ela quase não ocupava espaço ali, um detalhe na sala cheia de fotos, de espelhos, de quadros e pequenos enfeites, tudo coletado pela mãe dela durante toda uma vida de atenção para esse tipo de coisa. Havia uma mesa baixa de vidro cheia de livros grandes de arte na sua frente (Klimt, Sebastião Salgado) e outro sofá depois, os dois autoimportantes em seus estofados gordos, competindo por uma sala já bastante ocupada. A televisão pequena num canto era tímida e antiga e quase permanentemente desligada, um espelho convexo e acinzentado.

– Oi, é a Paula! Não, *tô* em casa, mesmo. É, eu sei, *tô* falando baixo para não acordar alguém. É. Não, *tá*, era só para perguntar do trabalho. É, amanhã eu almoço. *Tá*, pode ser. Manda mensagem confirmando.

No meio da conversa, tinha aparecido João, da porta que dava para o pequeno corredor, confuso, olhos estourados e cabelo assentado em uma má decisão. Parado, ele sorria para Paula e concordava com tudo o que ela dizia, fazendo-a rir.

– *Tá*. Não, é, eu sei. *Tá* bom. *Tá*. Beijo.

– Que diabos eu *tava* fazendo dormindo na sua cama?

– Você chegou desesperadamente bêbado, insistiu que ia dormir no sofá e pediu umas trinta e cinco desculpas, daí em cinco segundos levantou sem falar nada e deitou na minha cama. Eu *tava* aqui no sofá e só fiquei rindo.

— Caralho, não lembro de nada disso! Desculpa.

— Trinta e seis. Desculpa nada, foi engraçado para caramba. E só fico grata de não ter vomitado em nada.

— É, eu não vomito. Mas também devo ter ficado perto, não ficava tão bêbado assim antes do almoço desde o primeiro grau.

— Ah, mas você gostou de falar essa frase, hein?

— Um pouco, é.

— Pensou nela antes de chegar na sala, tipo?

— Não, mas antes de você desligar o telefone.

Os dois sorriram parados por um segundo.

— E a Luísa? Aula?

— É, te deixou aqui e foi para a aula. Vocês se despediram e tudo, não lembra? Você a levantou e carregou uns metros por dentro da quadra, quase derrubou. Ela vai te pegar em uma meia hora.

Ele concordou e sentou de frente a ela, no outro sofá.

— Minha memória não é assim tão competente, não.

— E como o aniversário *tá* te tratando?

— *Tá* bem, né, tranquilo. De noite vai ter casa do Antônio, aparentemente. Ele parece disposto para caramba.

— Massa!

Ele ainda estava meio tonto, e ainda o ameaçavam alguns outros desconfortos os quais ele estava confuso demais para assimilar bem, por ora, mas que se revelavam, de repente, mesmo assim, mal-educados e pressurosos, puxando sua camisa. Ele tentava se desligar de todo o *input* sensorial que lhe urgia no momento. Como sempre fazia nesses casos, tentava se apagar de tudo seu que lhe reclamava – da garganta seca à dor de cabeça ao lembrar se tinha aula agora – com um gesto mental apologético, se desculpando que *Olha, algumas cervejas haviam sido tidas*, *Vamo ficar de boa aí gente*.

Um dos pontos se fixou, roncando audivelmente sua barriga. Ele estava principalmente com fome.

— Almoçou?

— Eu? Comi lá no Beirute, doidão. Você ficou zoando minha incapacidade de comer mais de um quarto da minha parmegiana. Quer alguma coisa? Posso te fazer um sanduíche.

— Claro que não, já dormi na sua cama.

— Vou sim, vou fazer um sanduíche para você.

Ela declarou isso com uma certeza animada e se dirigiu à cozinha em dois passos derrapados sonoros. Ela tinha arranjado uma maneira orgulhosa e desdenhosa de ser gentil, que não parecia exatamente dirigida à pessoa, que parecia de fato quase *apesar* dela, o que acabava por deixar qualquer um confortável com todos seus desvios.

Ele se sentou no sofá, lento, meio quebrado, e olhou para fora, para a copa de uma árvore diante dele, uma árvore do tamanho do prédio e que parecia acolhê-lo todo. Ele ficou quase três minutos olhando para ela, e o sol nela, a sala deitada dele. Ele não saberia dizer que horas eram. Aquela mesma cena em todas as salas da Asa Norte, e sempre funcionava com ele, toda vez. Como flor de cerejeira para um poeta japonês.

— Aqui, ó.

Calado, ele recebeu o prato no colo e comeu o sanduíche devagar, cuidadoso, concentrado, enquanto ela o observava na pequena mesa no fim da sala, a cabeça nas duas mãos. Presunto e queijo e uma terceira coisa que ele não conseguia determinar.

Atento ao sentir apropriadamente seus desconfortos, em desenrolá-los todos, de repente ele lembrou de uma imagem de horas mais cedo, de quando deitado no banco de trás do carro de Luísa, bêbado, tão bêbado a ponto de nem estar (ele percebia agora) sentado com ela no banco da frente, por qualquer motivo.

Quase parando, o carro se aproximava de um sinal e trazia para o pedaço de céu recortado pela janela seis bichinhos de pelúcia do Pica-Pau, todos semelhados entre si, mas não idênticos, aparelhados num móbile imóvel, como os frutos de uma árvore. Isso era tudo o que João podia ver, além das sujeiras fixas do vidro. Toda a oferta momentânea do mundo, o que todo o mundo lhe arrumava por ora, aquilo que era o caso. Aqueles troços eram, de alguma forma, indispensáveis, eram de alguma forma necessários. Depois de um breve ataque de riso e perplexidade, e de buscar a iluminação de Luísa, ela explicou, também rindo, que podia ver que eles pendiam de um cabo de vassoura empunhado por um homem de idade impossível de se definir, que cada um deles custava quatro reais, dois por seis.

Apenas a disposição bem orientada e inconfundível de cores permitia distinguir naqueles bonecos a figura do Pica-Pau, ele lembrava. A crista e o bico e até os olhos existiam apenas pela boa vontade de quem os enxergasse.

Pendurados ao longo de uma árvore um pouco adiante estavam alguns amigos, Pernalonga e Homer Simpson, igualmente desconjuntados e deformados (parecendo, inclusive, partilhar da mesma estrutura básica do Pica-Pau, modificada apenas minimamente). Encaravam a si mesmos e ao mundo, impassíveis, giravam devagar debaixo do sol.

João lembrava daquilo e sorria, pensava agora em como não haveria maneira de apresentar aquilo para Paula, não haveria como traduzir porque aquilo lhe havia articulado tanta graça na hora. E de fato até para ele mesmo parecia difícil explicá-lo. O prato pequeno e branco no seu colo guardava poucas e dispersas migalhas de pão que ele coletou quase todas com a ponta do dedo, antes de realizar a última mordida.

– Essa foi uma cena muito boa.

– Hm?

– Essa aqui. Eu gostei dela, toda muito correta.

Ela concordou com a cabeça. Pareceu se agradar com a ideia.

– Pena que não significa nada, *né*, não tem uma coisona por trás importante.

Ele franziu a sobrancelha, terminando de mastigar por um tempinho comicamente esticado. Quando acabou, sorriu antes de falar.

– Mas a gente não saberia, *né*. Esse é todo o ponto.

* * *

Luísa se levanta de um sono que deveria ter sido mais curto, depois do almoço, e sai da sala atrás de qualquer coisa. O quarto do irmão está escuro, de luzes apagadas e cortinas fechadas. A cama contra as cortinas está desarrumada em camadas de lençol e cobertor se confundindo em meio a pregas de sombras amontoadas. Curvas desabando sobre curvas, engendrando formas prostradas, guardando luz vincada, as faldas de um morro sutil. Dobras que não contêm nada. Seu irmão está sentado em um dos cantos, imóvel.

Ele a observa entrar no quarto e tocar o interruptor sem causar nenhum efeito, e sorri com um triunfo desproporcional.

– *Tá* sem luz.

– Ah!

Ela senta do lado dele na cama. Provavelmente ele estava jogando *video game* antes de a luz acabar, pelo controle ainda do seu lado. Ela se deita da cintura para cima, vendo agora as costas do irmão, sua nuca com o corte de cabelo curto e recatado recente, tudo mergulhado no cinza que é imposto ao quarto. Luísa olha para a bagunça de lençol e mete a mão por debaixo dele, sente o friozinho guardado ali e corre seu braço de um lado para o outro, com a protuberância branca que sua mão faz embarrigando obediente o caminho que ela escolhe.

O reflexo na tela da televisão é perfeito, alcançando todo o contorno do quarto e oferecendo uma miniatura bonita e bem composta da cena, uma versão mais facilmente amável. Luísa fecha os olhos e pensa no quanto daquele quarto era uma potência morta, inútil naquela hora. Seu irmão parecia menor, desengraçado entre tanta coisa apagada, amputado de todas aquelas extensões. Apenas a cama ainda servia. Ela olha para a miniatura do quarto e vê que Bernardo olha para ela de volta, e que ele sorri.

Aquilo se mantém por alguns segundos, até sua atenção enfraquecer em sono e ela acordar, instantes mais tarde, com o quarto vazio, com a impressão de ter apenas piscado os olhos por um segundo. Piscado os olhos num relâmpejo de algum tipo que não a permitiu dormir, o tipo de trovão sonhado que nunca seria lembrado e que poderia ter sido qualquer coisa.

Tudo se aquieta. Dá uma calma nas coisas. A atenção cai sobre o seu quarto, oferecendo-se para ela, como sempre, sem dizer nada em particular.

Olhar para a sua mesa e suas coisas mais ou menos empilhadas e a sensação é sempre a mesma. Começa a empurrar uma ansiedade pequena de tudo aquilo, ainda tímida, de achar que tudo deve requisitá-la para alguma coisa, que ali deve estar alguma responsabilidade esquecida, deixada para trás e empilhada com outras, ofendida. Mesmo em tudo que se cala há um propósito a ser desempenhado, nada morre de todo.

As cortinas estampadas floralmente a desagradavam havia tempos, mas não seria agora a hora de trocá-las, assim como não fora tempos atrás. E ela mesma as tinha escolhido, ainda que fosse uma criança então. O certo seria tolerá-las. Algumas daquelas folhas antigas empilhadas deviam ser ainda do ensino médio, talvez, algo que já tenha tido algum tipo de relevância. Livros nunca terminados, suas unhas de esmalte já descascado.

Se todos esses amontoamentos minúsculos a incomodavam, ela não conseguia ver maneira de se imaginar adulta, responsável, lidando com guerras, enchentes, furacões, terremotos, cânceres de todo tipo, IPTUs e IPVAs, leões do imposto de renda, dragões da inflação, todas essas coisas ridículas.

Um pássaro andava em pequenos saltos no telhado da escola que fronteava seu prédio. Entre telhas deliberadas, poucas. Ela deveria saber o nome desse pássaro, por causa de um tio (paulista, irmão da mãe) cuja única interação com seus sobrinhos consistia em desfilar esse tipo de conhecimento. Sanhaço?

Depois de uns poucos passos inquisitivos, saltou sem esforço em voo. Atentando ao seu trajeto, ela alcançou uma nuvem que ocupava todo o recorte de céu que os dois últimos prédios da sua quadra enquadravam. Não sem certa simetria. Uma explosão ali, contida. Com cores para as quais não devemos ter nome, umas intensidades que a lembravam (injustamente, ela bem sabia, mas não conseguia evitar) dos horríveis quadros abstratos que decoravam a portaria do seu prédio.

Ela se encolheu, fingindo o desconforto de um frio que não tinha, e ainda mais uma vez parecia disposta a reconsiderar a sua disposição geral, que fosse por causa daquela nuvem. Tão pertinentes àquela nuvem pareciam situações outras, corretas e bonitas. Era difícil conceder que aquilo não fizesse nenhum sentido.

Mas aquela incompreensão, como todas as outras, acabou por invocar outra esfera de coisas, uma separada hierarquia que nunca lhe saía inteiramente da atenção. Recostava-se por detrás das coisas, pronta a ser invocada. A mais ligeira desculpa era o bastante para que a cabeça resgatasse a morte e todos os seus arredores. E uma vez invocada, Luísa deveria passar por alguns procedimentos de lembrança dolorosa, alguns pontos obrigatoriamente rememorados, um mínimo de dor séria invocada até que pudesse se acalmar em uma incompreensão que, ao menos, tomasse forma, alguma fórmula de resignação que lhe parecesse correta e genuína, autêntica.

Era a maior dificuldade, formular dor e resignação que pudesse aceitar, que ficassem quietas em seus lugares.

Do meio do nada, agora sua memória lhe apresentava uma cena em recorte perfeito, como se algum canto da sua cabeça houvesse entendido exatamente o que ela precisava. Em uma viagem para Bariloche, dois anos antes, a única viagem internacional da família, eles almoçavam num restaurante com uma vista tremenda das montanhas, um retrato irreal, fixo e distante de azul que se levantava além de uma varanda larga, tomada inteiramente para o propósito de tirar fotos.

O pai insistiu que a família deveria ir tirar uma, mas ninguém queria recolocar os casacos para enfrentar o frio. Sozinho, ele saiu de repente com a máquina e a posicionou perto da vitrine onde estava a família, apontando com um triunfo sério para a luzinha do *timer*. Afastou-se até uma distância razoável e se virou. Luísa percebeu que ele havia quase saído do enquadramento, e a foto o cortava ao meio, ele como que irrelevante numa imagem que quase só ressaltava a linha cursiva das montanhas escuras contra a pouca luz do sol. Sisudo, ele encarou a lente, os dedos entrelaçados na pochete e uma expressão morta de dever cumprido. A foto já tirada, ele esperando alguns segundos por um *flash* desnecessário que não veio.

O ridículo irritante que ela encontrou naquilo à época, quando nem quis avisar o pai do seu erro, agora se transfigurava por inteiro. Percebendo que na seriedade dele havia por trás principalmente uma tolice inocente – algo que ela sempre soube, mas que nunca havia conseguido reconhecer como verdadeiro. Ela agora exagerava aquela cena, agora a explodia para a maior das importâncias que conseguisse configurar. Algo que inesperadamente funcionava, que por qualquer acidente ela conseguia sentir sem nenhuma recursão, nenhuma mudança súbita de ideia ou de foco, nenhuma segunda ou terceira interpretação. O fracasso dele, o fracasso em tudo que ele fazia. A seriedade que ele mantinha por alguma opressão incompreensível e alheia. O nosso fracasso é um só, ela insistia, é o mesmo. E até a paisagem de sua quadra impotente no escuro precisou acolher o que ela lhe impunha deliberadamente. Os prédios mortos e as ruas mortas, de pouca e indecisa cor. Os vultos se movendo, quebrados, nas janelas e nos carros, esbatendo-se contra tantos impedimentos, tantas forças. Tudo fracassava.

* * *

೪ Terça-feira, 23 de junho de 2009 ೨

Hoje à tarde cheguei cinco minutos atrasado na aula de Sociologia da Educação e surpreendi minha turma toda quieta e séria no meio de uma prova que nem imaginava ser hoje, para a qual não havia lido porra nenhuma. Os rostos, todos cúmplices, virando para mim surpresos quando abri a porta, meio ressentidos.

Sentei no cantinho, tentando forçar uma expressão genericamente apologética enquanto pegava a prova com a professora. Fiquei meia hora encarando as questões sem ter nem ideia por onde começar, passeando meu lápis pela folha e traçando fraquinho com a lapiseira umas construções invisíveis e imbecis. Em volta todo mundo sério, sobrolho fechado, concordando pequeninho com as questões. Nomes e conceitos os quais honestamente nunca tinha ouvido falar na vida. Escrevi umas frases soltas para preencher espaço, com uma tremenda cara de pau, supondo as ramificações mais óbvias e intuitivas e retardadas daquilo que me perguntavam. É até bem possível imaginar o alinhamento ideológico de alguém a partir do nome, meus chutes já comprovaram antes, absurdamente. Botei no mundo umas merdas que dificilmente eram coerentes, mas que poderiam me dar alguns pontos desesperados. Palavras-chave entalhadas, irreversivelmente se relacionando das maneiras mais licenciosas e perversas.

Fui o primeiro a entregar, menos de meia hora de prova, sem conseguir encarar a professora mestranda novinha e até esforçadinha, saí da sala me sentindo perdido. O Minhocão meio vazio de fim de tarde, no meio de uma faixa na grade horária. Um pernambucano meio mendigo lia canções populares para estranhos, vendendo as letras confusamente impressas por cinquenta centavos, um real. Alguns serventes faziam seu trabalho vagarosamente, com os pés enrolados nas próprias mangueiras, e a água corria furiosa contra o chão, sozinha, espalhava-se em dedos espumados e turvos que pareciam também sujos, incapazes de limpar muita coisa. Gente fumava sentada em cantos, com os joelhos guardados apertando as costas contra a parede, e o calor tornando todo mundo consciente demais do ar, como um preso oprimindo igualmente todos os cantos do seu corpo, um obstáculo inelutável descansando entre todas as coisas.

Bebi água morna do bebedouro descolado da parede, água que mal se levantava. Mastiguei um salgado sem gosto e frio enquanto ouvia os dois caras que trabalham na cantina falarem sobre formigas, sobre a vida das formigas e a sociedade delas.

Dois atores dublados e meio familiares tinham também uma conversa tensa que eu não conseguia escutar em cima de uma das geladeiras de refrigerante. Não me lembrava da cena, mas já devia ter assistido àquele filme, tudo parecia fazer parte de um contexto maior e familiar, inacessível. Pedaços soltos de um mundo errado acontecendo, de um outro.

Fiquei procurando meu carro por uns quinze minutos no lado errado do estacionamento, circulando várias vezes um mesmo perímetro pequeno debaixo do sol. Ele estava, na verdade, bem no começo do estacionamento, mas eu insisti por muito tempo numa impressão clara e inequívoca (e que ainda agora permanece clara e inequívoca) de tê-lo estacionado lá no final, do lado de um fusca azul-claro que, no entanto, descansava sozinho. Sonso e tranquilo sob as árvores que quebravam o pavimento.

O carro estava esperando, ressentido, guardando especialmente para mim um calor fodido, vidro sujo e cheiro envergonhado. Folhas de propaganda amassadas e sujas pelo chão. Quando voltei para casa era já cinco, o sol já se cansando. Atravessei toda a L4 como sempre faço, pesado de uma ausência familiar. O caminho todo uma mesma rua reta, que mal se impede de semáforos, cercada de uns gramados amplos e apoucados de árvore, de uns prédios imponentes do governo vistos a distância, além de uns outros novos em construção. Bem no começo tem a Procuradoria, redonda e toda imbecilmente espelhada, devolvendo um segundo céu, um pixelado, que pássaros enfrentam com alguma frequência. Umas indicações cruas de função e transporte relutantemente dispostas sobre toda essa amplitude desgarrada, cortando e se sobrepondo à terra seca. Movimentações burocráticas subterrâneas e desinteressantes imaginadas ali sobre aquelas armações de concreto, realizadas lentamente, lentamente, em volta dos sulcos enormes de terra vermelha revirada, dos guindastes ferrugentos e operários descansando.

É tudo tão familiar, fixo e tedioso, um procedimento que já se apresenta todo prefigurado antes mesmo de começar, um maço desnecessário que decorre inteiro só por uma tremenda falta de educação da realidade, um desperdício.

Meu carro é 1.0 e não responde direito à vontade de atravessar aquilo o mais rápido possível, ele se pega ao asfalto atravancado e mal progride, é cruelmente ultrapassado por todo mundo. Fico vendo aquela paisagem entravada através de um mesmo padrão fixo de sujeira endurecida no meu para-brisa, uma mídia rasteira para uma visão ainda mais rasteira. Além de a secura entravar a garganta, doer os olhos, algumas queimadas ainda irrompem aqui e ali, nessa época do ano. Já passei por alguns trechos chamuscados, todos perfeitos em preto duramente assentado, como que pintado; e hoje peguei um incêndio ainda em curso, uma borda fina de fogo baixo correndo furiosamente na grama, se expandindo adiante, desimpedida, com uma coluna de fumaça se levantando do horizonte e se misturando aos outros tufos do céu, tentando virar nuvem. As árvores tão baixas, as poucas que dão certo, de troncos tão arrevesados, tingidos em alguns lugares do mesmo barro vermelho.

O céu é amplo demais, as nuvens não conseguem se arregimentar em nenhuma forma, as árvores dispersas não se unem nem o bastante para oferecerem uma mesma ideia coletiva qualquer, nenhuma figura reconhecível, tudo se esbate e se dispersa. Não há como se pôr em nada, não há onde descansar. Aqui não existem nem estações direito, tudo que desponta apenas se gasta e se extingue.

E não há como presenciar essa secura por tanto tempo sem achar que ela está em você, de alguma forma. Que você participa dela. Também essa secura – essa ausência – tem que ser imaginada por alguém.

Você faz o seu melhor, aprende cedo a manter sua atenção acima da terra, acima das suas permanências desairosas de barro e de grama seca. Tenta levantar os olhos e se ater às revoluções do céu desimpedido que não se curva, que espera sempre alguma coisa de você.

Mas ainda passam todas as árvores secas do seu lado, sempre. A terra bracejando seus esforços estorcidos, suas tentativas curtas e arrependidas, seus gestos trágicos, sílabas duras que não se articulam. E tomar nota da assinatura garranchada de todas essas formas – percebê--las – ainda parece fazer parte do trabalho.

Às vezes eu vejo essa paisagem se quebrando, se desconstruindo bem na frente dos meus olhos, debaixo desse sol. Lascas quebradiças se soltando, molemente, como flocos de tinta descascada. Eu preciso remontá-la, reconstruí-la, como num Cézanne. Blocos soltos sem atribuição clara, contidos, que eu preciso remontar. O emaranhado de árvores baixas na distância, os prédios gordos do governo, os cirros filiformes esparramados no céu. O mundo não está nunca pronto.

E eu sou isso aqui, esse vocabulário. É preciso dominar essa repetição.

Publicado por JMN às 19:43

* * *

O mundo sempre me pareceu essencialmente o mesmo, desde os doze anos ou algo assim. Eu não contenho multidões, não tenho várias versões de mim mesmo que se diferem tão essencialmente quanto de uma pessoa a outra. Meu abismo é, na melhor das hipóteses, um *trompe l'oeil*, ainda que por vezes convincente. O que ameaça meus ombros de mais ou menos interessante por aqui de vez em quando não parece muito sério, não me parece lá muito encorpado. Como se fosse apenas um preenchimento formal de algum pré-requisito, minha cabeça buscando sem que eu perceba a peça de *tetris* necessária para tapar um buraco que ela supõe necessário.

O que se prostra gradualmente de tempos em tempos aqui são apenas minhas afeições. Todas elas. E no fundo elas já se afiguram desde o início contidas, já com um gosto de cinzas, já avisando baixinho sempre de como vão me parecer em breve. Tudo de muito bonito já se desmonta na minha cabeça como inócuo num futuro não tão distante, já se dissolve num teatrinho inelutável e vulgar, uma movimentação de deputados.

E daí que a maneira mais clara, ainda que muito imprecisa, de descrever a diferença que Luísa tem para mim de todo o resto do mundo é que ela nunca, em todo o variado tempo em que você possa conhecê-la, ousará desimportar. Isso é algo que você percebe imediatamente, de alguma forma, é algo que você apenas sabe. Ela nunca vai se quebrar em um dos vários acordes surdos, nunca vai se tornar uma figura esmaecida e fraca no fundo da sala, nunca vai se misturar e se confundir aos acidentes todos. Ela é a coisa que mais existe no mundo.

O bastante para desmanchar com um balde de água fria os enlevos solipsistas que talvez te encarnem as unhas. Na verdade até para invertê-los em alguma outra direção, conceder que talvez apenas *ela* seja de verdade.

Publicado por JMN às 20:31

* * *

No final do móvel de madeira clara da cama, onde ele forma a cabeceira, há uma foto antiga equilibrada que Luísa achou há pouco tempo entre as páginas de um livro. É uma foto que ela gosta particularmente, dela mesma fora de foco, há alguns anos em algum bloco aleatório da Asa Norte. Com os joelhos unidos, aparentemente reclamando de alguma coisa em olhos fechados arrogantes, cercada de amigos provavelmente bêbados, todos com uniforme do Sigma. João não conseguia ver essa foto sem sentir profundamente por todo o tempo em que não conhecia Luísa, todo o tempo em que ela foi permitida viver sem o seu reconhecimento, gasta em amigos que não a mereciam, em tardes que ninguém mais lembra. Ela era um pouco magrela, à época, e seu corpo não havia ainda amadurecido na beleza que tinha hoje, com orelhas e queixo e pontas de todo tipo se pronunciando demais, ainda não preenchidas direitinho.

Ela agora se encarava no espelho e puxava mechas do seu cabelo em todas as direções, séria. Parecia possuir intenções graves acerca daquilo, pretensões formidáveis de organização daquela bagunça. Alternava o peso entre as duas pernas, e remexia as suas posições tremendamente, confiando em pequenos músculos para fazer o trabalho, levemente contorcida em pequenos passos de balé, projetada para frente ou para trás. Retirando de si mesma essa variedade infinita. Ela vive assim.

– A gente vai sair?

João não responde, embora esteja olhando para ela. Não faz nenhum barulho.

– Porque eu tenho que saber, senão provavelmente não tomo banho.

Ele vira para o lado e encara um dos cantos superiores do quarto, daquele cubo. Imagina a relação dele com o resto do bloco, em seguida com o resto da quadra, com o resto da Asa Norte. Coisas dentro de coisas, tudo numerado, espaço delimitado. Organização que não resulta em nada.

A televisão está muda há algum tempo, como ele gosta, e atores não familiares revolvem acerca de alguma relevância impossível, abrindo e fechando bocas e resolvendo tensões diferentes em suas sobrancelhas, a montagem e edição comicamente previsíveis. Ele pensa em responder, levanta sua cabeça deitada, sentindo o esforço repuxado no pescoço, e percebe que estava formulando na sua cabeça qualquer coisa numa direção absolutamente oposta à da conversa, que não tem nem ideia do que dizer.

Ela agora franze cantos de sua boca, com as mãos apoiadas na cintura, ainda insatisfeita com o espelho. A outra Luísa era também linda, e não parecia possível que fosse apenas um truque tolo de luz; ela parecia independente e viva no espelho, igualmente válida, talvez até um pouco imprecisa, ecoando os movimentos com certo atraso. Escapava da borda da calça um leve excesso de carne que o agradava, plena e rotunda, um pouco marcada de uma estria antiga e quase já invisível. Luísa era toda *preenchida*, mas não exatamente cheinha, o que havia de excesso não chegava a deformar nenhuma das que pareciam ser as intenções originais do seu corpo (embora nada fosse intencional ali, ele lembrava, sem conseguir acreditar de verdade). O que não a impedia de se achar gorda, até muito gorda, às vezes, como agora. Esse excesso se concentrava principalmente na cintura e nos braços, abaixo dos ombros, que permaneciam invariavelmente iguais, com seus cantos fixos e uma clavícula sempre determinada, um pescoço armado de uma mesma proporção resoluta. João considerou beliscá-la em algum dos excessos, mas imaginou a extensão do seu braço insuficiente. Ele amaldiçoou com zero seriedade a direção evolutiva que lhe havia concedido braços tão curtos.

– A gente não precisa sair, ele finalmente diz.

– Ah, mas vamos. Ficar aqui só?

Aqui só. Ele franze os lábios, não responde.

Vira-se ressupino, de novo diante do teto. Cruza as mãos sobre o peito desajeitadamente, estudado, alinhando-se. Tentando achar uma pose que fosse a mais natural, sem saber muito bem o que queria dizer com isso, exatamente. A pose mais certinha. Olhando para o teto, para o disco de vidro que servia de lâmpada e que devia fazê-lo há um bom tempo. Dava para ver lá dentro uma massa negra de insetos mortos, individualizados apenas nas bordas, pequenos e complicados. Toda aquela luz chegava através deles.

A estria quase desaparecendo na pele, parecendo quase imaginada. A cara pequena de tudo, as explicações por trás, os fios.

O celular dela vibra em cima da mesinha branca, e ela o alcança com sua expressão desproporcionalmente perplexa, como sempre. Como se toda vez ela nem se surpreendesse com o vibrar do celular, nem com o fato de ter um celular, mas até com a existência teórica de celulares no mundo.

– Oi, Paula!

Sua expressão continuou inalterada.

– Desligou! Meu celular *tá* dando umas palas.

João não responde, olhando para ela através do espelho.

– Ela deve ligar em casa, deixa eu ir lá para não tocar.

Luísa sai do quarto e se põe diante do telefone da mesinha baixa e apertada que corre o pequeno corredor acarpetado dando para todos os cômodos do apartamento. Aonde não chegava nenhuma luz. Debruçada, encosta a testa contra a parede e troca o peso de perna, as duas expostas num shortinho curto de ficar em casa. Do corredor, vê-se pela moldura da porta o final da cama, onde aparece devagarinho a cabeça de João, que progride pateticamente, rasteja para poder vê-la e se ajeita, percebe o ângulo obtido e se acomoda.

O rolo helicoidal do fio do telefone se desfaz com o puxão dela, e se refaz em seguida. O telefone bem velho, de branco já amarelado e hoje de alguma forma quase cinza. Eles o haviam substituído por um sem-fio havia alguns meses, mas este, além de preto e feio e sem caráter, era acometido de ataques histéricos insondáveis, de tocar um alarme não requisitado todo dia à meia-noite, por uns dois minutos. Que sempre os surpreendia e sempre levava uns segundos de reconhecimento, toda vez, sem que nenhum deles entendesse que porra era aquela àquela hora, e que acabava trazendo para os três, cada um no seu canto, um acúmulo chato e levemente complicado toda noite, de alguma forma um ponto adicional e reclamão da autoconsciência daqueles três como família, um lembrete da inadequação daquele pequeno grupo de pessoas, o grupo mal resolvido, insuficiente, que não consegue nem arrumar o telefone. A mãe era quem sentia isso com maior força, e, no entanto, era a única que nunca se dispunha a ir até o corredor desligá-lo. Luísa já vinha a reconhecer o alarme com um sorriso. Já o tomava até com algum agrado quando um dia ele não veio mais, e sem que ela nem percebesse. Só no dia seguinte ela entenderia, ao ver o telefone velhinho amarelo-cinzento de novo assentado entre contas e papéis rabiscados, com seus botões macios e expectantes, apagados (como se guardasse com grande segredo o que vem depois do 8), Bernardo tomando café olhando para baixo e sorrindo, esperando alguém perguntar.

E que então finalmente tocou:

— Oi. É, é. Não, *tamos* quase prontos, até. Piauí? Ah, legal. Pode ser, pode ser. A gente sai já.

Ela se virou numa volta animada quase dançada, e a cabeça dele estava lá, decapitada pela moldura da porta, humilde, queixo puxando linhas de lençol e olhos altos e caninos pedindo por nada em particular.

* * *

Luísa nem tentou passar pela comercial, toda tomada de carros e tumultuada; foi direto para o interior da quadra residencial parar em uma das primeiras vagas apertadas que lhe apareceram. Ela não tinha nenhuma paciência com essas coisas.

Sua ansiedade de saber se estava arrumada de maneira satisfatória não se encerrava nunca com nenhuma conclusão racional, o que ela então tratava se apressando, chegando logo nos lugares e encerrando assim todas as alternativas possíveis de ajuste. Por isso eles andavam meio rápidos e sem dar as mãos agora, desconectados. João se incomodava um pouco, sentia que estava descumprindo algo.

— Ela já *tá* aí?

— Acho que sim, já saiu faz tempo.

Logo aparece no final da comercial o Piauí, aquela massa inconfundível e infinitamente familiar. As costas da comercial por ali se ocupavam inteiramente daquilo, barulho congregado e variegado, malvestido.

— Tem anos que não venho aqui.

— Tem nada. Todo mundo sempre fala isso e quando vai pensar tem tipo seis meses, no máximo. Ninguém fica muito tempo sem vir aqui.

João sorriu e logo percebeu que era verdade, que havia estado uma meia hora e tomados duas cervejas aqui uns meses atrás, parte de um dia longo e confuso em que passou por diversos lugares, trocando de carona em carros de semiconhecidos e indo para a casa de estranhos. Um dia mais ou menos característico do seu estado imediatamente antes de Luísa.

Assim que se aproximam o bastante, eles param na borda e tomam aquilo com os olhos. Um acúmulo de gente e mesas que não seguem nenhuma organização em particular, crescendo através da grama entre algumas árvores tortas e quebras de terreno. Cadeiras metálicas de tinta há muito descascada, cadeiras de plástico amarelo ou azul, de tipos inteiramente diferentes de madeira. Não há nem como distinguir onde as mesas terminam e acabam, todos parecem dispersamente unidos numa coisa só, uma mesma expressão indistinta e desanimada.

Para dentro das costas do bar viradas para eles, podia-se ver apenas um corredor ladeado de caixas e caixas de cerveja e refrigerante empilhadas, cercadas por gente baixa e desconfiada, gnomos que parecem viver em volta delas.

É uma distribuidora de bebidas, apenas, é só o preço barato que traz tanta gente junta, que por isso não segue nenhuma direção em particular; roqueiros ostensivos, *playboys* e *hippies* todos reunidos, e gente incerta. Todos trazendo seus barulhos particulares sem aparentarem nenhum ânimo especial. Apenas porque sim, porque estão lá.

João reconhecia alguns rostos de semiconhecidos ali no meio, mas isso não tornava o espetáculo mais compreensível.

Todos os motivos em torno de tudo aquilo – de cada peça individual assim como de todo o conjunto – pareciam gratuitos e aleatórios, retraçáveis até princípios sempre imediatos e pequenos, todos recentes.

Nenhuma história em nada, apenas uma reunião de acidentes.

– Essa Troia, essa África.

– Essa Asa Norte, Luísa sorriu, o final dos seus olhos se apertando como só faziam às vezes.

– É.

Varriam o local com os olhos, tentando achar alguém, decidir o que fazer.

– Ali a Paula.

Ela estava bem no olho da coisa, sentada numa mesa e concordando silenciosa e gravemente com algo sendo dito, parecendo segurar a mão de um garoto do seu lado. O garoto era barbudo com alargador nas orelhas e João não o conhecia.

— Quem é aquele maluco?
— Caramba!
— O quê?
— Deve ser o cara lá que *tá* ficando com ela!
— Hein? Tem disso aí? Nem sabia.
— Tem, a Natália tinha me falado, é tipo meio segredo. E ela nem falou nada agora quando liguei para ela, que bonitinho. A Paula com vergonha!

João concordou, rindo brevemente. O rapaz parecia despreocupado de qualquer coisa, descolando a insígnia da Antarctica com os olhos retos e descartando para a grama sem olhar para ela, sem motivo, impertencente.

Eles se aproximaram e cumprimentaram Paula e o tal de Ricardo. Além deles, havia um casal de amigos dele, ligeiramente mais velhos, com seus vinte e muitos anos. João apanhou duas cadeiras por perto e as instalou perto de Paula, que perguntou:

— E aí, gente, alguma coisa para fazer?
— A gente acabou de chegar, ué.
— Eu sei, mas depois, *né*, tem alguma coisa?
— Ah, tem essas coisas de sempre, nada de muito especial, não. Festinhas do roque. Eu provavelmente não passo daqui.

Paula concordou, ligeiramente desapontada, e por trás dos dois veio um braço dispondo com uma mão um par de copos simples diante deles, sem que nada fosse dito. João se virou apenas para ver o garçom (cujo nome ele já aprendeu e esqueceu diversas vezes) já atendendo outra mesa, baixo e atarracado, nordestino, familiar e tranquilo no meio de tudo, natural. Paula não respeitou as reservas entreditas de nenhum dos dois e encheu os dois copos com cerveja dourada que ninguém bebeu imediatamente.

— Cara, essa campanha da Nike foi genial, saca? Neguinho teve muita integridade com a imagem deles.
— Total, mas é porque quando tu tá no nível deles, tu já tem isso de integridade bem mais fácil.
— É, *branding* vira outra coisa quando a marca já foi, assim, assimilada pela cultura?

Paula tinha o braço apoiado na mesa e curvado, com a palma delicadamente segurando sua cabeça também curvada. Olhava para Ricardo com seus olhos grandes, suspensa de qualquer julgamento claro, como se não estivesse ouvindo, como se nada daquilo lhe dissesse respeito.

João e Luísa se mantinham unidos, quase retidos um no outro. Ela batia com a mão na mão dele, nos termos de um jogo que só ela entendia e que parecia ganhar. A expressão distintamente dispersa de cada um deles parecia dizer que não mais entendiam o que estavam fazendo ali, nem por que haviam saído de casa. Sorriam gentis e distantes.

João descolou a insígnia da Antarctica e a repousou na testa fluidamente, olhando para a namorada com impossível seriedade. Paula e Luísa sorriram com uma mesma doçura, e a segunda o beijou vigorosamente na bochecha. João cruzou os braços e os apoiou na mesa em satisfação, os três se entreolharam calados por alguns segundos, o pouco que dava. Seus três copos fixos sobre a mesa inclinada e suja, detendo espuma.

Quinta-feira, 16 de julho de 2009

Domingo passado jantamos nós dois na casa dela. *Pizza* na mesa da sala enquanto todo mundo assistia à televisão. Luísa tentava, por minha causa, forçar uma imagem mais tradicional de jantar de família, uma que nem a mãe nem o irmão compreenderam. A mesa não foi exatamente posta, e cada um comia de um jeito diferente, sem que a refeição parecesse muito unida. Eles encerravam os assuntos que ela propunha com respostas monossilábicas ou gesticuladas enquanto mastigavam. Logo que a comida terminou, Bernardo saiu da mesa para terminar no seu *blog* um *post* longuíssimo sobre o filme do Homem de Ferro, que ele havia tentando me explicar antes como contendo "três planos paralelos e distintos" de discussão.

Domingo passa o único programa sobre o qual coincidem os gostos dos três, um *reality show* de cozinheiros que não consigo entender, cujas intrigas de alguma forma parecem interessar aos três por motivos bem diferentes.

No meio da conversa a mãe começou a relatar o encontro casual dela com uma prima distante, aproveitando para destrinchar todos os acontecimentos do lado da família que a desagradava, explicando os motivos mesquinhos que ela supunha por trás de cada escândalo. Por muito tempo narrou o ridículo por trás de um casamento iminente, que seria claramente causado por uma gravidez acidental, sem nos explicar como ela tinha tanta certeza da tal gravidez, ou de sua acidentalidade. Ela começou a mandar esse tipo de assunto pequeno e impertinente na minha frente, agora, o que não fazia antes. Luísa tentou mudar de assunto, mas ela não percebeu ou não se importou. Pelo menos sei agora que ela não exagera.

Depois ficamos com a sala para nós, assistindo algum outro *reality show*, Luísa movendo a língua gentilmente por dentro da boca, repuxando de leve o canto dos lábios. Eu fico impressionado com a capacidade enorme que ela tem de vestir as suas dores, assumi-las sem nenhum raio defletir em uma pequena ironia, nenhum galho se curvar com o peso de alguma distração, como sempre acontece comigo. Deitada de lado no sofá, ela foi um arco reteso a noite inteira. Mesmo meus humores mais marcados se desfazem em segundos, se eu não me concentrar intencional e artificialmente em mantê-los. Eu me sinto sempre vago quando ela está assim, ela o elemento mais importante da cena, como que mais pesada do que eu.

Eu tentei alguma besteira leve íntima nossa, algo constrangedor demais para descrever, mas ela pareceu incapaz de colaborar. Olhou de volta com uma incompreensão honesta e gentil, como um estrangeiro que não entendeu o que você falou, mas não quer precisar admiti-lo. Mantinha-se incompreensivelmente atenta às preocupações de cozinheiros tentando misturar elementos da culinária havaiana com ingredientes espanhóis. A expressão séria como se ali se articulassem tremendas importâncias. Normalmente isso me pareceria apenas fraqueza, essa disposição para sofrer. Mas com a dignidade que ela mantém a coisa faz mais sentido. Impor alguma forma correta no mundo, que seja por mera exaustão, carregando sozinha o sentido que o mundo deveria ter, se tivesse vergonha na cara.

Publicado por JMN às 15:21

Sexta-feira, 17 de julho de 2009

Escrevi essa descrição curta da Luísa anteontem e já hoje não reconhecia quase inteiramente a voz por trás dela. Não sei se porque a força da impressão, correta, já desapareceu, ou se porque a descrição foi malfeita, mesmo, desonesta. Para que alguma coisa sobrevivesse mais ou menos intacta até o final de alguma descrição, seria preciso que alguma urgência maior se demonstrasse na coisa em si, uma substância que não esmaecesse diante de uma imagem inventada e mais agradável. E isso não é costume do universo.

Mas não só isso. Eu percebi que esse negócio aqui anda transbordando um pouco, e que domingo enquanto a coisa se dava eu já montava esse textinho, já encadeava as palavras e articulava as ideias. E isso, acho que remonta até toda a minha coisa com Luísa, a minha tendência a lhe conferir uma pala totalizante e reflexiva que carregue a minha vida adiante. É tão evidente, que fico até envergonhado, e o mais estranho é que, de algum jeito, essas conclusões nem diminuem a sua força. Talvez até aumentem.

PUBLICADO POR JMN ÀS 19:21

* * *

Eles estacionam perto do supermercado 24 horas e atravessam a rua vazia até a casa da festa, que está aberta e rodeada de gente. Em volta de Luísa giram várias sombras suas de vários postes diferentes, e João acompanha uma qualquer enquanto ela desaparece no progresso até a próxima luz, enfraquecendo até parecer imaginada e sumir. A noite está quente e úmida, e quase todo mundo à vista se ocupa em repuxar cantos da roupa insistentemente. A maioria das pessoas traz um saco de latinhas de cerveja, ou uma caixa. João carrega uma garrafa de vinho que trouxe de casa.

Eles entram por uma pequena porta aberta nas costas da casa. Há um pequeno desnível entre a porta na rua e a grama do jardim, e João toma a mão de Luísa para que ela pule. A casa é de Dani, uma amiga deles imensamente popular. O tipo de pessoa que atende a mais de uma mesa de bar ao mesmo tempo. Eles, que são razoavelmente próximos dela, percebem não conhecer nem trinta por cento das pessoas. Pede--se para trazer bebida, mas não é uma festa aberta para qualquer um, há uma lista de convidados mais ou menos séria. Todos aqueles realmente são amigos dela. Alguns grupos se formam em divisões claras, e os dois se divertem em adivinhar como aquelas pessoas vieram a conhecer Dani. Umas meninas com roupa de patricinha bebem sozinhas e horrorizadas em um canto. Luísa supõe (corretamente) que sejam amigas da faculdade. Um homem de cardigã, bandana e no mínimo quarenta anos parece estar surpreendentemente confortável, rodando sozinho com uma cerveja na mão e um sorriso disposto. Um homem baixo e de bigode, que pode ter praticamente qualquer idade, anda sem camisa e parece querer demonstrar o tanto que ele é doido e o tanto que não deveriam mexer com ele. Ninguém parece se importar. Dani os recebe entusiasticamente com uma coroa de princesa, feita de plástico, e explica o funcionamento da festa com o máximo de informação que já se conseguiu passar em menos de dez segundos, que João não absorve. Ela desaparece em seguida por uma porta, rindo com uma amiga atrás de um saca-rolha que não é realmente um saca-rolha.

A parte principal da festa, a churrasqueira na beira da piscina, é decorada com pequenas luzes natalinas improvisadas ao longo do teto e das paredes. Perto de onde as pessoas deverão dançar em breve projeta-se *Super Xuxa contra o Baixo Astral*, a imagem não cabendo na parede e escorrendo um pouco até o teto. Todos parecem aprovar imensamente a ideia, uma sacada dos *amigos gays da Dani*, que formam um grupo semicoeso, uma instituição, autorreconhecida numa comunidade do Orkut de onze membros. Eles resgataram um item comum a quase todos os seus variados amigos, assentes ali em um território conhecido de onde perceptivelmente algumas conversas inesperadas brotavam. Uma ideia parecida parecia por trás da seleção de músicas, sucessos radiofônicos inequívocos de mais de uma década atrás que pareciam agradar a todo mundo, nostálgica e zoadamente ou não. No momento tocava-se *Ace of Base*.

Uma menina bem novinha de cabelo encaracolado e incrivelmente ruivo se indecide sobre a posição dos seus cotovelos ao se armar para fumar um cigarro, sozinha contra a parede. Com a festa mal começada, ela já parece bastante desapontada da cara real que aquilo assumia, agora já estirado à sua frente. João acha que é a irmã da Dani, e que provavelmente havia assumido todo tipo de expectativa para aquela festa. Aplainava seu vestido curto e repisava suas botas admitidamente exageradas, estranhando tudo, como se tomasse agora uma nova consciência de si mesma que não se alinhava tão bem com a da festa. Luísa queria abraçá-la.

Em um dos cantos mais avançados do jardim, o casal encontra Paula e Natália, que os recebem com entusiasmo ao mesmo tempo exagerado e honesto. Eles repetem impressões parecidas da festa e de sua amostra absurdamente representativa de tipos de gentes, de "tribos" reconhecidas em definições desajeitadas por telejornais e revistas de ampla circulação. Comparações são feitas com comerciais de *shopping*. Eduardo não viria, aparentemente, o que foi explicado por uma revirada de olhos de Natália que ninguém procurou questionar. Antônio estava com "sua gatinha" e evitando as duas amigas, segundo Paula, que precisou com o seu tom um ponto exato entre indignação genuína e indignação de brincadeira que nem sempre se consegue.

Esse canto avançado do jardim ficava diante da churrasqueira de onde vinha a música, que estava alta, mas suportável, permitindo conversas. As três garotas se sentaram em cadeiras de plástico que haviam sido espalhadas indiscriminadamente ao longo da casa, encarando direções dispersas, e apenas João permaneceu de pé.

Perto dali sentava sozinho perto da piscina Guto, também conhecido como Guto Inédito. Participante atual de três bandas mais ou menos sérias e de doze bandas ao longo de todos os seus vinte anos (embora não estivesse contando). Ele vestia uma camiseta do Colégio Marista, de onde havia saído havia três anos. Estava sentado no chão com as pernas agigantadas dobradas e inúteis, pernas de gafanhoto, e com as mãos unidas na cintura. Ele não fumava ou bebia. Do seu lado estava o seu bandolim, que ele costumava carregar para todo canto, embora quase nunca tocasse. Se perguntado, ele diria que já perdeu belas oportunidades de tocar bandolim, e que não deixaria isso acontecer de novo. Isso era verdade.

Paula conseguiu atrair sua atenção e ele se aproximou, uma expressão benevolente abstrata, e as mãos sem caber nos bolsos.

– Guto, você tava de novo hoje no jornal!

– Eu sei, eles me seguem! Eu *tava* comprando uma lâmpada na Nove e eles *tavam* com o repórter lá gravando alguma coisa lá na frente, daí eu fiquei lá atrás.

– Você apareceu no jornal? – João perguntou, sem entender muito bem.

– Ele já fez isso umas três vezes, ele dá com o povo de algum jornal desses regionais na hora do almoço e fica no canto da tela balbuciando seriamente alguma coisa, é muito assustador e massa.

– O que você fala?

– Ah, sei lá, invento na hora. Hoje eu dei um recado para o meu antigo professor de natação, no caso de ele estar assistindo. Eu gostava dele. Mas meio difícil, *né*, ele não deve ter entendido nada.

– Massa. É muito massa a ideia de você disseminado por aí nas televisões.

Guto sorri em silêncio e olha em volta, timidamente sem saber como tomar o que parece ser algum tipo de elogio, como sempre faz. Seu sorriso é uma linha funda bem no meio de seu rosto, puxando uma lua crescente pronunciada no queixo e na testa.

Depois de um tempo sem nenhum assunto muito declarado, Guto se afastou, recrutado por outro grupo de pessoas. João perguntou a Paula:

— Como você conheceu o Guto?

— Ah, sei lá, não lembro de quando eu o conheci. Eu sempre o conheci. Ele sempre *tava* lá, tipo minha *vó* e meus tios, o Jô Soares.

João se lembrou de como conheceu Guto, e enunciou para si mesmo a memória. De como no terceiro ano, ele, João e Antônio um dia andaram sem rumo no parque da cidade por quase três horas, depois de almoçar em um *shopping* por perto. João mal conhecia Guto, então Antônio era o único a falar, e ainda assim pouco, geralmente sem ser muito respondido. Observaram os gansos perto do lago por um bom tempo, filmaram com uma câmera digital o massacre arrastado e injusto de dois deles por parte do resto do bando. Atravessaram descampados amplos e feios de vegetação seca e dispersa. Tomaram picolé de fruta, sérios. Já quase no final da tarde, perto das cinco, encontraram o prédio antigo dos pedalinhos que se alugavam alguns anos antes no lago, agora abandonado. A porta estava aberta, e ficaram algum tempo lá dentro revirando o que havia para ser revirado. O estado de abandono era exagerado, pós-apocalíptico, de carcaças de pedalinhos ominosamente empilhadas por toda parte, ferramentas cujo propósito eles desconheciam jogadas por todo lado, jornais antigos sendo espalhados no chão pelo vento que os três trouxeram. Todos eles tinham memórias antigas com o pedalinho que não foram relatadas. Depois de algum tempo de verificações e braços armados na cintura, de apontar alguns detalhes uns para os outros, aperceberam-se de que não havia nenhuma possibilidade imediata a se retirar daquilo, nada a se fazer. Por mais forte que fosse a imagem dos pedalinhos mortos, ela não significava nada, ou ao menos nada que valesse a pena. João continuou sentado sobre o canto menos sujo da sala por um tempo. Guto tirou o bandolim da capa de proteção e tocou músicas que João não reconheceu enquanto Antônio usava a tinta azul que havia sobre uma mesa, a única que ainda restava líquida, para pintar "*All Hail Eris*" e desenhar mal um homem sorrindo sarcasticamente na parede, meio apertado entre as janelas.

João pensou por alguns segundos em contar isso para Paula. Decidiu que não.

Depois de um tempo sem conversar direito, Natália e Luísa foram dançar e deixaram Paula e João nas cadeiras de plástico. João mantinha um sorriso pequeno e Paula o encarava direto, sem nenhuma timidez. Pequena e desmontada em algum conforto no espaldar da cadeira que mal servia de apoio de verdade para a maioria das pessoas.

Ela claramente revirava uma caixinha mental de coisas em comum para pensar no que dizer. Não achando, decidiu falar qualquer coisa mesmo assim.

– E a vida, João?

– A vida *tá* massa, a vida *tá* justa.

– Como que *tá* com a Luísa? Vocês se amam para sempre?

Seu queixo se levantava ali no escuro como se fosse uma pergunta genuína. João sorriu, mas respondeu quase imediatamente, tentando imitar o tom infantil e irrepreensível que ela havia demarcado, falhando por poucos graus.

– Sim, nós nos amamos para sempre, é.

– Todo mundo adora vocês, você sabe, *né*? Mil pessoas já vieram me falar. Vão fundar religiões aí em volta de vocês, chamar para ser padrinhos dos filhos, inaugurar supermercado, tal.

– É, pois é, parece que sim. É engraçado para caramba, eu não entendo. O Eduardo e a Natália, por exemplo, são um casal muito mais divertido.

– Ah, são, mas é diferente. Dá vontade de fazer um filme em volta de vocês dois juntos, toda hora. É muito legal. Sempre que vocês *tão* juntos pode notar que *tá* todo mundo olhando para vocês de canto de olho, para ver o que acontece, tentar imitar, sei lá.

João riu, cruzando as pernas estendidas, satisfeito.

– Boto fé, na real eu acho que sei o que você *tá* falando. E isso não tem quase nada a ver comigo, não tem como ter. Olha só para ela.

Luísa a alguns metros dali dançava com Natália, um pouco tímida e rindo da amiga exagerada. Mexia-se pouco e parecia meio perdida, ainda que o escuro não permitisse julgar muito bem. Não se imaginava observada. Ajeitava o cabelo e alternava as pernas e não sabia onde se colocar. Os dois observavam sem falar nada e João se constrangia um pouco.

— Vai lá, salva ela.

João olhou para Paula, para tentar entender se ela falava sério. Demorou um instante, mas se levantou e foi até Luísa. Com ela de costas, ele pegou sua mão para chamar sua atenção, o que Luísa prontamente pareceu entender de outra forma, virando-se surpresa, entregando um sorriso e acolhendo a mão dele toda agradada. Que eles formassem um par, alinhados e incoerentes à espera de uma valsa.

João parecia plenamente envergonhado, imóvel, e Luísa riu mais uma vez. A música era *Never Gonna Give You Up*.

Ela percebeu que não era isso que ele queria, mas decidiu insistir, e com um aviso breve de intenções acontecendo principalmente nas sobrancelhas, liderou que eles tentassem, que fincassem um ritmo próprio ali contra a outra música, ignorando os graves renovados sensivelmente e trabalhando para não perder seu próprio ritmo. Eles estavam ridículos, mas João entendeu que esse era parte do sentido, que era o tipo de empreitada que não tem como ser plenamente bem-sucedido. Mantinha os olhos nos de Luísa para não se desconcentrar ou se envergonhar demais. Ela ria e tentava marcar o tempo, e parecia renovar a insistência neles, repeti-la na bobagem que era, na sua desimportância; para que ele não cedesse.

A terceira porta tentada por João estava aberta, e ele atravessou com cuidado a área e a cozinha escurecidas até chegar na sala, evitando com excessiva cautela trombar com mesas e cadeiras.

Antes que pudesse determinar qual das novas portas poderia dar em um banheiro, percebeu as figuras sentadas de costas para ele no sofá.

Antônio, Guto e Carlão, os três no escuro.

Carlão tinha uma reunião de componentes masculinos bem feitos, uma mão pesada, uma barba malfeita permanente. A disposição geral de um cachorro simpático. Ele era bonito, mas parecia ter uma beleza cansada, aos vinte e dois anos já extinta numa promessa não cumprida.

Ria muito e muito alto, parecendo honestamente achar que todo o mundo participava de suas piadas internas, por alguma espécie rara de inocência ou por estar sempre doidão. Sua gentileza, geralmente dispersa e expressa em abraços e cumprimentos de mão, ele depositava sempre que podia dividindo as drogas que tivesse no momento com praticamente qualquer um que estivesse por perto, amigo ou não. Isso seria o bastante para torná-lo uma pessoa imensamente popular, não fossem suas salvações inexplicavelmente ineficazes, na maior parte do tempo. Nada nunca funcionava, a não ser com ele. A sobriedade desapontadora contrastava com sua enorme efusividade em torno de tudo e costumava deixar todo mundo constrangido. Antônio já havia contado de passar um bom tempo sentado no chão do quarto de alguém com Carlão, passando a mão no carpete fedido e esperando sentir qualquer coisa que pudesse ser confundida com efeito de ácido. Não sabendo como se levantar e ir embora, tentando com a melhor das boas vontades concordar com Carlão sobre a terrível pungência que havia na pintura descascada do teto, na bulbosa denúncia de infiltração.

Se perguntados, ninguém diria ter nenhuma espécie de reserva sobre Carlão, e estariam sendo honestos. Mas de alguma forma ele não era nunca chamado para os lugares, o que ele tampouco não comentava ou reconhecia de nenhuma forma visível.

– E aí.

– João, Mo-le-que.

João se sentou na poltrona oposta ao sofá onde estavam os três. Antônio e Carlão sorriam, mas nada mais se podia dizer deles, pela escuridão. Guto parecia entediado. João se lembrou de repente que havia sonhado com Guto aquela semana, que os dois escavavam a UnB atrás de alguma ossada não explicada, algum tesouro arqueológico que salvaria o estado presente das coisas, pressurosos de alguma ameaça imediata. Inconscientes, pareciam ter Guto em alta consideração, umas doze pessoas sonhavam com ele por dia. A televisão entre eles estava ligada e emudecida, com Serginho Groissman revolteando os ombros e os cantos da boca, entreaberta em volta de algum assunto.

Sorrindo inesperadamente, piscando sua velhice. Os três pareciam se divertir imensamente com aquilo.

– Um apresentador de tevê é tipo, *véi*, é tipo um avatar de importância, olha ele. Olha ele mudo, que massa!

– Quê?

Tentativas curtas e desengraçadas de dublá-lo eram iniciadas, às vezes, por Carlão. Antônio colaborava minimamente sem muito ânimo.

– Porque-e-e – eu *tô* mui-to *velho*, e eu fico aqui brincando com a garotada, sem querer aceitar a realidade dos *fa-tos*.

– E a tua mina, Antônio?

– Foi embora.

João percebeu de repente que eles pareciam uma família, rostos escondidos e tortos no sofá, apertados. Antônio baixo entre os dois amigos altos, um filho. Uma subversão fácil e que não poderia importar muito.

– *Véi*, vai ser muito massa quando eu dormir, meus sonhos andam muito bons esses dias.

– Tem umas duas semanas que eu não sonho mais com ninguém que eu conheço, que eu sonho só com atores.

– Como assim?

– Tipo, sei lá, o Michael J. Fox, o Morgan Freeman. *Tô* sempre andando com eles por aí, me metendo em divertidas enrascadas, tal. Tom Cruise com aquela cara fixa maluca dele, intensa. E altos atores desses menores, coadjuvantes, desses que todo mundo conhece, mas não sabe o nome, desses que sempre fazem os mesmos papéis, saca?

Antônio sacava, e parecia ver graça naquilo. Guto se levantou e começou a examinar as fitas VHS enfileiradas embaixo da televisão, em uma pequena prateleira apropriada para tanto. O tempo inteiro sério.

– É muito massa, eu *tô mó* confuso em algum lugar malucão e do nada aparece algum cara que sempre interpreta um médico confiável, e o lugar todo vira um hospital e tudo faz *mó sentido*.

As pausas que Carlão fazia eram todas ligeiramente constrangedoras, obviamente esperando encorajamento para continuar a falar e não recebendo nada nesse sentido. Antônio olhava para ele, mas não fazia muito mais que alguns murmúrios e risos contidos, mais preocupado com qualquer coisa que recebia ou deixava de receber no celular. João não parecia se incluir na cena, como estava acostumado a fazer, como se estivesse ali formalmente apenas como espectador, e não tivesse que manifestar nenhuma presença além dessa. Guto escolheu uma das fitas, colocou no videocassete rapidamente, com movimentos econômicos, e voltou para o sofá.

A tela cedeu a alguns chuviscos e tremores que imediatamente deram forma ao final curto de algum comercial antigo, reconhecível mesmo nos seus dois segundos sobreviventes. Bamerindus. A vinheta de Globo Repórter seguiu, antiga, de uma ou duas vinhetas atrás, acompanhada da música que eles tinham tão familiar.

– *Boa-noite.*

Sérgio Chapelain em um cenário virtual, sério, andava de maneira pensativa, sentenciosa, introduzia o programa daquela noite, sobre *depressão*.

– Que fe-ra!

– Que saudades!

Preocupado, ele explicava que essa doença silenciosa tinha números surpreendentes, que talvez você mesmo fosse uma vítima. Que o preconceito e a falta de informação eram quase tão danosos quanto a doença em si.

Os quatro escutavam em silêncio, manifestamente entretidos, com sorrisos infantis que não calculavam.

– Caramba, só agora *tô* percebendo o quanto que é maluco que neguinho tenha isso gravado. Um Globo Repórter sobre depressão, e a fita aqui na sala. Tipo ah *bora* assistir isso de novo, gente. A família toda, eba!

– Real.

O celular de João começou a vibrar e a piscar descoordenadamente um quadrado de luz através do bolso da calça. Ele demorou três chamadas para atender.

* * *

— Quê que foi aquilo, né?

Com a falta de qualquer tom claro que a voz dele tinha sempre que distraída (no momento com as costas dos DVDs alugados pela mãe dela, que eles surpreenderam em cima da mesa), ela demorou um pouco para responder, para entender o que era "aquilo".

— Ah, pois é. Mas o Eduardo é complicado, assim, eu já te falei.

— E nem precisava dizer, também. É o tipo de coisa que você percebe logo. Esse jeito todo fica bem claro logo que você o conhece.

— Essa tristeza, *né*.

— É, uma seriedade afetada, gravidade esquisita.

Luísa dobrou as pernas para dentro do sofá, deslizando seus lábios um no outro e considerando o assunto seriamente. Seus olhos não fixavam nada diante dela.

— Já percebeu como ele fica quando alguns de nós — um grupo pequeno, de pessoas mais próximas mesmo — *tão* realmente fundo em alguma pala, alguma coisa besta, alguma brincadeira absurda que a gente se permite não sei como de vez em quando? Quando todo mundo fica fazendo uma voz retardada ou tentando ver a cara mexicana que tem na testa de todo mundo, brincando de mímica *fistaile*, essas coisas? Como ele fica distante.

— Sei, eu sei como ele fica — João interrompeu, imitando como conseguia num olhar superior e arrogante.

— Não, mas não é de um jeito superior, eu não acho. É como se ele reconhecesse que isso tudo que *tá* acontecendo deve ser muito agradável, muito bacana, mas só aí onde vocês estão — onde a gente *tá, né* — só nesse tão distante aí.

— Como se fosse impossível para ele participar.

João franziu as sobrancelhas.

— Ah, acho que ele nem quer.

— Nossa, pra mim parece muito que ele quer.

— Ele sente isso tudo — essa distância — como algo desagradável para caramba, sim, mas ele gosta, ele se respeita mais por ser assim, complicado. Assim *quimicamente* complicado como ele é.

— Não, mas acho que não é tanto isso, de ser *quimicamente complicado*.

— ...

– Já vi a Natália dizer que a irmã dele sim é que parece ser dos remédios fortões e crises sérias e perigosas, que fica às vezes irreconhecível e não dá nem para entrar no quarto, tal.
– Puts.
– É. Daí ele se entende até com sorte, sabe o quanto pior poderia ser, sabe que *tá* em outra divisão, alguns níveis abaixo, tal.

Os dois se calaram imóveis mantendo a posição, a distância curta entre eles no sofá. A posição de quem conversa. Ela, segurando uma mão na outra entre os joelhos dobrados; ele, ainda olhando para as costas do DVD, lendo desatento pela terceira vez o resumo mal escrito de um filme que não lhe interessava nem em nenhuma das maneiras em que filmes ruins lhe interessavam às vezes, uma mulher divorciada tentava recomeçar a vida na Toscana. Uma mulher gatinha, ao menos. Não sabendo o que dizer, mas não ainda querendo desistir do assunto, calculava em respeito silencioso os vários andares para baixo de existência mais grave e concentrada, hierarquias inteiramente desconhecidas que ele conseguia apenas reconhecer existentes, concordar formalmente com a cabeça. Que ele nunca chegaria a conhecer.

Luísa puxava o cabelo para trás e tentava organizar seus vários pedaços em alguma coisa estável, revelando seu pescoço e o espaço onde os cabelos volteavam pequenos arcos curtos e incertos, e as orelhas meio grandes demais que quase nunca estavam à mostra. Ela fazia isso sempre que pensava em alguma coisa, e não era como se a tentativa fosse focada, suas mãos nem pareciam tão preocupadas, ela apenas enformava pequenas ordens que desabariam em seguida, fatalmente. Ela não parecia perceber esse hábito do jeito que João já percebia, e ele não comentaria nada. Já havia visto a maneira meio esquisita que ela assumia quando se via obrigada a reconhecer um hábito seu, a maneira confusa de não mais conseguir sabê-lo genuíno ou não. Aconteceu quando ele, depois de um tempo juntos, descreveu para ela a exata expressão dela progredindo enquanto comia qualquer coisa, o que parecia um teatrinho infantil e sempre igual que ele adorava, de absoluta perplexidade diante da comida ao engolir, até certo reconhecimento esclarecido, exagerado, como se ela lembrasse que ah, sim, isso é frango, e precisasse apontá-lo para um observador, até uma conclusão como que racionalmente satisfeita ao engolir, e que ela agora quase nunca mais reproduzia sem perceber de repente o que estava fazendo e estacar sua expressão numa indiferença neutra e meio morta.

— E parece que ele está melhor, de qualquer forma. Parece que a pior época foi na adolescência.

João concordou, o lábio inferior entortado em direção ao superior; a expressão fixa à procura de quantos minutos o filme teria (querendo um número de dois dígitos), mas também explicitamente virada para dentro, ocupada com a conjuração de diversas imagens coincidentes com as de Luísa, inclusive semelhando-se bastante às expressões faciais sem que nenhum deles percebesse, com os olhos igualmente virados para baixo e os lábios igualmente entortados.

Ela descansava o olhar no reflexo pequeno que a estante de vidro e madeira escura da televisão oferecia. A imagem fraca dos dois corpos sem cabeça refletida entre um vaso verde antigo e álbuns de família derrubados uns nos outros. Ainda lá quando ela voltou a falar.

— Mas é tipo como se fosse o bastante, *né*, claramente. O que ele já viu e o que ele já sabe. Já é o bastante para ele não conseguir se livrar nunca, tipo.

Ouvindo isso, ele se virou para ela de uma vez, uma expressão séria como se houvesse entendido algo dela ali, algo específico tivesse se determinado. Então forçou o dedão através de sua coxa, um progresso que precisou vencer duas vezes a resistência da calça até se decorrer íntegro (a caixa do DVD ainda na sua outra mão, não sabendo como soltá-la). Era sempre através de algum pequeno contato físico que ela percebia que ele estava tentando manifestar compaixão, tentando negociar com pequenas tentativas uma maneira de vencer as várias resistências e empreender um gesto mais significativo. E embora ela não estivesse falando daquilo que ele parecia achar, ela o aceitou imediatamente, e a cabeça dele foi trazida ao seu peito; os dois recostados enfim ao longo do sofá. Pensando que seria indecente rejeitá-lo, de qualquer forma. Como se aquela fosse uma dessas integridades que não valem a pena.

João caminhou no escuro, andando devagar e desviando desnecessariamente de duas cadeiras desaparelhadas, percebendo que não conhecia a sua própria sala tão bem quanto imaginava, aprestando as mãos à sua frente para detectar qualquer volume inesperado, qualquer surpresa, qualquer porta fechada. Chegou ao pequeno corredor que dava para todos os cômodos da casa, abriu a porta e ouviu uma reclamação assustada e curta, desarticulada. Olhou para baixo e viu seu irmão sentado na sua frente, no chão, de fato quase ao alcance do raio da abertura da porta. Nenhum deles disse nada. Uma versão descamisada e bem mais forte dele mesmo, com *piercing* no nariz, de costas recurvas debruçadas para frente, com as vértebras desenhadas. Deitado no chão, ele olhava para o seu celular ligado ao carregador na tomada, com uma mão depositada na outra, estalado o dedão, esperando em seriedade até agressiva por alguma mensagem (de alguma menina, talvez), com seu ideograma chinês nas costas denotando Paz, ou Felicidade, ou bem qualquer coisa.

O Gol branco deu uma volta meio desnecessária, antes de estacionar torto perto de cinco homens em círculo. No meio de um estacionamento bem iluminado, amarelado, dois carros abertos e paralelos, tocando música alta, três cadeiras de praia abertas e ocupadas, e uma caixa de isopor. Três dos cinco estavam fumando, três bebendo (mas não os mesmos três). A iluminação dos vários postes era pálida, mas forte o bastante, dava para cada coisa sombras múltiplas e apagadas, um excesso embaçado circundante.

– Jo-ão, moleque, que honra, hein!
– Presença ilustre.

Os tons eram confusamente exagerados e sérios ao mesmo tempo. O que parecia ser mais o velho entre eles, Carlão, barbudo e cabeludo de um mesmo excesso preto e sujo, e ainda careca num rareamento incipiente, havia aberto seu sorriso grandalhão de sempre e o mantinha a algum custo, com suas linhas perdendo gradualmente a convicção. Gustavo, cabelo castanho, raspado curto e pele avermelhada, tinha os olhos meio pesados e um sorriso permanente de alguma influência, assim como Antônio e Breno. Guto Inédito tinha as mãos no bolso e uma expressão um pouco condescendente, a linha decisiva de seu sorriso gentil parecia vagamente envergonhada de alguma coisa. João fechava a porta do carro, com a expressão presa em pequenas complicações, como resolver a distribuição das chaves, celular e carteira nos três bolsos, não respondendo apropriadamente aos cumprimentos, o que rendeu um silêncio curto de intervalo, em que as expressões todas permaneceram estáticas, recuando até um espaço anterior expectante.

– E aí?

Já inserido no círculo, João cumprimentou cada um individualmente (com uma exceção), a mão dura e um tapa fraco nas costas. Estacou numa parte qualquer do que agora se tornava um círculo e estabeleceu um sorriso fraco. Carlão, o único sentado, franziu os olhos e soltou um pouco de fumaça, esticando as pernas ainda mais um tanto para frente. Breno retomou o assunto.

– Porra, mas é isso que eu *tô* falando, saca, não é de abandonar nada, de sair assim na zela, tal, tipo. Lá tem *mó* mercado de trabalho, saca. Tipo, ir para São Paulo assim sozinho já é massa, saca, só é complicado, mas é muito possível.

– Tipo, todo mundo agora sente pressão, a gente não tem mais como fazer isso de um jeito retardado, tipo como a gente queria fazer quando a gente era moleque, mesmo. Isso é outra pala.

Breno falava isso para todos, mas principalmente voltado para Guto, que não respondia, com as mãos no bolso, ouvia como se não fosse com ele. Ele esperava que Gustavo ou Carlão falassem também, o que não acontecia.

– Porque eu já achei que rolava de acontecer em Brasília, mas agora eu sei que não, saca, eu *sei* que não. Que São Paulo não é, tipo, sei lá, uma possibilidade, saca, é tipo a única opção. Aqui não tem mercado, não tem *cena* de verdade.

Breno havia dito isso com grandiloquência, reunindo um enorme ânimo retórico, esperando veementes assentimentos que não vieram.

– Pois é.

Antônio e Gustavo pareciam desatentos, olhando através das coisas, cantando baixinho a música que tocava e tomando quase nenhuma pretensão para si mesmos. Antônio, às vezes, dava pequenas dançadinhas autoconscientes que ele quase imediatamente interrompia, sorrindo para ninguém em particular, tornando claro que ele sabia que havia sido besta. Deslizava os pés no asfalto áspero, travado, observando o estado do seu tênis maltratado; gastava-se em ímpetos desordenados de energia, solos quase abstratos de guitarra, que logo se extinguiam para ser escusados logo depois, minimamente, com meneios simesmados e mal percebidos, dos ombros, do queixo, do lábio inferior empurrado contra o superior. Carlão ouvia tudo, de sobrancelhas meditativas, como se fosse o mediador da conversa, e fumava ponderadamente. João, como quase sempre, fechado em suas sobrancelhas, com as mãos pesadamente depostas nos bolsos do casaco bege, parecia tentar se lembrar de alguma coisa violentamente, agressivamente esquecida.

– Que é isso, mesmo?

– Modest Mouse, das paradas mais antigas, *né*?

– É, é aquela *Talking shit about a pretty sunset,* não é?

Guto Inédito concordou com a cabeça, com um sorriso pequeno, que na verdade se tratou de uma ligeira modulação do seu já existente sorriso fraco e distante, como que esquecido na sua cara.

– Acho *mó* parada apropriada para se ouvir nessa situação – tipo bebendo em estacionamento, *tá* ligado? Neguinho é *mó* de uma mesma pala que a nossa.

Guto concordou de novo, de novo um sorriso mínimo, sem demonstrar se havia realmente concordado, realmente entendido, ou se estava só sendo educado.

Atentos para todo carro que passava nas duas pistas principais diante deles, e para quem chegava ao estacionamento, os olhos todos igualmente seguindo os seus progressos, como se acompanhassem uma mesma bolinha de tênis. Eles pareciam estar esperando por alguma coisa, mas não estavam. Não chegaria mais ninguém, e não estavam aquecendo para alguma festa. Era só isso que acontecia, cadeiras de praia no asfalto e latinhas se acumulando em volta, pitadas de cinza. Alguns dos mendigos da área já eram conhecidos (embora o relacionamento fosse sempre meio reticente, não passando de cigarros concedidos de vez em quando, ainda mais depois de uma complicação meio traumática sobre a qual pouco se falava). O povo que chegava para as lanchonetes do complexo comercial que justificava o estacionamento os olhava de longe, parecia achar graça (o que eles já tomavam com algum orgulho, principalmente Carlão). Alguns jogos já haviam sido inventados ao longo dos anos, aproveitando-se de todas as possibilidades organizacionais do estacionamento e de suas linhas demarcadas no chão, variações criativas de futebol, geralmente, com toda espécie de bola imaginável: de meia, de tênis, tampinhas de garrafa, com várias delas escapando para a pista movimentada ali do lado, batendo em carros alheios, o jogo seguindo regras absurdas que não se sustentavam por mais de algumas poucas partidas, substituídas no meio do jogo. Mas agora, com os vinte poucos virando quase muitos, já se consideravam velhos e cansados demais. Ainda andavam com *skates* no porta-malas, e de vez em quando um deles, meio de piada, vinha com a camisa do Fugazi e dava uns *ollies* meio ruinzinhos por uma meia hora até machucar a canela; mas era como se essas tentativas já viessem de uma refração enviesada, uma emulação de algo anterior e mais espontâneo que já não seria possível.

    Havia toda uma explicação ensaiada para eles ainda insistirem naquilo, dada geralmente por Carlão a alguma menina a quem ele estava tentando impressionar e que parecia, até o momento, bem pouco impressionada. Eles sabiam que estavam sendo toscos, mas aquilo era, segundo ele, mais verdadeiro do que ir para um bar. Os motivos para essa autenticidade qualquer variavam de acordo com o humor de Carlão, (que geralmente até estava falando sério, à sua maneira, apesar do tom exagerado) mas costumavam circundar em volta de alguma imagem que ele mantinha de Brasília ser uma cidade assim esparramada, sem ruas direito, sem esquina, de cantos isolados. De onde ele saltava com argumentos gesticulados pelas suas mãos e sobrancelhas para concluir que o melhor lugar público para se beber eram os estacionamentos. Dizia-se também que era consideravelmente mais barato. Carlão cursava História, e estava bem lá para o sexto ano, sem planos muito imediatos de conclusão. A principal glória de sua vida até o momento se concentrava nas pichações e *stencils* engraçados que ele fazia por Brasília, principalmente no plano, e que eram largamente conhecidos por praticamente todo mundo dos seus círculos imediatos. Personagens reconhecíveis de todo mundo, geralmente da infância, Seu Madruga, Jiraya, Seiya, Seu Malandro. Ele parecia ver uma enorme importância em sustentar adiante o reconhecimento quentinho que todos sentiam em volta desses pontos em comum, desse monte de coisas, dessa nostalgia quase imediata pelo que conseguiam partilhar.

Depois de um breve silêncio, Breno retomou a tentativa.

– Tipo, dá de voltar depois, tranquilo, mas é uma fase, saca, é um período assim no começo até tu conseguir ganhar um nome, tal, tem que ser em São Paulo.

– *Sum-Paulo*.

Aquela era a única contribuição de Gustavo em mais de dez minutos. Ele sorria sozinho.

– E ainda que, *véi*, imagina que massa poder ver teu *Curínthia* time toda semana. Estádio de verdade, poder ir para os jogos, ver neguinho na rua comemorando.

– Real. Isso é massa!

João falava nada, apoiado no carro de Antônio. Carlão levantou-se com enorme e resmungada dificuldade, apontada principalmente nas costas, e apanhou mais uma cerveja. Parecia impossível não ter, enquanto aquilo se desenrolava, uma noção pesada do humor tão artificial que se imprimia, e do esforço meio tedioso deles em mantê-lo. João notava as ausências, dois anos atrás certamente haveria mais umas quatro pessoas aqui, no mínimo. Até aquilo, tão pequeno e simples, despretensioso, até aquilo se perdia, se diminuía. Eventos de vários tipos eram celebrados naquele lugar, sempre daquela mesma forma, ironicamente ou não, eleições brasileiras e americanas, a queda do Fidel (usando sacos plásticos como barba, e fumando charutos horrivelmente baratos), a morte do Michael Jackson (executando Moonwalks sofríveis e pouco engraçados). Diante de algum espasmo histórico e midiático qualquer, eles se reuniam naquele estacionamento e bebiam latinhas de cerveja, confirmando, na aridez do asfalto, no silêncio amarelo das duas ruas discordantes postas ali, a distância que eles mantinham das reverberações mais imediatas de qualquer daqueles eventos.

João entendeu, assim de uma vez, qual era a impressão que se protelava na sua cabeça havia uns cinco minutos. Arranjou uma forma para ela, uma frase bonitinha o bastante para ser comunicada. Arrancou o celular do bolso apertado da calça e começou uma mensagem para Luísa, lentamente, mudando de ideia, quase desistindo, apagando e recomeçando a frase que tentasse descrever aquela cena, alcançar alguma versão minimamente verdadeira daquilo que já diminuía, já se perdia diante dele.

— Ele *tá* todo assim com essa, mas na verdade ele *tá* acertado é com a Patrícia Pillar.

Lívia mantinha os braços cruzados ao assistir a novela, e não parecia assim tão agradada, como se estivesse fazendo um favor, condescendendo alguma vontade alheia ao assistir aquilo. Aquilo era tão interessante quanto o cutucar mínimo e desatento de suas unhas, e a paisagem inerte da quadra lá fora, mal iluminada de luzes poucas e amarelas. Ela anunciava em voz baixa o que ia acontecer, e recebia os preenchimentos de suas expectativas com uma graça pequena e meio insatisfeita, sorrida infantilmente nos lábios finos e sem cor. Praticamente, era a única coisa que assistia na tevê, além de jornal; às vezes (também sem muito interesse) assistia a uns filmes americanos que as amigas recomendavam de vez em quando, geralmente comédias românticas ou romances dramáticos de mulheres mais maduras, propondo uma segunda chance no amor, e que ela geralmente não gostava. Nem tampouco conseguia acompanhar seriados e filmes no meio, na televisão, achava confuso demais.

— Ih, ó-lá, agora ele vai ligar para outra e vai avisar antes, quer ver?

Bernardo estava desenhando no caderno, na mesa da sala, mas olhava para a tevê para ver tudo que a mãe anunciava, entendendo que estava sendo invocado com cada comentário (o que era apenas parcialmente verdade). Sorria sem os dentes em breves lampejos, e claramente não entendia o que se passava. Na tevê, o homem assumia uma cara fria e calculista e ligava no celular para alguém.

— Esse aí não presta não. Faz tudo quanto é maldade.

Bernardo concorda minimamente, sem que a mãe perceba. Continua desenhando, dobrado diante do papel, aprestando todo o seu corpo para tanto, a mão esquerda revolvendo a folha e fixando sua posição com o dedão e o indicador, o pescoço se retorcendo para achar o melhor ângulo, a expressão terrivelmente concentrada. Com o lado da ponta do lápis adiciona um sombreamento desnecessário ao tiranossauro ninja, formidável e exultante, impelido por uma série de bulbosas explosões.

Luísa finge dormir no canto do sofá, encolhida, com as mãos entre as pernas; recolhe todos os barulhos espaçados e calmos que recebe, da mãe se ajeitando de posição no sofá, e rindo baixinho das besteiras da novela, do seu irmão murmurando diretrizes abstratas pra si mesmo, do lápis riscando o papel, suave, às vezes mais rapidamente, fazendo alguma hachura. Sua casa aquietada, pronta para receber o fim do dia. Ela finge dormir, principalmente porque sabe que a mãe fica muito mais insegura das bobagens da novela quando ela está acordada, e precisa dobrar a veemência das concessões que ela acha que tem que fazer, deixar claro que reconhece a atuação exagerada, a simplicidade dos personagens, a previsibilidade das tramas.

Depois de desligar o telefone, o personagem apontava com um sorriso pequeno e com os olhos quase fechados sua imensa e incontida e malvada satisfação. Olhava para o horizonte enquanto começava a tocar a música de encerramento.

— *Cabou*. Aiai!

A mãe se levanta e vai até a cozinha, bebe água audivelmente, em goles curtos engasgados. Chega à sala e varre tudo com os olhos, tentando ver se tem alguma coisa que ela possa corrigir. Repuxa com os pés a dobra do tapete, apanha uma revista caída ao chão e a enrola, fica parada por um instante. Caminha até o filho. Há algumas semanas, antes de se retirar para o quarto, ela faz questão de beijar os filhos na testa, mesmo quando isso significa um esforço que não vale a pena, artificial, de rodear a mesa apertada, de se espichar com dificuldade até onde a filha *tá* deitada, fingindo dormir. Os filhos se constrangem, geralmente, mas baixam a cabeça adequadamente, recebem aquilo quietinhos e acabam apreciando a tentativa. Luísa finge ser mal desperta pelo beijo, resmunga minimamente, não abre os olhos. A mãe desliga a tevê e a sala se preenche de um silêncio inesperadamente marcado, com uma única lâmpada acesa, insuficiente, com os cantos da sala guardando sombras, Bernardo murmurando uma música incompreensível. O celular de Luísa, em cima da mesa, vibra uma única vez, ruidosamente sobre o vidro. Ninguém parece notar.

Cinco minutos depois a mãe volta, meio assustada, ainda recuada para dentro do corredor escuro.

– Filho, a gente tem que falar de um negócio. Luísa.

Ela demora um pouco, se remexe duas vezes insatisfeita, mas acaba que senta, fazendo cara de sono. A mãe, recortada na moldura do corredor escuro, com suas feições fracas e pouco afirmadas, as linhas de expressão tremidas ligeiramente, seus olhos e boca instando por uma decisão que pudesse se afirmar, alguma forma decisiva que se apresentasse, o braço direito segurando o esquerdo e o esquerdo pendendo solto, inútil.

– Eu *tava* falando com a sua *vó* Neide semana passada, e vocês sabem, ela *tá* tão velhinha, *né*? E tão sozinha. A casa lá *tá* que ninguém cuida direito, infiltração e com os móveis todos... – e a cidade é tão complicada, que eles não se veem assim sempre, só uma vez por mês, vocês sabem. E tudo aqui anda tão... E aí é que – as minhas irmãs deram a ideia de a gente ir para lá, de a gente ir morar lá com ela, na casa.

Ela falou assim, sem mais nem menos, de uma vez, a última parte saindo de um tom inteiramente distinto das outras, como se ela tivesse acabado de surpreender ela mesma com o que havia dito, como se nem pudesse ser assim tão responsabilizada pelo seu conteúdo. Luísa sentou-se melhor no sofá, pôs as pernas no chão, como se sua postura anterior fosse inadequada diante das novas exigências da cena, do seu novo peso.

Bernardo tinha as sobrancelhas fechadas, confuso. Luísa já não mais parecia com sono. Foi ele quem perguntou primeiro.

— Mas assim agora, do nada?

— É, quando acabasse o ano, claro! Vocês sabem que eu só vim para cá pelo seu pai, que eu nunca... — assim, ia depender de você conseguir mudar seu curso, *né*, filha, claro, é a prioridade. Mas o Bê consegue mudar mais fácil. E a gente ia ficar mais perto das suas tias, de todo mundo.

Ela falava como um pedido, não uma sugestão. Luísa tinha os olhos baixos, ainda, nas suas meias ali deitadas no tapete, uma virada simetricamente para outra, na mesa de vidro com algumas sujeiras distintamente visíveis, nos pontos de poeira e impressões digitais e pegadas redondas de copos. A única luz amarela dando uma única sombra marcada para cada coisa, no chão, tudo repetido. Quando levanta de novo os olhos, vê que não só a mãe como também Bernardo esperavam uma resposta dela.

Algumas árvores ajuntadas bem próximas e um céu azul-escuro visto através de uns galhos finos e poucos. Tudo de uma quietude meio perturbadora. Há uma umidade agradável e um barulho insistente de cigarras.

Luísa olha em volta e anda um pouco.

Apenas num segundo exame é que ela percebe que aquela árvore onde ela passa a mão, bem como todas as circundantes, parece composta de uns poucos planos bidimensionais, como um origami bem feito, que seu volume é de uma sugestão falsa. A copa, aparentemente vasta, se montava de apenas quatro planos perpendiculares entre si. Todas as árvores são daquele jeito, ela percebe, e todos os galhos se detêm ominosamente, não assobiam com aquele movimento mínimo que o vento sempre confere, mantinham-se estranhamente rígidos. E nem tampouco ela consegue encontrar nas árvores qualquer cigarra que pudesse ser responsabilizada pelo ciciado. O horizonte escuro, de uma cor pouco natural, se fechava como um domo pequeno, determinava o parque num ambiente abafado e continha as árvores como uma parede, figuras contidas numa perspectiva confusa, volumes misturados como num quadro de Giotto (embora a comparação tenha sobrevindo só depois, sugerida). E Luísa se viu parada no meio daquelas árvores, desencontrada, teve a impressão de estar esperando por alguma coisa ainda não muito bem explicada. Na distância ela percebe que tem um homem loiro com jeito de gringo e expressão meio feminina que a fotografa atentamente, entrevisto através das árvores. Luísa se irrita muito com isso. De uma maneira pouco racional, desproporcional, explodiu a importância daquela cena, irritada com aquele homem que ousa capturá-la tão impunemente, tão descaradamente. Tenta chegar até ele para reclamar, ou até fugir, mas seu corpo parece contrito por delineações físicas rígidas e incompreensíveis, seus movimentos constrangidos por uns limites pouco naturais. Ela tenta dar passos pequenos e simples e se vê transportada rapidamente numa linha reta, como se numa esteira, e impedida por alguma parede invisível, por algum limite incompreensível do terreno. Ela quer se explicar, conseguir arrazoar com o fotógrafo filho da puta (que ela sabe que continuava tirando fotos, embora não mais o veja, não mais saiba onde ele está), explicar que não é assim, que ela não quer sair significando o que ele queira, não quer ser reproduzida assim de qualquer jeito, posta por um fotografozinho de merda como uma figura dentro de uma composição oportunista qualquer; mas ela nem consegue controlar sua perspectiva tão facilmente, olha para o alto e para o chão em sucessões rápidas e confusas e não consegue mais achar o fotógrafo. E ainda mantém a impressão de que o maldito continua tirando fotos daquilo, ela conseguia ver os clarões dos *flashes* iluminando as copas das árvores, e cada vez mais forte insistia o incômodo, o babaca inclusive tirando fotos da dificuldade que ela está tendo agora, fazendo-a parecer ainda mais ridícula. Só porque ela era bonita. A perspectiva dela, então, deixa de ser exatamente humana, prescindindo de qualquer propriocepção, seus braços não estão mais num só lugar, nem suas pernas. Ela passa a ser algo como uma consciência incorpórea a quem se sucediam imagens, com um mundo dissolvido e quase abstrato de árvores armadas que ainda se sustenta como um fundo de tela. Mas a impressão de estar sendo capturada diversamente e animada em algum outro lugar se mantém com alguma força, embora não mais se explicasse de nenhuma maneira muito concreta. De tudo que ela fazia fatalmente sobrevinha um eco, uma repetição, uma segunda versão inválida, fotografada e comentada, divulgada. Ela se imagina disseminada em várias consciências, habitando outras vozes e outros quartos, ganhando avatares diversos e dispersamente realizados, compostos alheados de nomes novos e menores, diluídos, sobre os quais ela não teria nenhum controle, versões apenas sugeridas no sonho, sem que aparecessem direito, ela toda averbada fulanamente em pseudoeventos. Luísa está estudando, Luísa está cansada dessa secura. Uns fatos soltos, atomizados, desconectados, comentados várias vezes em construções simples e paratácticas, Luísa não aguenta mais o Flamengo, Luísa sente muito a morte de Patrick Swayze. Constatações banais sobre as quais ela não tinha controle. Luísa é uma gostosa. Luísa tem o pai morto. Mas isso já nem representava figurativamente direito, já se apresentava como um bando de impressões misturadas, repassadas diante da mesma paisagem insistente de um grupo de árvores, que se mantinha ainda no sonho, embora perdesse por vezes qualquer perspectiva compreensível, tingindo-se de diferenças e deformações como algo visto através de uma superfície líquida, com a folhagem e a estrutura armada das árvores parecendo figuras outras diversas, múltiplas e instáveis.

Quinta-feira, 8 de outubro de 2009

* * *

Do meio de um complexo industrial profusamente encanado, repleto de escadas incompreensíveis saídas do Escher, de um vapor confuso, de gente apinhando todos os cantos, tensos para caralho, pressurosos de alguma gravidade que se tombaria inevitável sobre tudo aquilo, entrando e saindo de portas e empreendendo atividades inapreensíveis e urgentes, de alarmes soando insistentes, gente familiar cujo reconhecimento nunca tinha tempo o bastante para se assentar, e apenas perturbava, de tudo isso eu me levanto numa deliquescência quase imediata, uma disestesia de suas faculdades entenderem que nada disso em volta é nada daquilo que você tenta ainda entender, que este é meu pescoço alteado pela almofada mal colocada, estas são minhas pernas acaloradas pelo tecido infeliz do sofá e por pernas pesadas em cima dela, esse é todo o meu corpo ressurto e de novo sentido e pesado. Essa é Luísa, contida apertada contra o seu braço e dormindo como um bichinho.

Minha cabeça não é aferrada o bastante à realidade para entender tão fácil o mundo quando volta de um sonho. Comigo, a confusão ainda dura um tempo razoável depois dos olhos abertos e da mente tecnicamente desperta. De ainda suspeitar da estrutura do pesadelo espreitando por trás do mundo, de ainda tentar involuntariamente tomar a realidade pelo que acabou de morrer, inválido e insustentável.

Ali, agora, eu sentia a dor leve no pescoço, e percebia o quanto sentia calor e o quanto não queria fazer nada sobre o assunto, não queria acordar Luísa nem ter de dirigir para casa. Até vestir de novo as meias de elástico solto e gasto parecia uma tarefa considerável. O que havia me acordado parecia ter sido o som que ainda saía da tevê, do menu principal do DVD que a gente *tava* assistindo antes de dormirem os dois, não passada nem uma hora de filme. *Blow Up*, de Antonioni, com o título na tela e VER O FILME LEGENDAS EXTRAS, e um curto trecho de áudio que devia estar se repetindo havia algum tempo, enquanto dormíamos e sonhávamos coisas inteiramente distintas. Luísa tinha uma expressão séria de quem não estava nem um pouco agradada com alguma coisa. Ela vive me contando seus sonhos, inclusive ligando de tarde exclusivamente por causa disso (o que ela não faz por quase nenhum outro motivo), e eles todos parecem sempre improvavelmente legais e interessantes; aventuras fantásticas com reviravoltas e níveis formidavelmente complicados de autoconsciência, com um elenco recorrente de celebridades e personagens históricos, uma unidade certamente mais consistente e íntegra do que de várias mitologias primitivas (e da qual eu até suspeito, às vezes, de ser legal demais para ser verdade).

Eu sonho apenas pesadelos, ou ao menos sonhos definitivamente não agradáveis. Meus mundos mal-ajambrados sempre cedem em alguma das coordenadas, tem sempre um problema grave que pesa sobre tudo e não convence, sem que eu jamais consiga me aproveitar dessa consciência – do sonho-como-sonho – para modificá-lo, para voar, para estourar o mundo com as mulheres nuas e dispostas que eu quero, que eu quase sempre elenco cuidadosamente antes de dormir, esperançoso. Mesmo sabendo que tudo é um sonho, como eu costumo saber, as coisas continuavam se arrastando de sua maneira inaceitável e incompleta, insuficiente; as outras pessoas falando suas falas com uma expressão irônica e desalentada enquanto eu tento desentranhar de mim mesmo a força para enformar o mundo e não consigo. Tento levantar estruturas do chão e só sinto uma contração indefinida de algum membro indistinto, tento fugir de onde eu *tô* e só fico desfolhando camadas na parede interminavelmente, encavando-me num túnel, sentindo o trabalho dos corrutores do mundo, os obumbrados.

Virado para a tevê, mal conseguia lembrar o pouco que havia chegado a assistir do filme, e percebi que meu sonho havia tentado fazer uma transição ridícula entre o rapaz loirinho inglês meio viadinho no parque e o complexo industrial terrível e fadado à destruição que corria no resto do sonho. A pequena tentativa natural e automática de fazer sentido das coisas, desajeitada. Lembrando algo de Freud que li há tanto tempo, tão moleque sentado no chão e me achando tão esperto por estar fazendo aquilo enquanto os pais assistiam ao Fantástico, tentei precisar como funcionava a enunciação desse sonho específico, e percebi que no sonho *eu* era o complexo industrial, eu *era* aquelas salas apertadas e corredores confusos e escadas que levavam a lugar nenhum, os canos obstruindo as vistas e caminho, tudo avisando de uma destruição certa e silenciosa, corroída.

Meus sonhos são também medíocres, ainda por cima.

Luísa respirava sutilmente e tinha as pernas estiradas e quase tensas, os braços cruzados no peito. Um *shortinho* verde-escuro e uma camisa com um arco-íris antropomórfico e triste. Sua posição parecia com alguém de pé e casual, como se esperando por alguém numa esquina. Ela tinha uma cara de menina quando dormia, de menina enfezada. Ela parecia com calor, suada nas têmporas e no pescoço cercado daquele monte de cabelo, e eu pensava se aquilo estaria de alguma forma informando o que ela sonhava, se o seu mundo ali dentro se tingia de alguma forma de calor. Eu soprei de leve nas suas orelhas, passei o meu pé direito ao longo do tornozelo dela, querendo que aquilo virasse algo fantástico lá dentro, falasse de um mundo feito, ou de um destruído.

Publicado por JMN às 23:12

* * *

Com o atraso previsível do avião, de uma hora, e um engarrafamento não tão previsível de duas horas, a ideia de aproveitar ainda um pouco da tarde daquele primeiro dia parecia plenamente frustrada. E ainda no vento meio frio, no céu perfeito em branco envolvendo a praia, visível desde a janela escura e azulada do ônibus. Mas enquanto entravam no hotel barato de rede que marcaram pela internet, simples e limpo em vermelho e branco ardilosamente repetidos e meio deprimentes, a umas três quadras da praia, ela sorriu numa insistência teimosa e infantil com a qual ele concordou imediatamente, trocando de roupa rapidinho e deixando de qualquer jeito as coisas no quarto, correndo para a praia para pegar ainda um pouco do fim daquele sol já diluído por trás das nuvens, acocoradas juntas num canto.

A calçada se movimentava com velhos aprestados em andar rápida e seriamente, com turistas óbvios e sorridentes se reproduzindo em fotografias, mas a praia estava quase inteiramente vazia, à exceção de alguns grupos expectantes de pombos e de um moribundo jogo de vôlei arrastado por crianças e velhos de nacionalidades confusas. Eles descem da calçada num pulo e surpreendem uma areia fria. Ocupam-se no passo dificultoso, na tentativa tão pateticamente frustrada de não sujar demais as canelas, e demoram a se aperceber de verdade do mar, que de repente faz ouvir os seus procelosos e tão importantes trabalhos num estouro inesperado, uma onda quebrante sem cor que ruge – bem mais forte que suas anteriores, de repente – que ameaça pateticamente crescer em frondes terríveis que enfim nem acontecem, e que cai sobre si mesma, e explode sem que nada a contenha, desinformada por qualquer ideia.

O plano inicial era não cair n'água, era fazer um passeio conscientemente romântico ao longo da areia, sentir frio e olhar para o horizonte e sorrir e perceber que a ideia não havia sido tão boa e voltar. Mas já fazia alguns anos que qualquer dos dois havia visto o mar, e não esperavam que haveria alguma surpresa ali, como houve, que haveria alguma força real naquele reconhecimento. Com um pequeno grito infantil que ele gostaria de ter tido bem mais tempo para destrinchar, ela se desfez de suas roupas num único gesto fluido, do tipo que sempre se tenta e nunca se consegue – do tipo que ele não conseguiu, e quando finalmente pôde determinar que torneio do seu infeliz cotovelo conseguiria livrá-lo da camiseta, ela já estava de canelas imersas na água, já correndo e gritando para aguentar o choque do frio.

– Aaai, *tá* muito frio não faz nenhum sentido. Cocô, cocô.

E mergulhando bem para caramba, virando um projétil e desaparecendo rapidamente inteira numa onda que logo se desbancava do seu pando imediatamente anterior e desmontava num murmúrio indistinto e ciciado de sal.

Ainda segurando a camisa, ainda de chinelos e bermuda, João deteve-se por um instante para ver melhor o que necessariamente se seguiria, ela se levantando da água e daquela confusão violenta, de olhos fechados, para fazer sentido do seu cabelo e de si mesma. O corpo que ele conhecia tão bem tomando parte agora de um espetáculo já óbvio e prefigurado, como uma câmera lenta operada ele não sabe exatamente por quem. O corpo tentando se reunir e se manter depois do encontro com aquela coisa, aquela massa irascível e elementar de frio profundo, que se empurra e se carrega em linhas horizontais cansadas de uma mesma insistência, devolvidas e recusadas pela declividade conspirante da areia, linhas pouco convincentes de uma espuma branquiçada que enfim desiste, que *vira* areia, lisa e nova. O mar sem as uniões de pessoas ajuntadas que o subjugassem e tranquilizassem era um elemento de integridade insuportável, uma reunião de significado indistinto e concentrado. Um elemento proteiforme que entende apenas a si mesmo, que conversa apenas consigo mesmo e com a gravidade, que apenas se derrama adiante em gestos tão trágicos. Um deus cansado que não se distrai, reunido na violência das ondas, ainda que baixas; concentrado no frio tenebroso e castrante. Ele se espalha horizontalmente como um peso, uma gravidade inequívoca. O espetáculo funciona de alguma maneira bem básica para João como uma mensagem clara de repulsão, de que eles não são bem-vindos. E ela sumida lá dentro.

Luísa, enfim, levanta da água de olhos fechados, branca de frio e com os lábios aflitos, com o cabelo todo derretido e desmanchado, até quase feio; e olha para ele de longe com uma expressão que demora a se afirmar, como se a alma dela também tivesse desmontado com o frio e o mar e agora precisasse ser igualmente recomposta. Ela parece dissociada das dezenas de detalhes que constroem o seu contexto usual, parece outra, anulada de muita coisa. Ela sorri.

– Vem, ué.

Ele também, enfim, corre e se mistura horizontalmente aos últimos esboços de uma onda que já se misturava a outra, disforme. Tenta não tremer de frio. Não há nunca como determinar onde começa e onde termina uma onda, sendo tudo uma mesma expressão espumejada inconsútil, tudo de um mesmo sentido. Ele varre em golpes largos o escuro entrevisto através das pálpebras semicerradas até encontrar as pernas dela, antes de se levantar, e consegue beijá-la salgadamente antes até de ter de abrir os olhos. Com as mãos bem livres ele vai fixando-a ali, apalpando suas partes e determinando-a contra aquela outra presença, tão pronunciada e violenta.

Quando abre os olhos, encontra os dela já nele, pedras que situam e determinam toda a cena ao redor, que roda em volta daquele eixo. Ela inédita e infantil sorrindo, com lábios pálidos, com tudo seu transfigurado e repassado daquele novo contexto, tudo já encaixado, contente, com seu cabelo pintado na pele por um pincel japonês ao longo dos ombros e em volta do pescoço. Seus braços e peitos cingidos d'água, seu contorno definido. Ela pertencia àquilo, e definia o mar tanto quanto o mar a definia, não se deixava enfraquecer diante dele.

– Você não precisa fingir que não *tá* morrendo de frio, bobão. Não é *gay* sentir frio.

— Mas não *tô*, ué, *tá* tranquilo.

Eles se beijaram, e depois de um abraço automático apenas minimamente corrigido, que depois de um tempo não sabia para onde ir, se separaram para boiar sozinhos, atentos por um bom tempo ao cuidado agradável envolvido em se entender encerrados inteiros ali naquele transporte desnecessário. Pateticamente pequenos e insuficientes, contidos, sujeitos às reversões intratáveis que podemos apenas partilhar.

— *Mó* absurdo não ter quase ninguém, nem lixo — João diz.

— É, também não esperava que fosse tão legal assim. E mesmo o frio fica legal depois de acostumar.

Ele mergulhava para evitar o impacto direto de algumas das ondas mais fortes, as escutava passar por cima dele e estourar de uma força que ele apenas imaginava, colisões incompreendidas, comunicações distantes de um vasto universo de significado abstrato. O certo movimento de um poema severo, de uma sinfonia na qual você não *tá* prestando atenção.

Ela fechava os olhos na maior parte do tempo, mas sempre os abria logo antes de uma onda. Como se não aguentasse por algum pequeno medo ou antecipação (embora a solução para a ansiedade fosse sempre um sorriso; o seu melhor, mais involuntário, envolvendo toda a boca cobrindo os dentes).

João pensou que nunca a havia visto mais feliz, e depois que não, que não era exatamente isso.

Revisou algumas vezes uma declaração provisória daquilo que ele poderia dizer ali (mas era barulhento demais, bagunçado demais para tanta seriedade) ou mais tarde enquanto jantassem ou deitassem (mas talvez não mais fizesse sentido). Algo sobre a facilidade em nos fazermos simples diante do mar, de um elemento tão forte que nos demande toda hora o seu reconhecimento e sua confirmação cega. Mas a quebra de uma onda mais grandinha diante dele requisitou uma reunião de esforços que o desconcentrou, e na volta à superfície a revelação de uma porção do corpo de Luísa que se escondia até então debaixo d'água o distraiu definitivamente, um efeito que sossegaria apenas cinquenta e três minutos depois, deixando-o então com uma impressão infinitamente vaga de algo talvez inconcluso.

Os sinais impossíveis

Nos dias seguintes, correu-se extensivamente a cidade, principalmente o centro, seguindo a boa memória dela de umas poucas visitas anteriores. Era a primeira vez dele no Rio de Janeiro. Andar em outra cidade trouxe todo tipo de surpresa. O caos naquelas ruas todas, nos prédios sujos e desiguais, os excessos. O despropósito tão agradável de andar sem rumo, mesmo que as ruas não fossem quase nunca exatamente bonitas. Ele se sentiu um caipira, realmente admirado com o movimento pesado, de como ele precisava se desviar das pessoas, com o barulho e o tráfego, tudo que lhe impunha tanta variegada atenção. A falta de algo que organizasse, que enformasse aquilo. A maneira (notada por Luísa) que você caminha do lado do seu reflexo o tempo inteiro em uma cidade normal, acompanhado por um fantasma espreitando fraco em uma vitrine, filmado pelas câmeras em uma loja de eletrodomésticos, cortado pela metade em um espelho que tenta dobrar a oferta de frutas na frente de uma mercearia. Ele acompanhava atentamente o progresso desse segundo casal, tentando determinar com o que eles se pareciam, que impressão passavam, ainda que soubesse infantil a preocupação.

O tempo inteiro João e Luísa se esforçavam para caminhar um ao lado do outro, mas não era fácil. O ritmo dele era acelerado demais para ela, muito inquieto, oscilando entre quadrados que avistava no chão, entre vitrines, desviando entre transeuntes de forma desnecessariamente complicada. Mas andar sem segurar a mão dela era como deixar de fazer algo corretamente, quebrar alguma regra. Então insistiam.

Aquele tipo de leveza, reconhecida e provada em todo canto, era algo que Brasília raramente satisfazia; um segurar a mão do outro e externar de uma maneira física, admitidamente desajeitada e imperfeita, o fato de que eram um casal, que eram pessoas que haviam decidido andar uma do lado da outra, que haviam decidido manifestar algum tipo de unidade. Não era algo de que eles normalmente sentiam falta, mas agora que acontecia, João se sentia como que traído por sequer conhecer aquilo de verdade, um item básico de relacionamento praticamente universal que lhe parecia apropriado e de direito exercer, que parecia agora de alguma forma até necessário.

Atravessaram Ipanema até o Leblon, o pôr do sol formidável se exibindo o tempo todo, cariocas estereotipados e turistas os observando sentados, bebendo, mulheres de idade indeterminável gritando o que parecia ser uma negação de todo o mundo, com cabelos complicadamente loiros sujando os ombros expostos e bronzeados, seus fins ossudos. Gente inclinada sobre balcões e mesas, nada nunca alinhado, rodeados todos de seus pequenos apêndices modestos de ouro e espuma, todos com olhos espertos que detectam e julgam todo traseiro que se lhes afigura, todo peito, e que ao mesmo tempo parecem grave e silenciosamente julgar, a todo o momento, as reais chances do Flamengo neste ano. João é brasiliensemente impermeável ao sotaque, mas percebe que Luísa já levemente puxa o *s* ao agradecer o moço da água de coco. Olhos vermelhos, tudo queimado de sol, tudo repassado de maresias literais e metafóricas. Todas aquelas circunstâncias praianas começam a ficar um pouco incoerentes com o azul-escuro pesando o céu, acendendo postes, o calor indo embora, mas o humor ainda se afirma incontestável em tudo, pesado como o mar que empurra adiante. A impossibilidade – afirmada especificamente para João num taxista esperando o sinal abrir, de bigode todo malandro e camisa inteiramente aberta e banco ridiculamente reclinado – de qualquer coisa séria.

Os dois caminham diante de bares cariocas que parecem paródias insustentáveis de bares cariocas, de padarias seriamente mantidas por portugueses seriamente vascaínos, pelo sotaque que carrega tudo. E todo detalhe agrada de uma maneira distante e meio irreal, a maneira estranha de coisas que você já julgava conhecer terrivelmente bem de repente ganharem as pernas e as calças literalmente incríveis da atualidade. Então o Rio era uma cidade mesmo, um lugar de verdade, e não um galpão do Ministério do Turismo de onde brotavam cartões postais e times de futebol e sambistas da velha guarda. Eles riem baixo e sussurram observações no ouvido um do outro, alegres como crianças. Um casal inequívoco, claro, uma ideia reunida que se distingue do resto do ambiente.

Na viagem era ele quem mais insistia em tirar fotos. E sempre dela, apenas. Andando na calçada, sentada no ônibus, lendo jornal e tomando café. E ela fingia sempre da mesma maneira não posar, pondo os olhos para procurar alguma coisa acima e à direita, e a boca entreaberta em distração. Um artifício que o entristeceria em outras condições, mas que ali ele compreendia como bom, como coerente.

Ela colaborava em tornar a figura deles forte, evocativa de todos os invejáveis casais de filme que ele conseguisse lembrar. Óculos escuros grandes e ombros expostos em uma blusa leve listrada vermelha e branca, o cabelo que ela tentava sem grandes pretensões de sucesso organizar de alguma maneira, metendo as mãos para dentro dele sobre a cabeça e tentando jungir canais em alguma direção que aliviasse um pouco do calor. De tempos em tempos ela pede um copo-d'água da torneira em algum bar ou quiosque e deposita o líquido nos seus cabelos, com cuidado, para que uma boa porção não se derrame imediatamente, empoçado precariamente nos seus canais irregulares e correndo aos poucos pelo canal principal que ela puxa para trás, em cima da testa. Ela anda deliberadamente estreita, exagerada como uma aspirante a modelo, e ri da sua própria engenhosidade.

Já de volta para o hotel, no final do primeiro dia, tomaram um sorvete quase involuntário, que se apresentou como uma necessidade, cujo sabor duvidoso de torta de limão foi concordado, seriamente asseverado pelos dois.

Aquela tarde parecia imprimir em si mesma um emaranhado incerto de importância, um ímpeto de validade que permeava tudo e que João parecia analisar de longe, suspeito. Quando um ônibus passava por eles na rua, ele oferecia um reflexo tremulante dos dois, correndo nas janelas, sempre inesperado. E ele de alguma forma invejava o casal que se entrevia ali, destacado e escondido.

Quando um dos dias estava morrendo, encontraram uma igreja pequena e modesta enfrentando os prédios feios maiores em volta, e entraram por um instante. Uma senhora bastante velha os recebeu num canto silenciosamente, com olhos amarelados e perdidos. Ela sorria entortando o pescoço, e se reunia em volta de uma bengala de madeira lustrada e nodosa que no fundo era basicamente um galho bem grosso.

Quase todos os outros visitantes pareciam turistas, ou de qualquer forma não pertencentes inteiros àquilo. À tentativa modesta de seriedade, o esforço de branco caiado e linhas azuis irregulares, de cadeiras de madeira tortas e fracas, de vime já incerto e esfiapado. Todos pesavam nas suas câmeras digitais alguma condescendência, e isso incomodou João, que também estava longe de saber como se portar, e segurava uma mão na outra numa certa impaciência. Olhava um quadro terrivelmente malfeito e brega de alguma cena provavelmente bíblica que ele não conhecia e não entendia e que mesmo assim impunha atenção: um homem brilhoso, potencialmente um anjo, erguia braços destrambelhados para um segundo homem, que exprimia umas três coisas incoerentes ao mesmo tempo, e tinha as proporções corporais de um anão, sem ter a estatura reduzida que as explicasse. Também furtavam os olhos algumas frases impressas em *comic sans* através de folhas A4 grampeadas ao longo de um mural na entrada.

Tudo aquilo tão constrangido, fotografado por um turista musculoso de cabelo duro e amarelo.

Não ficaram muito, mas logo depois ainda perdurava em Luísa alguma seriedade que João não conseguiu determinar, de não colaborar lá tão efusivamente com o ridículo que ele fazia dos quadros e das pequenas estátuas, do que se escrevia no mural.

Ele a imitou exageradamente por um instante, com os olhos semicerrados e uma respiração grave, e ela fez que entendeu com um peteleco na sua orelha. Parecia envergonhada e defensiva ao explicar que sim, que entendia alguma espécie de reverência ao enfrentar aquilo.

– *Reverência?*

– É, *reverência*.

Eles andavam devagar e irregularmente, sem rumo, em uma praça até grandinha que não conheciam, os passos desconcentrados em várias direções e unidos apenas nas mãos que ainda se davam.

Era uma praça pequena e mal planejada, cuja sujeira e falta de cuidado e até feiura ainda assim os agradava de alguma maneira, desacostumados como estavam com qualquer manifestação antiquada do tipo. De cidade, de ruas com nomes tipo Barata Ribeiro e Barão da Torre, de pracinha com estátua e velhos e crianças dispersas. Estátuas de militares pomposos, de juristas. Itens de algum projeto de civismo que eles nem começavam a levar a sério.

– Caramba, olha aquele moleque, coisa mais massa do mundo!

A alguns metros deles, perto de um banco, um moleque negro que não poderia ter mais de dois anos inquiria sobre o chão e sua horizontalidade com golpes da perna esquerda precisamente repetidos num mesmo ponto, olhando em volta depois de uma série deles para dividir suas conclusões com qualquer forma que se levantasse com alguma nitidez. Tinha o cabelo rareado e fumacento, um macacão *jeans*.

João sorriu, fez uma brevíssima e despretensiosa careta que o bebê percebeu e não reconheceu de nenhuma maneira.

– Ah, eu entendo respeito, mas reverência não sei. Para mim é tudo muito distante e ridículo. Toda igreja que eu já visitei, aquelas músicas.

– É um pouco, é sim. Mas claro que vai ser, *né*. Tudo acontece assim, ué, tudo sempre acaba tendo essa cara, *né*, sei lá. Isso não significa nada demais.

Os dois estavam claramente constrangidos em ter aquela conversa, e não pareciam saber nem que termos usar. Sabiam que estavam se expressando muito mal, falando obviedades. Nem olhavam diretamente um pro outro.

Ele concordou, indistinto.

– Mas da onde isso, exatamente? Isso de reverência e tal. *Mó* palavra até difícil de falar.

– Ah, eu também era toda cética, que nem todo mundo.

– E o que mudou?

João quebrava todos os gravetos disponíveis na calçada com os pés, oferta da chuva de uns dias atrás.

– Acho que uma coisa como a que aconteceu contigo me mandaria bem mais na direção inversa.

Ela demorou um pouco para responder, e João ficou com medo de ter sido insensível. Até achou que ela havia desistido quando finalmente respondeu:

– Mas agora eu não consigo mais achar que não tem sentido. As coisas têm um sentido, agora eu sei.

—...

— Eu sei que soa esquisito, não sei se faz sentido fora da minha cabeça, mas é tipo um jeito bem simples de *levar a sério*. Daí eu pelo menos respeito isso tudo. Todas as — sei lá — tentativas. Não me parece mais que é tudo ridículo, e só ridículo.

Ela tinha a cara azeda, não parecia gostar de falar isso, de ter de falar, e parecia tão surpresa quanto João com o que havia dito. E finalmente insatisfeita, quando terminou, desconectada com aquela frase comum, que nem parecia mais sua.

Ele conseguia pensar em diversas respostas. Algumas engraçadas, umas até inteligentes e apropriadas. Mas, no final das contas, ele não precisava desmanchar o tom dela, tão bonitinho e inalcançável. Qualquer coisa que saísse da boca dele agora precisaria pesar o lado contrário, ele sabia. Com uma necessidade inquestionável e natural que ele nem sabia tão bem de onde vinha. E o equilíbrio se deu em beijá-la na massa acolhedora de cabelo, o que lhe deu a oportuna possibilidade de cheirá-lo novamente, verificar o cheiro de maçã verde cuja possibilidade o havia intrigado no chuveiro de manhã cedo.

And knowledge, rightly honoured with that name
Knowledge not purchased by the loss of power!

Wordsworth

Acordar no escuro em um lugar novo é sempre desorientador. Então o dia decidiu terminar sem o meu consentimento, a minha supervisão. Olha só. O mundo certamente passou por eventos inexprimíveis, e tudo mais. Todo o mundo lá fora reunido em alguma empresa coletiva indefinida, multidões com uma variedade étnica e cultural somente observada em propagandas de banco erigindo qualquer coisa no seu murmúrio cartunesco, cantando canções sobre o meio ambiente e pluralidade harmônica.

Eu poderia me alongar nisso, não parecendo haver um limite discernível para até onde podemos carregar pensamentos ridículos. Nada é absurdo o bastante, pode-se sempre adicionar animais falantes e explodir as coisas com cor, obscenidades ainda mais obscenas, motosserras e zumbis. Não é como se houvesse um limite de verdade.

Eu paro por um instante para me compreender perfeitamente, ter propriedade até dos mindinhos todos, horizontal e ressupina. A palavra eu acho que é propriocepção, que eu adoro e nunca tenho chance de usar. Uma vez eu tentei numa conversa e pareceu *mó* besta, a palavra aparecendo toda chique no meio das outras, de salto alto. Eu sinto meu corpo todo desenhado por debaixo do lençol, puxado pela gravidade. Como se importasse, como se viessem instruções a seguir em luz desse conhecimento todo.

Tento sentir a passagem do tempo, já que não há mais nada de que me inteirar, nada que *assuntar* (eu lembro da minha avó falando, e acho bonito, mas já tentei falar e sempre soa forçado para caralho). Uma força desfolhando-se em mim, um, dois, três. Camadas, ou algo assim.

Mas não tem nada, claro.

O ar-condicionado, ele que ligou depois de eu dormir, safado, e *tá* zumbindo desde antes de eu acordar, embora eu só perceba agora.

Ele não tem nem a decência de roncar, para que a presença dele seja um pouco mais verificável. Ele só respira *ruidosamente*, mas não ronca.

Em cima da mesinha tem roupas misturadas e uma garrafinha de água quase vazia, além de um trocinho de papelão promovendo alguma coisa indistinguível, talvez o próprio hotel, talvez alguma empresa parceira do hotel. Está muito escuro (a única luz vinda de postes lá fora) e eu ainda não conheço o quarto bem para entender direito onde as coisas terminam e começam, os espaços entre móveis meio incertos dessa coisa preta. Quarto de hotel tem sempre essa simplicidade, uma variação mínima de um mesmo modelo, a disposição mesma dos móveis, sua funcionalidade direta. É entediante, e daí um passo além do entediante. Eu fico um pouco com medo desse escuro todo, medo infantil mesmo, como se qualquer coisa pudesse aparecer ali. Eu me lembro de mais novinha o Bê rindo do meu medo, andando pelo quarto e mandando uns golpes de caratê para me mostrar que não tinha nada. Eu mando meu braço para frente, um golpe tipo o dele, sei lá, toda idiota, desafiando o escuro.

Mas é isso que as pessoas fazem, eu espero, tolas e sozinhas no escuro. É isso que elas fazem.

No corredor está mais abafado e quente, tocando baixinho uma música sentimental dos anos 80, imediatamente identificável. Há um carpete inesperado e fofinho que os dedos dos meus pés agarram. Quartos 1100-1112, me diz a parede. O hotel é enorme, e não exatamente luxuoso. Ficam pilhas de lençol e travesseiros jogados às vezes pelos corredores. Dá para se perder neles. Eu ando parte do trecho de olhos fechados, tocando na parede. Quando abro, vejo o elevador e um cantinho pequeno com duas poltronas e uma mesinha. Tem algo de ridículo, aqui, algo de desmontável.

Eu criança, deitada em cima do meu pai, tentando fazer o dia passar, forçá-lo adiante. Mexendo na cara do meu pai com os dedões até que ela pare de fazer sentido.

Tem hotel dessa rede no mundo inteiro, provavelmente. Essa janela aqui podia dar para uma corretora de imóveis em Oslo ou para uma lanchonete suja na Malásia, sei lá. É difícil olhar para esse corredor feio e esses pôsteres e imaginar que alguém fez isso, alguém dispôs individualmente cada uma dessas coisas. É difícil tentar retraçar até uma pessoa de verdade pintando a parede, desenhando o prédio, compondo a música boba tocando no fundo (*Un-break my heart*). Em tudo isso tem um peso, eu preciso dizer, repetir. Porque nem parece.

Imagine se alguém sai de um quarto ou de um elevador, queria ver a minha cara de explicação para eles, cabelo maluco e shortinho indecente e sem sutiã, olhando pela janela às duas, três da manhã. Boa noite, os senhores precisam de alguma coisa? Eu estou procurando o meu quarto, vocês viram?

Lá fora não tem nada, uns prédios feios e escuros, carros prateados estacionados, volumes misturados lá nos longes (minha *vó* também fala isso: nos longes). É até difícil acreditar que o mar *tá* atrás deles. Tem uma boba (mas presente) expectativa de que um tigre de desenho animado desça dos céus num *skate*, sorrindo para as crianças e piscando para as mulheres, e pinte com baldes de tinta toda essa terra cansada. Ou o Dom Sebastião, ou o Barbarruiva, ou o Garrincha. *Recuperatio Terra Sanctae*. Ai que merda.

Não há nada de muito interessante lá fora, e daí eu tenho que fechar os olhos, que inventar.

Primeiro uma senhora japonesa que molha as plantas do seu pequeno jardim apertadinho no meio de uma chuva, debaixo de uma sombrinha e tudo. Resmungando que é porque Deus não faz direito. Depois um senhor pernambucano de trezentos e quinze anos, de cara rachada audenesca e nenhuma perplexidade nunca, que concorda com tudo como se tudo dependesse do seu consentimento; concorda com verdejar de grama e com o rebentar de trovão, e fica calado quase o tempo todo para dizer de vez em quando coisas como "coisa boa é leite frio". Crianças multiétnicas e multiculturais – possivelmente transétnicas e transculturais – construindo uma escola ecologicamente sustentável sem nenhum auxílio institucional, de fato até atrapalhadas pela sociedade, com gente cuspindo na cara delas e jogando pedras pela janela e chutando as escadas enquanto elas tentam montar as placas de energia solar feitas de papel machê. Opressas, algumas delas, por diversos cânceres em estágios variados, por pais alcoólatras e abusivos, por expectativas heteronormativas, às vezes por tudo ao mesmo tempo.

Eu tento fazer deles alguma coisa infinitamente certa, infinitamente sofredora. E das bordas da parede pintada de branco, do carpete, dos encontros pequenos de materiais humildes. Porque fomos estranhos no Egito.

Sem mim tudo isso despencaria, tudo seria engolido por fendas abertas no chão. Até essa cidade, até a China.

E não dá para dizer com nenhuma certeza definitiva que eles não existem.

Ai que merda.

Eu lembro que eu tinha, quando menina, uma coisa de ter sonhado com uma cor que não existia. Uma cor que não existia! Que eu inventei, e que por um tempo tudo era desculpa para ela nos meus sonhos, o cabelo das pessoas, o sol, as folhas das árvores. Mas quando bem mais velha eu percebi que não tinha como ser verdade, que eu devo ter sonhado só com a impressão de ter um dia sonhado com uma cor nova (de algum jeito), ou então eu fiquei um tempo sonhando com, sei lá, verde-musgo, com *fúcsia*, achando que *tava* lá abalando de novidade.

    Mas eu ainda acredito um pouco, às vezes, quietinha, que eu posso ter sonhado sim com uma cor nova. (Só que não de verdade.)

    Eu abro os olhos e lá está a cidade apagada e cansada, de nenhuma luz. A única árvore visível sem cor agora, com galhos e folhas confusas. Os carros feios, todos iguais, prateados escuros de sujeira. O mar deve estar atrás de alguns desses prédios. Parece até meio impossível que ele esteja.

    Começa a chover, eu percebo, uns leves traços contrastados contra as superfícies mais claras, a fachada da drogaria aqui na frente. E aí dá uma tristeza nas coisas! Não uma tristeza genuína, só um reconhecimento de que essas são imagens bem óbvias de tristeza, uma janela de hotel e uma cidade feia de noite com chuva. O jeito que eu estou encostada contra o vidro, o nariz apertado, as palmas abertas, do jeito que fazem as pessoas tristes olhando pela janela. Olha esse mundo moderno, olha a incomunicabilidade, minha gente. Tristeza irrompendo tipo monstro japonês em algum lugar do mundo. Me vem toda uma série de imagens de gente olhando tristemente pela janela de uma cidade chovendo de noite, essa imagem de coração partido de videoclipe (com a música de fundo apropriada, aqui). Seu correlato objetivo, ou algo assim. Eu nunca consigo evitar essas imagens todas, encená-las ironicamente sempre que se apresentam, como se tivesse que provar alguma coisa, para depois me arrepender e achar idiota. Eu lembro, quando mais nova, de ter esse sentimento bem mais espalhado, profundo, tipo contagiando tudo o que eu pensava, como se nada fosse puro, fosse sempre um eco repetido e imitado, tudo recursivo, na minha cabeça um cineminha da vida passando para uma mini-Luísa, em cuja cabeça passava um segundo cineminha para uma segunda Luísa etc., tartarugas até lá embaixo. Daí que eu odiava todos os meus instrumentos, todos eles, queria erradicá-los, erigir novos instrumentos (o que quer que isso significasse)!, cujas raízes eu pudesse entremeter no chão, que vicejassem como lindos carvalhos, formidáveis sequoias de autenticidade na minha cabeça (ou alguma merda assim).

    Dava para ver a baguncinha que eu era, e ainda feia para caralho, orelhuda de braços peludos.

E aí que eu passei a tentar ficar um pouco mais tranquila. Exceto que os encarregados de controlar a minha cabeça seriam também a minha própria cabeça. Olha só. Então não adiantava essa mania de tentar dar nome aos setores e compartimentos na minha cabeça, repuxar uma parte e tentar contê-la com as mãos, delegar funções e nomes. Tudo era de uma mesma bagunça odiosa aqui dentro, nada se distinguia ou dividia. Tudo que eu fazia sempre era determinar um novo aspecto odioso de mim mesma, e esperar que algo de bacana brotasse desse reconhecimento, que eu fosse recompensada. Não adiantava estender adiante meu projeto civilizatório, dominar todos os terrenos arredios e bárbaros da minha cabeça com mais e mais propriocepção, ministérios do planejamento e projeções orçamentárias. Não havia nenhum evento, e nem parecia possível haver algum evento, que não se desenrolasse em quinquilhões de notas, revisões e correções aqui dentro, vozes narrando a si mesma o que acontecia, e reconhecendo o tanto que essa atividade era desnecessária, sem conseguir nunca parar. O inferno não atinge nunca uma versão definitiva, se faz de infinitas correções, de mudanças de ideia. Você apenas vai preenchendo movimentos prefigurados, satisfazendo uma forma. O único esforço possível é tentar julgar essa voz como se não fosse inteiramente sua, como se não constituísse, de fato, algo de sua responsabilidade.

E nisso, de não haver nenhum concerto aparente para tudo que é seu, tudo que é seu e irreconciliável, você apenas continua pedindo para que se calem. Como se falasse com uma terceira pessoa, e pedisse por favor, num movimento repetitivo e vazio, também reconhecido e comentado. Não nem mais uma palavra.

Hoje eu sou ligeiramente menos idiota. Tento frear quase fisicamente esses movimentos todos (às vezes empurrando o fundo da minha mão contra os olhos, até). Decidi interagir com pessoas, decidi gostar do João. Eu falo assim como se fosse uma conclusão, o final da história, *né*. Me viro de uma vez e volto para o quarto, andando meio rápido, para acabar logo com isso.

Eu vejo que nem estou acostumada à escuridão. Vejo as duas malas já familiares e igualmente quadradinhas, igualmente hiantes com um dos lados para trás e desorganizadas por dentro. O ar-condicionado deixa o ar pesado no quarto, cingindo tudo de uma mesma paralisia. Preciso de uma segunda atenção para entendê-lo, na maneira em que ele está disposto, entender o que são braços e o que são pernas, tudo misturado ao lençol.

Ninguém deveria dormir desse jeito, tão esquisito.

O próximo passo que se apresenta seria perseguir João. Julgá-lo desimportante, reproduzir a coisa toda da impossibilidade de qualquer conexão real entre duas pessoas, do abismo grosseiro presente todo o tempo que a gente ignora com maneiras progressivamente criativas e desesperadas, o tanto que aquilo estaria fadado a um final próximo e triste para todo mundo etc. As imagens exprimindo variantes desse tipo de coisa são muitas e todas idiotas. Parece impossível não fazê-lo, parece covarde não perseguir aquilo às últimas consequências. Que ele nunca conseguiu dizer que me ama, embora dê para ver que ama sim nos olhos pequenos que ele tem pra mim, no jeito que ele treme, mesmo, de verdade, quando eu o abraço de uma maneira específica, com minha cabeça encaixando entre a cabeça e os ombros (a reação dele que até me assusta). E que ele nunca disse isso porque não consegue assumir o tom necessário e inevitável para criar o momento todo, que se tornaria imediatamente na cabeça dele uma *cena*, um bichinho com pretensões e presunções estéticas que ele não quer assumir, como se não conseguisse confiar nelas. Eu sei disso por causa do jeito assim que ele reage quando algum momento se pronuncia com uma forma dessas excessivamente reconhecível e familiar. Um clichê, *né*, tipo. Do jeito que ele fez quando a gente *tava* andando na praia hoje e o pôr do sol caía todo todo e um moleque bonitinho sem camisa passou correndo com um cachorro dourado e olhou para a gente e sorriu escancaradamente. Que ele se diminui um pouco, ri comedidamente para si mesmo como se estivesse suspeito, e ajeita os óculos sem nenhuma necessidade, e acena as sobrancelhas para um terceiro observador inexistente. Como se ele um dia só fosse conseguir dizer aquilo, expressar o tanto que me ama, sem se sentir uma fraude completa se de algum jeito se levantasse uma situação completamente alheia àquilo, alguma situação em que virar e falar, na cara dura, que *eu te amo* seria uma quebra real de expectativas, e não uma satisfação cansada de uma fórmula. Como se de alguma maneira só assim ele pudesse determinar de um ponto externo lá no alto onde ele nos observasse que agora sim, isso foi autêntico o bastante.

Esta é a pior de muitas traições. Que agora a gente seja obrigado a rodear todas as coisas, assustados. Sugeri-las com vergonha, olhando para baixo, com camadas e camadas de concessão.

E eu mesma poderia falar antes dele, poderia vestir inteiramente a coisa e assumi-la. Mas, *né*?

E até agora não falei de São Paulo, a gente já em novembro e eu ainda não falei. Minha mãe já com mil *e-mails* impressos das minhas tias sobre possíveis transferências para a universidade de lá, com mapinhas feitos no Google Maps do caminho da casa até o colégio do Bê. Eu nem sabia direito que ela era capaz de se animar com alguma coisa. Que merda.

Tateio o caminho de volta para o meu lado, e ali a cara dele. A primeira coisa que olha de volta em algumas horas, mesmo dormindo.

A minha reação inicial recede. Ele dormindo, não tentando ser nada. Certamente, não é como se houvesse um propósito ali a ser reduzido a algum tipo pronto de mesquinhez ou de ridículo. Apenas uma força que triunfa sozinha sobre si mesma, que se repete e se renova. Os traços não esculpidos que você nunca encontra e nunca enquadra perfeitamente em nenhuma direção, nunca entende. A boca meio aberta, a respiração calma.

Enquanto tento tomar o lençol nas mãos para me cobrir, ele de repente se mexe e me puxa para si gentilmente. Não abre os olhos, não fala nada, as linhas firmes das sobrancelhas trabalhando bastante sobre um sorriso solto e fixo, um léxico de conforto que não imaginava possível e que se prolonga por algum tempo. Os cantos dos lábios tremem, instam por várias combinações possíveis, não param quietos. Mudando mudanças lindas, sempre adequadas, de uma preocupação, de um terror que eu quero achar sagrado. De uma exortação.

De olhos ainda fechados, ele ouviu o plástico da garrafa crepitar três vezes, irritante, antes de checar o que era. Abriu os olhos para ver Luísa de perfil, segurando a garrafa entortada na sua boca, olhando de volta e começando um sorriso involuntário que ela não conseguiu segurar e que fez com que derramasse algumas gotas de água na sua camisa amarelo-clara, três pontos escuros iguais. Ela pôs a tampa de volta e apertou a garrafa contra a bolsa na frente de sua poltrona.

A água parecia tépida e desagradável, como todo o ambiente em volta.

João fechou de novo os olhos. Seus joelhos estavam constrangidos por obstruções diferentes, nenhuma parte do seu corpo estava confortável. A cabeça tentava, com pequenas acomodações, encontrar um ajuste aceitável entre alguma de suas curvas e as de Luísa, que não se mexia, que parecia achar tudo engraçado na sua revista gratuita da companhia.

– Eles traduzem todas as matérias para o inglês, com um nível de primeiro grau, é muito massa.

Não lhe parecia muito sensato que todas as pessoas em volta levassem aquilo naturalmente. É certo que todos deveriam ter mais hábito do que ele (aquele era seu oitavo voo na vida), mas aquilo não parecia algo com o qual ele conseguiria jamais se acostumar. As fileiras adiante e atrás, todas decididamente contidas em um mesmo cilindro encerrado e inaceitável, pequeno, que tremia, não ganhava nunca a naturalidade que se espera de algo que pretende continuar fora do chão. A fuselagem exposta nas asas, tão frágil e de aparência provisória, parecendo tão tola contra a simplicidade e naturalidade daquilo que ela enfrentava, um azul tão irresoluto e inquestionável, tão infalível.

Era mais fácil com os olhos fechados, ouvindo a variedade eventual de barulhinhos que sua namorada conseguia fazer, ocupada de um número inexplicável de atividades pequenas e incompreensíveis que não se explicavam quando ele abria os olhos. Abrindo e fechando a bolsa e cantarolando trechos de músicas ruins antigas cuja letra ela desconhecia e inventava quase inteiramente. Mais fácil com os olhos fechados, embora fosse obrigado a se concentrar em todos os seus vários desconfortos, no seu corpo sentido em todas as suas extremidades incomodadas. Confrontá-lo assim, no escuro, pateticamente acidentado como aquele avião.

– Olha.

Ele abriu os olhos e virou para a janela. A asa agora era engolida pelo interior de uma nuvem gigantesca. A ponta desaparecia debaixo dela, que se revelava toda em um móbile lento, arrastado, camadas e tufos e espirros de atribuição e proximidade incalculáveis, pertencentes a toda uma outra esfera de coisas. Camadas bidimensionais e pouco reais de um material de consistência impossível se derramando sobre aquela projeção torta e desajeitada de metais.

– É bonito, *né*.

– É sim.

A nuvem terminou, de repente, como tinha de acontecer, permitindo que eles vissem o que parecia já ser os arredores de Brasília. As demarcações de terra, os planos, as intenções de transporte. As asas visíveis a alguma distância.

– Olha só. Essa cidade é marrom.

Luísa concordou silenciosamente, e deitou em cima dele. Ele se manteve quieto e de olhos fechados, sorrindo, inclusive durante a aterrissagem que se seguiu, a queda apenas marginalmente controlada, entravada e solavancada, de um trambolho desajeitado e derrapante, rebatido pela terra que tampouco os aceita, que não os quer de volta.

* * *

– Mas é claro que todos esses grupos não participavam da *dinâmica* de efetivação de direitos, não estavam propriamente, assim, incluídos na...

A porta range, mal-educada, todo o seu progresso necessário para que Luísa entre. Com todos os olhos de repente nela, ela pede licença e desculpas pelo atraso com um recolher de sorriso e dos ombros, indistintamente cuidosa e reticente, sentando rápido em um dos poucos lugares disponíveis, no fundo. Atrás de um moleque magrelo e na frente de uma senhora severa, já com uns quase cinquenta anos.

Assim que consegue se estabelecer na cadeira de plástico azul e estrutura metálica, vira-se para frente e organiza as costas, repuxa trechos de sua roupa para cobrir o que não deveria estar descoberto. Tentou lembrar se tinha na mochila folhas xerocadas relevantes para aquela aula, e decidiu que não, e que não se importava. Ela já sentia olhada por dois moleques por trás dela, e sabia que isso continuaria até o final da aula. Um deles era cartunescamente forte e se armava na cadeira todo largo, de bermuda esportiva e camisa regata, mordendo uma caneta, cheio de diversas sugestões, todas igualmente indesejáveis.

A sala era meio apertada para a quantidade de gente, com uma janela que não trazia vento e um ventilador pesado e imóvel olhando de lado para cada um deles. O teto era de concreto cru e anegrado, que continuava seus desenhos marcados para além da interrupção da parede, parecia não se importar com o propósito a que servia, arrogante. Uma cigarra presa insistia contra o teto, quicando e caindo, de volta para cima. Ela parecia reunir mais atenções do que o professor. As persianas velhas zebravam a parede em um padrão certo e fixo que revolvia integralmente a face da sala, todo íntegro exceto por umas poucas faixas distorcidas e quebradas que fugiam, que deitavam cimitarras solitárias no chão. A luz do sol lhe parecia sempre o elemento mais bem-sucedido de qualquer quarto, o mais forte e definitivo. Ela sempre atentava diretamente para como que o sol chegava a qualquer lugar, qual que era a configuração dele naquele canto específico do mundo, a sua versão própria. Era o principal motivo de ela passar o final da tarde sempre no quarto da mãe, onde o sol lhe encontrava no pé da cama e lhe narrava a morte do dia em fragmentos dispersos até desaparecer.

Qual era o nome daquele professor, mesmo? O corpo dele tão absurdo, parecia ter se cansado de insistir numa mesma coisa depois de cinco décadas, improvisando agora com alguma liberdade em cima de tanto excesso e gordura. Cinco décadas desse jeito, o senhor não estaria interessado em parecer um jabuti? Dobras de pele altamente originais escapavam do colarinho e dos pulsos da camisa, do cinto, criando formas não inteiramente compreensíveis. Sua barriga era um despojo violento e desorientado do resto do corpo, arqueando suas costas e deformando tudo em volta. Ela parecia sentá-lo na cadeira, parecia ser o único elemento coerente e seguro do seu corpo, mal contido em calça social preta e numa camisa azul clara suada em faixas incertas. Fernando Beletti. Ela achava até o nome dele distante.

O professor falava, e do lado dele em pé *tava* um aluno mais velho, de uns trinta anos, forte e escuro, incrivelmente pequeno em todas as proporções, parecendo um truque de perspectiva. Ele fechava os punhos e batia um no outro, concordava com o professor meio impaciente, parece que esperando há muito para continuar a falar alguma coisa sua, provavelmente relacionada ao diagrama que ele havia escrito no quadro, num canto, com linhas tortas de letra cursiva pequena demais, ilegível. *As Novas Vozes do Direito.*

Ao redor disso, diversas nucas de costas para ela, assestadas para frente e centradas. Mochilas e bolsas embaixo das cadeiras, troncos desajeitados desmontados sobre si mesmos, curvas sobre curvas. As nucas são inexpressivas, são retocadas em seus cabelos também inexpressivos, recatados ou organizados em montinhos, correndo derramados sobre ombros. Também curvas sobre curvas, pequenas belezas despretensiosas. Um espetáculo familiar.

Aquele tédio que ela sentia sempre já se apresentava, e se derramava por cima de tudo. Parecia espinhoso, ominoso, e ela não gostava de acatá-lo tão facilmente. Era uma disposição a desimportar, uma tendência a zero. Aqueles itens todos, vários, ali daquela sala, quando agrupados e assestados daquela maneira, direcionados para aquele propósito tão distante e murmurante de uma aula de *Instituições de Direito Público e Privado,* pareciam se esmaecer e apagar, perder a cor de uma maneira talvez irreversível. Mas Luísa já conhecia o bastante a sensação, com esse convencimento insistente, essa retórica invisível e própria, para ser enganada tão facilmente. Ela conhecia muito bem o sentimento de deixar as coisas assentarem como poeira, como cinzas deitando na sua língua. O que não significava que ela saberia como evitá-lo, saberia como realmente trazer *importância* àquela aula tão distante, às preocupações daquele professor tão profundamente equivocado em tantas direções (incluindo, mas não se limitando, à transitividade do verbo *preferir* e às propriedades fixadoras do seu gel de cabelo). As tão diferentes exigências que o momento trazia, de quase contrárias, acumulavam-se na sua atenção, e acabavam por se anular. Ela acabava processando a situação real, o peso pontiagudo dos fenômenos, dos movimentos concretos, por trás de um ruído insuportável da sua própria cabeça, e o que estava ali se passava como num *vaudeville* mudo que você pega no meio, de funções já delegadas as quais você não conhece se reproduzindo prodigiosamente, pressurosamente, nucas feias, espinhas prestes a estourar, tudo de uma inocência finalmente abstrata, braços alheios acenando as improváveis importâncias. Ela às vezes se percebe enleada no meio disso, e tenta acordar da sensação, já familiar pra *caralho*, tenta retomar uma conclusão, já feita sobre o assunto há algum tempo atrás, e que deveria encerrá-lo, deveria seriamente acabar com toda aquela história.

– Porque é uma arena que é também dependente dos valores inerentes ao resto da sociedade, ela não se situa num espaço *ideal* e *utópico* acima das nossas *realidades mundanas*.

Quando parava de falar, o professor sempre se explicava adiante com volteios dos pulsos franjados pelos dedos, gestos amplos e inexpressivos que ele parecia crer bastante eloquentes. Seus olhos pequenos, que quase sumiam sob as auréolas marcadas de pele, a sobrancelha pesada, acendiam e piscavam uma expressão mudamente sugestiva de terrível obviedade e relevância. Na cintura um coldre de couro para o celular, e um chaveiro do Santos.

O tom dele e todas as mesmas reações em volta, a repetição disso tudo. Vários *laptops* abertos, os teclados todos sendo percutidos rapidamente, aquilo que *tá* sendo dito se reproduzindo de tantas maneiras diferentes e pequenas, todas insuficientes. Luísa tira de sua bolsa o caderno pequeno e azul, bonitinho, abre numa página aleatória, sem acreditar muito que vá escrever qualquer coisa.

Deve ser a décima vez que ela enfrenta a exata mesma coisa. Aquela mesma sala com aquelas nucas, e o tom disposto e sarcástico do professor, seu brinquinho na orelha e seus traços todos reunidos no centro de sua cara. Nariz e boca e olhos acumulados com tanto espaço disponível ao redor.

E de alguma forma aquilo se sedimenta nela, aquilo deixa algum resto. Ela deve, de algum jeito, se levantar sempre mais pesada de todas essas coisas, irreversivelmente pesada.

– Um *absurdo* que só começou a diminuir nos anos sessenta, setenta, assim de uma maneira geral, *né*. Mas é um longo processo, é uma conquista, uma luta.

Lá fora árvores cheias incomodadas contra as janelas, apertadas contra o vidro. Alguns galhos mais propensos fazem que sim com o vento e com suas frutas pendentes. Concordam indefinidamente com o professor. Que sim, que *anram*, que era mesmo um absurdo, uma conquista, uma luta.

– Porque essa mudança de paradigma não é algo que acontece assim, assim e assim.

As mãos dançam, revolvem-se contra o quadro branco em gestos marcados. O quadro branco plastificado e até reluzente, sujo de frases e esquemas anteriores mal apagados e aparentemente encardidos, pedaços de setas discerníveis entre esqueletos incompletos de palavras. Ela olha para as mãos, para suas próprias linhas apagadas e fracas, folheia rapidamente o seu caderno e suas páginas e páginas de anotações tão desnecessárias. Na mesa do lado uma menina novinha e baixinha e com roupa formal, de óculos prateados, digita num *laptop* minúsculo. Luísa consegue ler a última palavra, *"assim"*, seguida de uma barrinha hesitante, pulsando em expectativa. Ela volta para o seu caderno.

Velhas metáforas espreitam de volta em tudo, agora inúteis. Velhas extensões gastas cujo peso nós devemos suportar.

Certo. Luísa sorri para si mesma, de cara baixa, pensando pela vigésima vez hoje no quanto ela era besta.

Bem na sua cara as costas de um menino pequeno, de um buço ligeiro e fino, pescoço e ombros modestos, humilde de várias maneiras diferentes. Concordando em voz baixa com o que o professor diz, parecendo achar que a aula consiste numa conversa deles dois. Com um skatista impossivelmente dinâmico e vigoroso nas suas costas, tendo por cima dele uma frase, escrita imitando diversamente estilos urbanos reconhecíveis. *All always changes/ Also the arrogance of the Power/ To Leave you some space*. Luísa pisca os olhos e relê, sem entender. O menino há muito tempo apaga com uma indústria prodigiosa algo que havia escrito no caderno. Parece profundamente insatisfeito com todo o estado disponível das coisas, e ressentido.

Ela vê a sombra da sua própria mão ali deitada contra a mesa, e o contorno do seu antebraço quebrado em cima do livro, aquele segundo movimento acontecendo sem que ela percebesse, aquela repetição. Todas as coisas projetam uma sombra, e não havia nenhuma maneira de evitar isso.

O bolso treme e ela treme em resposta, mais do que deveria. Ainda se assusta com o próprio celular, de alguma forma sempre estranho. Resgata-o do bolso apertado da calça *jeans* onde havia colocado enquanto dirigia até a UnB.

Aula insuportável aqui, professor fanho >_< E aí?
João – 16:23

Ela lê duas vezes até absorvê-la, começa uma resposta que não termina. Solta o celular para ser engolido pelos lábios curvos da bolsa.

– E enquanto isso todos esses grupos permanecem alheios à esfera social, alheios mesmo assim a tudo isso, como se nem existissem!

Luísa tinha sua mão direita descansada sobre a carteira do seu lado. Seus dedos ondularam e se separaram, tensos, projetando-se como tentáculos de um pequeno animal que ela enxergava ali de repente, feito numa organização forçada, a princípio desajeitada, que de repente ela não consegue mais deixar de suportar. É um bichinho que o Bernardo fazia desde moleque, só para ela. Chamava Saurópode. O pai-de-todos como cabeça, um bichinho se contorcendo, quadrúpede e coitado. Alheio a tudo, dependurado na cadeira como num precipício.

– Esse discurso ainda existe, mas ele evoluiu, ele agora se apropriou, com muita perversidade, da retórica dos *próprios* grupos.

Ela olha para frente, concorda. Ela sorri.

Uns dez minutos depois, a mesa e a bolsa tremem sem muito barulho. Duas vezes. Ela demora alguns segundos para encontrar o celular com as mãos cegas apalpando tanta coisa que ela nem lembrava que tinha, canetas, revista, caixa de óculos, papéis, e ainda o Nabokov, praticamente abandonado. Mais difícil ainda com apenas uma das mãos disponíveis, mas ela finalmente encontra. Algo mais para ser compreendido, para ser sustentado adiante. Nada te abandona.

João chegou apenas minutos antes da virada, o que tornou a cena ainda mais engraçada para ele. Andou rápido da porta até a confusão de gente, as mãos fechadas, encerrado em um casaco grande que estava no carro e que havia posto sobre uma camisa suja. Ainda não havia encontrado nenhum de seus amigos, então passou o momento final da contagem regressiva, entoada em volta dele, com os dedos revirando latinhas imersas em água e gelo, tentando distinguir no escuro por alguma marca mais aceitável de cerveja. Era ainda mais engraçado assistir a completos desconhecidos virando o ano do que à sua própria família, ele percebeu, era ainda mais estrangeiro e difícil de entender. Tentando se animar em volta de algo que se recusava a qualquer manifestação distinta, ali onde não haveria fogos ou estouro de champanhe ou a contagem regressiva do Faustão. Também pareceu razoavelmente claro que o momento escolhido para a contagem dos dez segundos finais havia sido um tanto aleatório, começado por um gordinho que pareceu bastante orgulhoso com aquilo que ele deveria entender como sua presença de espírito. João percebeu que muita gente instintivamente olhava rapidamente para o céu, como se esperassem fogos de algum vizinho, ou alguma estrela cadente, alguma anunciação. João não conseguia decidir o que era mais banal, dar importância verdadeira ao Ano-Novo ou ressaltar insistentemente a sua irrelevância e arbitrariedade. Alguém eventualmente achou e apontou na distância, naquela distância sem prédios do Lago Norte, um final mudo de fogos de artifício vermelhos caindo devagar, um acidente. Todos em volta acompanharam a queda como se aquilo pontuasse alguma coisa, tornasse alguma coisa mais certa.

Percorrendo a festa razoavelmente cheia, ele decidiu atravessar a parte dançante, segurando sua cerveja e desviando das pessoas, metido de alguma superioridade reservada. O chão verde-escuro e liso piscava sob a iluminação de uma única variação tola, duas lâmpadas com papel colorido colado sobre sua superfície alternando devagar, indecisas sobre as duas possibilidades de sombras no chão e nas paredes, dois ajustes igualmente desnecessários de mãos e pés, de cabeças se misturando umas às outras. A música estava em algum clímax repetitivo que João mal conseguia entender, mal conseguia sustentar para que fizesse sentido. Quase todos haviam se separado da pista para se juntar em pequenos grupos de comemoração, os poucos que haviam ficado sugeriam estados indesejáveis de isolamento ou indiferença. Como ele. Notadamente uma garota dançando sozinha, bonita. Um lenço grande azul se dobrava sobre si mesmo e escondia todo seu pescoço, guardando junto com os cabelos cacheados um rosto delicadamente maquiado que se construía rudemente sobre hastes firmes. Uma mulher séria e incompreensível, olhuda. Seu vestido bege estranho terminava logo depois da cintura em duas pernas enormes por vezes quase unidas nos joelhos, volteando sua origem de uma maneira assombrosa e pequena. De olhos fechados na maior parte do tempo. Se não estivesse sobre o efeito de algo considerável, queria passar essa impressão.

 João senta perto da piscina, no quadrado de pedra antes da grama. Sua atenção se dispersa por um tempo incalculável na pureza das oscilações de pessoas cortando sua vista em excessos de excessos. Era a maior graça que via em ficar bêbado, a facilidade em sumir nesse tipo de coisa. Ele se perde nisso até que se acende um reconhecimento que o traz de volta, um reconhecimento curto que demora a se afirmar. Breno ali, bebendo de um copo de plástico sozinho e concordando com a cabeça com tudo, aprovando toda a situação. Sua cabeça de formato infeliz num corpo barrigudo de criança, uma pirâmide, seu cabelo contido em um pacote preto modesto. Os lábios se guardando em conferência aparentemente tumultuada, angustiada.

 Mas talvez não, talvez ele apenas fique assim, sempre, e não signifique nada.

 O que não o impede de sentir uma enorme e inesperada pena dele. Imaginá-lo fingindo-se mulher pela internet ao longo de tanto tempo para sua própria namorada, caralho, apenas a aumentava. Pena é sempre assim, ele pensa, alheia a qualquer controle, um animal revoltoso que se manifestava caprichosamente, e que não deveria ser forçado ou evitado. Um pouco como beleza.

Em verdade *exatamente* como beleza, ele decidiu, quase sorrindo, observando agora as suas pernas estendidas diante dele, o tecido estranho de seu tênis, talvez sintético e certamente sujo. Breno mais uma vez coberto pela momentânea decisão do tumulto de se fechar no mais arbitrário dos homens. Dedão envolvido nervosamente no fim de sua camisa, enrugando dizeres incompreensíveis, cabelos fixos em uma má decisão anterior, olhos predadores inquietos entre as mulheres em volta, ainda sóbrios e visivelmente calculando como extrair daquela noite o máximo de suas possibilidades.

– E aí, moleque? Feliz dois mil e dez!

Conjurados ali, Eduardo e Antônio em pé diante dele, de repente. João pisca, percebe que Antônio esperava cumprimentá-lo direito, mas não consegue se reunir para levantar, para organizar suas pernas retidas ali, fixas em um nó.

– *Tá* bem, moleque?

– Oi. *Tô* sim, *tô* sim. *Tô* só observando geral. Feliz Ano-Novo aí.

Ele sorri, com algum esforço.

– Ah. Cadê a Luísa?

– Não quis vir, *tava* com sono.

Antônio e Eduardo se sentaram por perto. Ele reconheceu o pequeno sorriso imediato no amigo, o que ele entregava em tão poucas cervejas, de olhos meio fechados. Alguma amizade mais confortável parecia se formar entre aqueles dois, João pensou. Isso não pedia nem permitia nenhuma reação específica de sua parte, ele também pensou. Eduardo e João se cumprimentaram, um espaço curioso e incômodo entre os dois que nunca desejavam um bom ano aos outros, mas estavam acostumados a receber os votos mesmo assim.

A conversa não engrenou de verdade, saía apenas um ou outro comentário de vida curta sobre algum aspecto momentâneo da festa, alguma sobrancelha se erguia por alguma menina. Antônio parecia o mais preocupado em manter as coisas vivas. Uma nota foi feita sobre a garota dançando. João pensou em comentar que achava que ela tinha dado em cima dele, mas não viu sentido. Eduardo olhava para o chão, caspa empoava seus ombros. Seu queixo estava ligeiramente pronunciado adiante pelo apoio na base de sua mão direita. A menina possivelmente estava dando em cima de qualquer mamífero que passasse por perto, *né*, com a virada do ano impondo acasalamento.

A multidão em volta deles não se organizava de nenhuma maneira reconhecível, espalhava-se em pequenas histerias, intratável.

Antônio arrancava grama de mão cheia do chão, e limpava a sujeira nas calças. Fumava o final de um cigarro que havia mantido até agora de alguma forma escondido.

Vendo aquilo, João percebeu de repente com alguma confusão que ele parecia ser um fumante insincero, e que parecia igualmente incerto de todas as posições que seus braços e pernas formavam, igualmente incerto de todas as suas possíveis composturas. Ele sentiu pena do amigo, que não devia estar tão bêbado quanto queria aparentar.

João olhou para sua expressão atenta e se apoiou na sua mão esquerda, esperou pelo que ele teria a dizer.

– Amor é muito massa, *né* não?

Eduardo riu. João pareceu ter preguiça de saber como tomar aquilo. Fez qualquer coisa circundando um sorriso.

– Tu e a Natália, cara, é muito bonito! E tu e a Luísa.

Os dois concordaram com o que se poderia dizer gratidão, meio rígidos, olhando em volta para qualquer outra coisa. Antônio demorou um instante para continuar. Seus olhos se fechavam um pouco imediatamente antes dele falar, e durante.

– Comigo e a Taís é muito massa, cara. Não dá para viver sem isso não.

A firmeza com que ele diz isso, com que ele sulca isso na terra, desmancha-se com a maneira dos seus olhos agora levantados e abertos diante deles. Os olhos enormes e machucados de olheiras. Dentro do tênis, os dedos de João se contorcem, avançando e recuando em volta de uma câimbra.

Talvez se o pedido por confirmação não tivesse sido tão óbvio, não tivesse se levantado diretamente sua presença desajeitada entre os dois,

João teria tido como atendê-lo, ele percebe e repete para si mesmo.

– É.

Antônio de novo abaixa a cabeça às suas pernas cruzadas com força, presas, um resto de grama nas dobras leves e irregulares da barra de suas calças. Quando levantou de novo, composto de outras forças, agora endurecidas, ofereceu até o queixo para frente. Com uma voz não mais exagerada, os olhos abertos.

– Eu descobri um negócio, *tá* ligado.

João o encarou. Ele parecia desinteressado, mas olhava fixamente sem oferecer nenhum juízo sobre nada daquilo, em absoluta suspensão, às vezes olhando por cima dos ombros de Antônio, às vezes através dele.

– Dá para...

– Você, tipo...

Ele se arrependeu no meio do caminho. Entortou os lábios e demorou um pouco, sua comissura instável e instando por direções diversas, mas sua expressão atenta e digna sabendo exatamente onde estava. Quando finalmente veio, se arrastou devagar, com muita dificuldade.

– A maior parte dos problemas que a gente tem com *mina* é tipo completamente besta, saca? As coisas que a gente leva em consideração, que a gente fica avaliando sempre. O que importa é – tipo. Sei lá explicar, mas depois que você acha, tipo, dá para amar a pessoa completamente. Você escolhe uma pessoa e pronto, e – sustenta aquilo, sabe? Leva adiante.

João não sabia o que era esperado dele. Repetia sem parar um aceno lento com a cabeça, algo que não mais subia nem descia direito, que quase decorria lateralmente. Antônio faz menção de pegar no seu braço.

– Dá para viver nisso, *tá* ligado?

Eduardo concorda levemente e nada mais é dito. João percebeu que Eduardo buscava os olhos dele para demarcar alguma coisa, com uma expressão ansiosa que ele conseguia perceber de canto de olho. Tornar algo claro, inequívoco, demarcar sua posição crítica diante do que se passava. Antônio não parece ter terminado, ainda concentrado em como desenrolar aquilo que quer dizer, o que ele quer dizer de verdade.

Antes de mais qualquer coisa, João se levanta de repente com uma precisão enorme, uma única volta das pernas que o põe de pé e andando diretamente até o salão onde alguns poucos bêbados dançavam. Um grupo de meninas desorganizadas se juntando para uma dose cobriu por um instante a visão de Antônio e Eduardo; e quando elas terminam e saem da frente, ele está beijando a garota de lenço azul, e os dois se mexem devagar embaixo de uma luz que se alterna vermelha e amarela, ainda indecisa.

Quando a campainha soou, Paula estava reconsiderando no espelho da cozinha a última escolha que havia feito, dez minutos atrás, sobre o estado do seu cabelo, agora comprido. A profusão de pequenos espelhos pelo apartamento não a permitia se decidir nunca, sempre dispondo de frequentes sugestões distintas de cada um deles, todos individualmente humorados pela moldura e pelo enquadramento. Ela enfezou os lábios e decidiu deixar como estava, preso em um complicado bolinho de várias torrentes, para abrir a porta com um sorriso imediato, mas aparentemente natural.

– Oi, João!
– Oi, Paula.

Ele segurava uma velha garrafa de vinho e não inteiramente cheia que não anunciou, entrando devagar e aparentemente surpreso com alguma coisa.

– Sou o primeiro?
– Pois é, você sabe como é esse povo, *né*?

Ele sabia, pelo pequeno aceno com a cabeça. Deixou a garrafa em cima da mesa, envergonhada entre três mais bonitas, também de vinho, e sentou-se com alguma satisfação não especificada no canto do sofá, cruzando as pernas e compondo-se com o excesso de cálculo que Paula nunca conseguiu posicionar exatamente em qualquer escala de intenções. Estudou com alguma calma a sala antes de falar alguma coisa.

– E aí, Paulinha?

— E aí, João?

Ela sorriu largo enquanto também se sentava no outro sofá, exatamente igual e paralelo ao dele, guardando-se gradualmente em um cantinho já automático de conforto como sempre fazia. Como se esperasse um gato que, estranhamente, nunca chegava.

— Que bom que você veio! Mesmo!

Ele sorriu timidamente e a encarou, sua atenção claramente preterindo tudo aquilo — ela inclusive — as mãos cruzadas na sua frente se encadeando devagar. Ela percebeu que ele não estava disposto a fingir nada, a fazer conversa fiada, que não faria pergunta nenhuma. Que ela teria que entendê-lo.

— Ela *tá* bem. Ela melhorou muito.

Ele se deteve, aberto. Os ombros tremularam em reconhecimento. Sorriu e abriu a boca, mas se impediu.

— Eu falo muito de você para ela. Ela faz questão de saber detalhes e tudo. E *tá* ótima, *tá* outra pessoa.

Ela se calou depois disso. Sua expressão era de quem queria continuar, queria alimentá-lo perfeitamente, mas não sabia muito o que poderia dizer além daquela simplicidade, não saberia como torná-la verdadeira adiante daquelas aplanagens superficiais de lençol, aqueles retoques bestas. Com alguns segundos de silêncio, ele mesmo aventurou um palpite baixo.

— A pessoa que ela devia ser, *né*.

Ela abriu bem os olhos nisso, surpresa de ele contribuir com algo tão fantástico, tão sério, de se arriscar assim.

— É, é isso.

E alguns segundos depois, como que confirmando adiante, tentando encorajar a contribuição dele.

— *Exatamente*.

Ela se distraiu um instante com um anel que não se prendia tão firme no seu dedo, e quando voltou a ele encontrou um ar pejado em si mesmo, de novo preterindo tudo em volta. Ele surpreendia em descrença os braços sobre as pernas, os instrumentos todos da sala, ajeitando em seguida as linhas amarrotadas da calça marrom ligeiramente suja com as duas mãos, ao tentar compor uma pequena intenção humana qualquer.

Isso se repetindo por um silêncio que chegou a ficar engraçado de tão longo, de tão autoconcorrente.

– Eu queria meio que te pedir um negócio.

Ela demorou um pouco para responder, os olhos incertos. Não indisposta, mas surpresa.

– Claro!

– Que você me contasse dela, me falasse de como ela está. Assim, às vezes. Mais ou menos do jeito que parece que você faz com ela.

– Ah, sim!

Ela sorriu com uma gentileza bem amorosa.

– E você não quer ter que pedir para mim, quer?

Ele riu, desarmado.

– Não, preferiria não ter mesmo.

Eles se olharam, agora diretamente, como que avaliando a nova medida, experimentando-a.

– Ela *tá* vendo alguém. Terapeuta, psicólogo, psiquiatra, não sei. Ela diz que ajuda um pouco, apesar de odiar o cara, achar ele meio burro. Mas que é mais algo para agradar a mãe, parece que ficou muito assustada uma época.

Ele concordou com a cabeça, como se já soubesse. Paula parecia desapontada com o que havia acabado de dizer.

– Mas isso nem importa tanto, na verdade, isso não é, assim, o essencial, sabe?

Paula mordia o dorso do dedo anular. Parecia parodiar algum gesto de inquietação, mas não estava.

– Não consigo dizer a diferença nela, não consigo explicar. Mas aquela coisa que tinha tomado conta dela não – não mais.

Ela de novo parou, e tentando invocar novos termos, pareceu procurar pela ajuda dele, olhando com os olhos grandes.

– Acho que sei o que você *tá* pensando.

– Aquele jeito dela logo antes...

– Do jeito que ela *tava* ali logo antes de a gente terminar. De sentir

por tudo. De até pôr do sol trazer pena para ela. Até filme feito para a tevê que termina com câncer precisar ser chorado até o fim. E a sério.
— É, isso.
— É como se ela precisasse se estender ao mundo todo o tempo *inteiro*.

Ela se admirou com a presteza dele de falar, e se guardou com aquela ideia como sempre fazia, endireitando-se no sofá com um sorriso sabedor que demonstrava para todas as coisas que algo havia sido estabelecido.

— Ela virou uma coisa completamente passiva, estranha. Ela, que tinha um gênio tão forte quando a gente se conheceu, caramba.
— É.
— Se olhava de repente no espelho e parecia não querer ajeitar o cabelo para não ofendê-lo, assim.

Este silêncio de agora tinha os dois em olhares distraídos, os dois em aparente rememoração concentrada de incidentes individuais que cada um deles guardava de Luísa, os pontos mais agudos que deviam estar ali sempre à disposição da memória. Paula mexia cuidadosamente os dedos uns sobre os outros, devagar, e João permanecia quase inteiramente parado, à exceção das sobrancelhas, como se não soubesse onde se depor, não confiasse nas suas mãos, nem em nenhuma daquelas coisas. Ela tentou resgatar o assunto.

— Parecia tanto que daria certo. Parecia assim evidente. Vocês dois.
— É, eu sei. Eu sei.

Isso também teve seu espaço, um pequeno silêncio respeitoso. Paula voltou os olhos para João umas duas vezes sem que ele reconhecesse de qualquer forma. Ela remexia a posição das pernas, ajuntava forças para falar.

— Eu *tava* lá, *né*, você lembra.

João não reagiu de nenhuma forma clara a isso. Como se não houvesse entendido, como se nem tivesse ouvido.

— A gente não tinha se falado ainda, mas você devia ter me visto. E de qualquer forma tinha dezenas de conhecidas dela na festa. Você tinha que saber que ela ia ficar sabendo tipo imediatamente. É Brasília, *né*.

Um ponto aparentemente aleatório do seu próprio joelho foi escolhido, e além de fixar o olhar ele o arrumou de seus pequenos fiapos de sofá e o esticou repetidamente. Estava sério pela primeira vez.

– Ninguém entendeu, ninguém conseguia acreditar, assim, por muito tempo. Assim, esse tipo de coisa acontece, sei lá, mas com vocês? E daquele jeito? Tão... baixo, tosco.

A progressão indignada da voz dela cresceu durante toda a frase e cedeu inteiramente nas duas últimas palavras, que foram ditas na verdade com uma doçura arrastada e estranha. Que finalmente levantou os olhos de João, que custou a entendê-la. Ela sorria calada triunfante, ele havia fechado seu cenho em linhas de confusão simples.

– Eu demorei muito para entender, e na verdade nunca falei isso para ninguém, sabe.

Ele ainda olhava para ela do mesmo jeito, quase irritado.

– Que você fez aquilo para ela poder terminar com você.

Nisso, suas sobrancelhas finalmente soltaram sua tensão inquisitiva. Mais uma vez seu joelho, seu terreno vincado em si mesmo e traçado por dedos leves para não alterá-lo. Sorriso escancarado com progressões interiores claramente demarcadas, como se demarcasse *Então é isso que você quer dizer*.

– Você é muito massa, Paula!

Um suspiro mal entregado e ele a encara novamente, descarregado, um sorriso largo que pretende dissipar confusões e mal-entendidos.

Ela não se altera, as pernas dobradas para si, seus joelhos bem irmanados e o pescoço encurvado. Ainda o mesmo sorriso triunfante e benfeitor.

– Eu já revirei cem vezes e realmente acho que é isso. Você descobriu que ela ia para São Paulo, sabia que vocês tinham que terminar – não só pela distância, *né* – mas sabia que ela não deixaria você terminar facilmente, e que você tampouco conseguiria, que ela nunca terminaria por si mesma. Que você tinha que se cortar dela, fazê-la se livrar de você. Não sei de que nível de – sei lá – intencionalidade eu *tô* falando, se você queria isso sem querer, mas... É bem maluco, mas para mim faz mais sentido do que a outra opção.

Ele mantém o sorriso, passeando o olhar ao longo da sala toda, de todos os seus detalhes, uma máscara genericamente africana, uma pequena estátua de dançarina colorida e familiar, uma foto de Paula novinha declamando algo na escola, de extrema seriedade, a exata mesma pessoa ainda mais reduzida. Ela não desvia o olhar dele.

– Eu não entendo direito o namoro de vocês, não sei por que vocês dois pareciam concordar na época que a coisa fazia mal. Para todo mundo parecia *mó* coisa boa e bonita, para mim inclusive. Eu não sei dizer se foi realmente algo legal de se fazer, acho esquisito para caralho, João, mas eu entendi, viu. Eu só queria dizer isso, que alguém entendeu.

Ele não levanta os olhos, não mais tenta sorrir, e ela não insistiu em nada, deteve-se com alguma reticência. Ele parecia acuado. O olhar dele volta a preterir tudo em seu derredor, como se estivesse ausente dali, com as sobrancelhas desataviadas de qualquer esforço evidente, as mãos desativadas.

Ele falou apenas mais uma coisa, minutos depois.

– Tinha vez que ela voltava do banheiro – depois de tomar banho enquanto eu esperava no quarto, ou algo assim, lá na casa dela – que ela parecia ter se esquecido, assim. Não só que eu *tava* lá. Ela não parecia nem lembrar quem eu era.

–...

– A cara que ela fazia.

* * *

Só após ela levantar, alguns minutos depois, é que João entende que era a campainha aquilo que ele estava ouvindo. Ele ajeita os óculos sem necessidade e observa Paula receber as pessoas que a parede não lhe deixa ainda saber quem são, um sorriso generosíssimo já brilhando nela junto da luz amarela do corredor. Encarando o barulho de uma multidão impossível prestes a entrar ali, prestes a tomar o mundo.

MA È POSSIBILE, LO SAI, AMARE UM OMBRA, OMBRE NOI STESSI.
Montale

S̲e̲g̲u̲n̲d̲a̲-̲f̲e̲i̲r̲a̲, 17 de agosto de 2009

Tem pelo menos seis meses que eu não falo com, ou ouço falar de, ou sei qualquer coisa da vida dela. De um jeito trabalhado e óbvio, entreolhado e constrangido, percebo que evitam falar dela na minha frente. A ausência é tão marcada, que me sinto até meio doido quando me lembro de algum detalhe, não conseguindo fazê-la de nada por perto, de nenhuma foto, não conseguindo restituí-la de nenhuma das mensagens sempre insuficientes que eu ainda guardo no celular. É estranho manter uma coisa tão forte apenas na sua cabeça, quando não há quase nenhuma referência exterior que a sustente.

Sem querer, descobri ontem o perfil dela naquele *site* onde neguinho mantém registradas as músicas que você ouve no computador, um desses esquemas aviadados olhem-só-para-mim. Ela mantém outro nome no *site*, mas há sinais o bastante para que dê para dizer com alguma certeza que é ela. O tipo de pequena sacação que se aprende e que não se explica com facilidade. Apenas *sei* que é ela ali, na foto da Anna Karina, na frasezinha da Elizabeth Bishop, que tem que ser. O conjunto, de alguma forma, afirma a sua presença confusa. As músicas contadas nos minutos em que foram escutadas, e quantas vezes, somando os artistas mais populares. Que ela ouviu *Lamento Sertanejo* dois dias atrás, às sete e quarenta e dois da noite. Que ela ouviu *Postcards from Italy* às sete e quarenta e oito.

Descubro que ela anda escutando muito Leonard Cohen, basicamente, e só. Não há nenhum clique de uma resposta se levantando de nada daquilo, nenhuma solução de continuidade entre cada item, não há indicações significativas que se possa depreender, nem com muito boa vontade da minha parte. Eu poderia alucinar, é claro. Como naquele motivo fixo, já meio clichê, de um narrador pouco confiável que fica meio obcecado por alguma coisa e começa a impor narrativas paranoicas no mundo, reduzindo a realidade a um código, entendendo todo tipo de exagero absurdo, de augúrios, de relações compreendidas. Entrevendo totalidades em tudo.

E nesse perfil há ainda um *link* para fotos do *Flickr*, umas duas dezenas de fotos pingadas ao longo de um período pouco explicado, logo depois que ela mudou para São Paulo. Fotos geralmente sem muito nome ou explicação. Assim como todos os outros rastros que eu encontro, sempre fragmentados e despreenchidos, pouco confiáveis, incompetentes em tentar configurar qualquer presença. Toda versão internética dela sempre foi uma versão desatenta e infiel, de alguém que não se importa com essas coisas direito, alguém que não está – como todo mundo costuma estar – armando um espetáculo. Graças a Deus. Acho que me contento melhor com essas versões pequenas do que com qualquer uma que tentasse, indecentemente, capturá-la de verdade. Há um grupo de umas dez fotos do que parece ser Ouro Preto (que ela queria visitar e eu não quis), ou alguma cidade mineira do tipo, fotos bonitinhas e escuras de ruas apertadas, de igrejas coloridinhas. Ela não está em nenhuma, mas eu sei que as fotos são dela. Sei que ela tiraria exatamente essas fotos, desse exato cachorro olhando para trás, dessas poças-d'água refletindo a igreja, se ela fosse a Ouro Preto. Há um bando de fotos de um gato, também, repetidas e obsessivas. Um gato que não conheço, mas que é também coerente, que se encaixa. Também aí se arregimenta alguma identidade, embora tão desorganizada, tão despreenchida, também uma presença confusa se afirma. Antes dessas há uma série tirada por celular, todas de baixa resolução e sem nome, seguindo uma numeração interrompida e difícil de se entender: 07599.jpg 07576.jpg. Todas borradas e pouco cuidadosas, pouco eloquentes. Não dá nem para entender muito bem o que estão fazendo lá, provavelmente apenas registrando com um mínimo de esforço o apartamento pequeno e novo, que as amigas de Brasília não conheciam à época (seis meses atrás). Um pedaço borrado de uma janela, de persianas fechadas brancas. Um *laptop* deitado em uma cama desarrumada, com sua tela brilhando um retângulo azul. A frente de um prédio feio e pesado, ofensivamente aleatório. Um pedaço de estante com alguns poucos livros, dois reconhecíveis e dois não, com lombada meio borrada. O seu derredor imediato em algum ponto do tempo, perto do dia quatro de março, sete e quinze da noite. Toda uma estrutura parecendo prometer uma revelação, e não dizendo nada.

Nenhuma das fotos entrega nada em particular, e nem tenta. Mas não consigo evitar uma impressão insistente de que ela deve ao menos saber que eu estou do outro lado, como sempre, juntando as poucas peças que ela me oferece, apanhando os cacos. E ao menos que isso pese de algum jeito difuso, que isso informe minimamente as fotos que ela tira, as músicas que ela ouve.

* * *

Seria necessário construí-la aqui de algum jeito, remontá-la. Algo além desses detalhes entrevistos com tanto esforço, coletados sutilmente e resultantes em nada, essas línguas transientes ensaiando alguma versão menor sua. Antes de tudo, seria necessário dissertá-la. Antes que vocês se enredassem por incompreensões, atados em bobagens e desimportâncias. Seria necessário juntar minhas impressões em algo mais coeso e linear, cuja estrutura permitisse um mínimo de confiança.

Mas não dá. As minhas primeiras tentativas debaldaram em monstros grosseiros, imprecisões pouco expressivas. Eu sei que não sou capaz, que tudo aqui sai enviesado e refratado. Acaba que não consigo sair a sério tentando construir uma unidade, que esses fragmentos são a única forma em que eu confio. Mantenho então tudo disponível aqui indefinidamente, na esperança que seja encontrado por algum acidente agradável, ou nem isso. Tudo do jeito que escrevi à época. Acostumado com as insuficiências da minha expressão trabalhada, vou tentar o mínimo de artifício aqui, lutar contra minha constante vontade de tornar tudo uma empreitada estética.

Sei que a única eloquência respeitável que se poderá escorar desses fragmentos será, com sorte, uma involuntária e acidental. A minha participação num desenho que eu não entendo, aqui na superfície. Pois essa não só é a única de que eu seria capaz, como é também a mais elegante possível. Como se aprende.

Publicado por JMN às 3:45

festa da paulinha 54.jpg

Paula tem o rosto virado para um careca de camisa justa roxa que determina algo extremamente importante na forma de um cubo invisível, rindo incredulamente do que quer que o cubo seja. A foto é escura e a cara do homem careca está bastante borrada. Do seu lado um abraço exagerado e apertado entre três amigos homens, com o do meio visivelmente relutante. Todas as garrafas de vinho em cima da mesa estão vazias, exceto uma, que ainda detém um terço disponível. De João pode-se ver apenas um braço (o esquerdo).

festa da paulinha 57.jpg

João de pescoço virado, com um tendão marcado, parece olhar para a janela, do primeiro andar, de onde se veem pedaços de carros estacionados, incluindo o seu (da sua mãe), prateado e sujo. João tem o celular na mão e parece ouvir o que é dito seriamente por um homem queixudo e alto à pequena roda de quatro pessoas desinteressadas. Duas delas tremidas, de várias posições indecisas das mãos, dos queixos. Tudo é de um mesmo granulado opaco, de superfícies de cores pálidas e embaçadas. Do canto visível da mesa se vê uma caixa baixa de papelão, com salgadinhos, sobrando quase todos os enroladinhos de queijo e apenas uns cinco miniquibes. A luz é principalmente amarela.

festa da paulinha 58.jpg

A roda praticamente desfeita, com ainda as mesmas pessoas agora viradas para os lados, conversando outras coisas. João no centro fazendo alguma concessão com os lábios, estalando os dedos contra o quadril. Sua camisa está suja em dois lugares diferentes, de dois materiais diferentes, ele também tremido e borrado, de contornos incertos nos ombros. Uma garota extremamente bonita de cabelo castanho liso fuma apoiada na janela e nega o que lhe dizem com uma veemência extrema, possivelmente arrogante. Há um manequim feminino e pelado do lado dela ("Vanessa"), de um sorriso educado e peruca colorida, olhar morto, segurando casacos e bolsas nos dois braços. Ela não parece confortável.

festa da paulinha 60.jpg

João, agora no canto esquerdo da foto, acumulado nas duas mãos juntadas no peito, em um gesto de conclusão direcionado a ninguém em particular. A menina apoiada na janela agora parece fazer uma careta para o *flash*. Tudo rebrilha de uma mesma luz plastificada e nítida demais.

festa da paulinha 61.jpg

No canto direito, João tem uma das mãos à altura do cabelo, a mão que pode configurar um arrumo do seu cabelo imperturbável, ou alguma espécie de despedida para Paula, um gesto tão detido que nem chega a existir de nenhuma maneira verificável. Paula, que tem seus olhos fechados e ri muito, ainda do rapaz de camisa roxa. No centro da foto, um rapaz grandalhão barbudo, de alargadores generosos nas orelhas, que agora tem um lenço que não parece ser seu enrolado no pescoço, dá dois joinhas intencionalmente malformados, e tem a boca e os olhos semiabertos de uma pretensa confusão.

festa da paulinha 63.jpg

De novo, tudo rebrilha de uma luz plastificada. A menina na janela agora está num modelo fotográfico genérico, perfilado e sorridente, pescoço um pouco entortado e duro, abraçada ao manequim. João, no cantinho esquerdo checando o celular e atravessando o umbral, a porta semiaberta. Ninguém olha para ele.

festa da paulinha 67.jpg
Essa, também com *flash*, agora mais recuada, apanhando toda a sala e muito do teto, de branco retinto, reunindo a maior parte da luz. A porta já encostada, o rapaz de camisa roxa gargalha intensamente, a boca hiante de todos os seus dentes emparelhados e multiplicados, tremidos, várias versões oscilantes e igualmente válidas da mesma arcada. Paula olha de canto para a câmera com um sorriso gentil e contido, a janela mostrando pedaços de carros e uma vaga vazia, a menina da janela conversando com a amiga e pitando o cigarro em uma latinha de cerveja, agora finalmente surpreendida num sorriso bem bonito que poderia, com alguma certeza, ser dito autêntico.

* * *

Vinha vindo alguém do estacionamento, ainda agora, a festa já terminada, o ano já acontecido. Quebrado, solto e lento, olhando para os dois lados antes de atravessar uma rua incrivelmente vazia. Também ele se acomodava, assestado em todo o resto.

Em tudo eu conseguia reconhecer uma mesma direção, um mesmo sentido.

Talvez eu forçasse essa impressão, alimentasse demais o pouco que ela tinha de verdadeiro por me interessar, por ter uns contornos bonitos. Mas neles ali sentados em um meio-fio, em todo o seu desapontamento, assim como na animação quando chegaram, como no torto de suas expressões ao calcularem a soma do dia antes de dormir (que eu conseguia imaginar em cada um deles); em todas essas operações estava uma mesma inocência. Uma disposição incauta de perseguir invariavelmente os sinais impossíveis que eles julgavam encontrar em tudo, a linguagem escondida, a interface colorida e amigável, os presságios que julgavam alinhados nos outros assim como neles mesmos, que julgavam se levantar das costas de um ano passado e na sombra do ano a seguir. As operações que lhe fossem esperadas desse algoritmo no qual estão metidos. Com sistemas mal-ajambrados, improvisados e inconfessos, personalidades e contextos imaginados e impostos ao ambiente, soluções curtas e contraditórias, cenas levantadas diante de questões pontuais. Que em seguida procura recrutar papéis secundários, designar funções e subfunções aos pequenos montes de pessoas e de coisas em volta, estruturar participações. Julgar cada momento por sua pequena função narrativa.

E essa disposição não iria ceder. Ela conta suas perdas e seus danos e faz intenção de reclamá-los de alguma forma, mas espera apenas a próxima oportunidade para se repetir por inteiro. Nossa capacidade para o complexo é perigosamente supervalorizada.

Eu não escapava daquilo. Mesmo com os olhos fechados, a cabeça zumbindo de resolver o final de uma embriaguez distribuída e imbecil que ainda doía. E do quanto eu queria me sentir distante daquilo, separado. Minha silhueta forte contra um fundo branco, ridiculamente afirmada. Concreto preenchendo buracos em uma suposta fundação.

Não são nem quatro horas. Faria sentido que estivesse mais tarde, eu chutaria algo mais fantástico. A festa se desmontou até cedo, com um desapontamento evidente e constrangido pesando sobre as coisas e iluminando tudo com uma luz bem diferente. Antônio demorou demais para aceitar, para ceder e ir embora. Me chutou algumas vezes até com alguma força, eu encolhido no chão, sentado do lado de um vômito que não era meu e fazendo o possível para esconder minha cara.

Eu poderia, se abrisse os olhos, ver a construção das minhas pernas armadas diante de mim, e a pouca luz que entrava através delas, que deitava no asfalto frio.

Pelo menos metade de nós está bêbada demais para dirigir, eu penso, mas isso dificilmente vai impedir alguém.

Faz tanto tempo desde que o último carro passou pela rua, que ela já não se parece tanto com uma rua. Além dos muros folhados, das árvores pequenas com copas transidas de vento e das casas baixas a distância, o ano ainda morre sua morte ocupada nuns dois barulhos pipocados atrasados, desorganizados, correndo atrás dos fogos que os precederam. Toda anunciação se recusava.

Eu estiro minhas pernas, finjo um bocejo desajeitado, mantenho os olhos fechados e espero que qualquer dessas coisas torne a minha embriaguez eloquente o bastante para algum dos semiconhecidos em melhor condição de dirigir. Ainda cubro a minha cara.

Luz se dissolve acumulada em ambas as direções de uma rua vazia de qualquer coisa. Eu sei ainda sem abrir meus olhos de novo. Horizonte adumbrado por nuvens, por sombras que se confundem. O céu no seu desenvolvimento eterno e necessário que você sempre interrompe, que você pega no meio e abandona. Nada disso eu posso recusar.

Eu temo pelo que a umidade e a sujeira do meio-fio podem fazer com minha calça, mas não é como se fosse fazer algo sobre o assunto.

Três moleques conversam sobre o que se passou do meu lado, precisando detalhes e ajuntando o que conseguiam dos restos daquela noite. Construíam abertamente suas expectativas sobre o ano que viria, sobre todos os serviços esperados da natureza, e as vestiam.

Meus olhos continuam fechados, vão se abrir daqui a pouco com alguma expectativa diante daquela coisa toda, a repetição que eu preciso sustentar e aceitar, a retomada. O mundo cheio de graça esperando que eu o ganhe de volta, que eu disperse todos os restos e o bote para funcionar, que eu viva deliberadamente.

Meus pés tremem inativos e pejados de vontade, imóveis e pesados. Meus olhos continuam fechados contra meus braços, os dois escuros e plenos de tudo. Da rua e do céu diante de mim, do tempo branco e acidentado correndo neles. Do momento e de todas suas possibilidades.

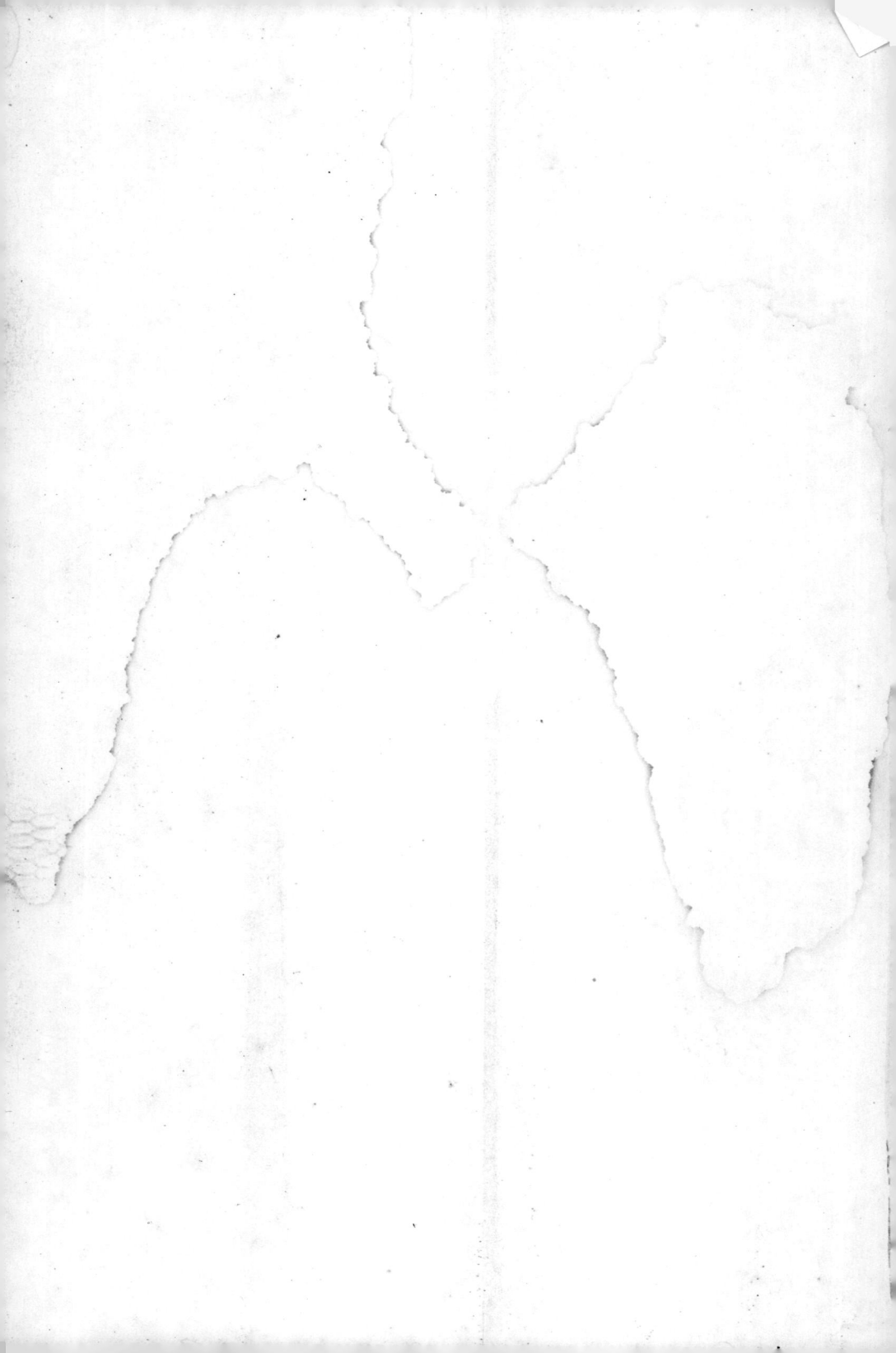